책이 이어준
다섯 가지 기적

≪HON GA TSUMUIDA ITSUTSU NO KISEKI≫
ⓒ Akio MORISAWA 2021
All rights reserved.
Original Japanese edition published by KODANSHA LTD.
Korean publishing rights arranged with KODANSHA LTD.
through Imprima Korea Agency

이 책의 한국어판 저작권은 Imprima Korea Agency를 통해
KODANSHA LTD.와의 독점계약으로 문예춘추사에 있습니다.
저작권법에 의해 한국 내에서 보호를 받는 저작물이므로 무단전재와 무단복제를 금합니다.

차례

제**1**장

편집자

쓰야마 나오

· 007 ·

제**2**장

소설가

스즈모토 마사미

· 071 ·

제**3**장

북디자이너

아오야마 데쓰야

· 143 ·

제**4**장

서점 점원

시라카와 코코미

· 221 ·

제**5**장

독자

가라타 가즈나리

· 313 ·

역자 후기

다섯 가지 기적이 전하는 위로

· 403 ·

제**1**장

편집자

쓰야마 나오

나는 하늘을 좋아한다. 너무나.

하지만 도시에서 올려다보는 하늘에는 언제나 조금씩 '텅 빈 색'이 섞여 있는 것 같아 쓸쓸해진다. 그건 아마도 저 멀리 하늘 저편에 있는, 내가 태어나고 자란 '바닷가 마을'을 떠올리기 때문일 것이다.

도시 한구석에서 살기 시작한 지 벌써 8년이 지났다.

그런데도 내 마음은 여전히 고향을 향하고 있다.

스물여섯이나 되어서, 조금 한심하지만…….

나는 뼛속까지 시골 사람인 것이다.

도심의 조금 오래된 빌딩.

6층 회의실 유리창 너머로 잘 익은 망고 빛깔의 저녁 햇살이 가득하다. 서늘한 12월의 바람을 맞으며 우뚝 선 거리의 빌딩 숲도 그 새콤달콤한 빛에 물들어 있었다.

"으음, 스즈모토 선생이라……."

눈부신 창 앞에 꼿꼿이 앉은 사장이 굵은 팔을 엇걸고 눈을 감았다. 올해 환갑을 맞이한 둥글둥글한 얼굴에는 윤기가 흐르고, 눈썹 사이에는 깊은 주름이 새겨져 있다.

"스즈모토 선생 담당자가 히가시야마였지?"

말하면서 사장은 눈을 가늘게 뜨고 나를 바라보았다. 히가시야마라는 이름을 입에 올린 탓인지 눈썹 사이의 주름이 더욱 깊어졌다.

"네, 맞습니다……."

히가시야마 씨는 지난달 대형 출판사로 스카우트되면서 우리 회사 '동서문예사'를 그만둔 역량이 뛰어난 초특급 인재다. 적어도 1년에 한 권 이상은 베스트셀러를 세상에 내놓는, 이른바 '카리스마 편집자'이기도 하다. 사장도 상당히 아꼈지만, 그러나 너무 일을 잘하는 탓에 쉽게 대기업에 빼앗겨버렸다. 자금 사정이 어려운 중소기업인 우리 회사에 비해, 저쪽은 세계적으로 히트한 만화와 애니메이션 콘텐츠를 다수 보유하고 있고, 영화, 부동산, 인터넷 산업 등 다각화 경영으로 성공을 거둔 대기업이다. 당연히 직원들 급여도 비교가 되지 않는다.

"히가시야마라……."

자신을 배신한 '일류 직원'을 떠올린 사장은 씁쓸한 표정으로 '휴우' 하고 보란듯이 한숨을 내쉬었다.

나는 회의실을 둘러보았다.

사장의 불쾌감이 전해진 듯, 편집, 영업, 홍보, 임원 등 총 열두 명의 얼굴이 모두 굳은 표정이다.

그런 와중에도 언제나처럼 활짝 웃고 있는 건 나의 유일한 후배, 입사 2년차 니시자와 이쿠미다.

이쿠미는 나보다 두 살 어린, 이제 막 스물네 살이 된 흑발의 미녀다. 키가 큰 데다 항상 자세가 좋고, 게다가 여유롭게 웃고 있어서 벌써부터 '강한 포스'를 풍긴다. 키가 작은 나와 나란히 서 있으면 동료들이 '누가 선배고 누가 후배인지 모르겠다'고 놀려댈 정도다.

"어……그런데요……." 나는 사장을 향해 발언을 이어갔다. "현재로서는 스즈모토 선생님을 인수인계받은 사람이 없으니, 일단 제가 맡아서 스즈모토 선생님께 괜찮은 신작을 부탁하면 좋겠다고 생각해서요……."

"으으음……."

사장이 다시 눈을 감아버렸다.

망고색 석양이 비치는 회의실에 무거운 공기가 퍼져나갔다.

어떡하지. 무슨 말이든 해야 돼.

내가 약간 당황했을 때, 편집장인 소후에 미카 씨가 내 이름을 불러 침묵을 깨주었다.

"쓰야마 씨, 잠깐 괜찮을까?"

"아, 네."

"저기 말이야, 쓰야마 씨는 아마 모를 거라 생각하는데."

"네."

"아마 5년 전쯤이었나, 우리 출판사에서 스즈모토 선생님의 미스터리를 출간한 적이 있었어. 그때 스즈모토 선생님이랑 히가시야마 씨가 살짝 다툰 적이 있거든."

"어……."

"몰랐지?"

"네……."

분명 처음 듣는 이야기였다.

"다툰 이유는 간단해. 선생님의 책이 안 팔리는 건 편집자인 히가시야마 씨와 영업부의 노력이 부족해서라고 선생님이 윽박지르셨거든."

"그런 이유로……."

"응. 그러니까, 뭐, 그런 사정이 있으니……."

미카 편집장이 그 이상은 말하지 않아도 알겠지? 하는 표정을 지었을 때, 영업부의 미남으로 통하는 고마키 파트장이 멋대로 '그 이상'을 이야기하기 시작했다.

"그때 저도 히가시야마 씨랑 같이 선생님 댁에 갔었는데, 일이 상당히 꼬여버렸어요. 결국 화해도 못한 채로……. 그 이후로 스즈모토 선생님 작품은 우리 회사에서 한 권도 내지 않았고, 애초에 집필 의뢰도 하지 않았죠. 그래서 히가시야마 씨가 퇴사하면서 스즈모토 선생님 담당은 사라져버린 거예요. 그렇죠?"

고마키 씨가 그렇게 말하며 미카 편집장을 바라보았다.

편집장은 아무 말 없이 고개만 살짝 끄덕였다.

"그러니까, 만약에 말이죠." 잘생긴 고마키 씨가 계속 말을 이어갔다. "쓰야마 씨가 담당을 맡아서 다시 한번 집필 의뢰를 한다고 해도 아마 우리 출판사에는 원고를 안 주실 거예요."

"……."

나는 아무 말도 하지 않고, 아니, 아무 말도 할 수 없어서, 항상 의지가 되는 미카 편집장만 쳐다보았다. 하지만 편집장은 조금 난처한 듯한 눈으로 나를 보며 고개를 자그맣게 가로저었다.

"나오짱, 미안. 솔직히 나도 고마키 씨랑 같은 의견이야."

'나오짱'이라는 친근한 호칭을 사용한 것은 내 기분을 조금이라도 가볍게 해주려고 신경을 써준 것이리라.

이어서 고마키 씨가 확실히 못을 박으려 했다.

"또 솔직히 말해서 스즈모토 선생님의 미스터리는 안 팔려요. 다른 출판사에서 출간한 작품의 판매량을 조사해봐도 별로고요."

사면초가에 빠진 나는 사장을 바라보았다.

사장은 여전히 팔짱을 끼고 눈을 감은 채 불상처럼 미동도 하지 않았다.

나는 한숨 대신 부드럽게 심호흡을 했다.

아직 포기하지 말자고 마음속으로 되뇌었다.

"스즈모토 선생님의 미스터리는 별로 안 팔리긴 하죠."

나는 '미스터리는'이라는 말을 강조하며 고마키 씨에게 말했다.

"네. 안 팔려요. 별로라기보다, 솔직히 말해서 전혀 안 팔려요."

가차 없는 고마키 씨의 대답에 마음이 무너질 것 같았지만, 그래도 나는 버텨냈다.

"하지만 제가 스즈모토 선생님께 의뢰하고 싶은 건 미스터리가 아닙니다. 한때 베스트셀러에도 올랐던 《하늘색 어둠》처럼 마음을 울리는, 가슴이 뭉클해지는 감동적인 작품이에요. 스즈모토 선생님의 진가는 미스터리가 아니라, 등장인물들 마음의 흔들림을 섬세하게 그려내는 인간적인 이야기에 있다고 생각합니다."

"……."

"결국, 다른 출판사에서도 판매량이 나오지 않는 건 미스터리라는 분야에 문제가 있는 게 아닐까 하고 저는……."

"아, 이제 됐어."

갑자기 끼어든 굵은 목소리가 내 말을 가로막았다.

목소리의 주인공은 사장이었다.

"무슨 말을 하고 싶은지 잘 알겠어. 쓰야마 씨, 자네, 그렇게까지 말한다면 일단 스즈모토 선생을 설득해봐."

사장이 부리부리한 눈으로 나를 응시했다.

"네······?"

"설득이 가능할 것 같으면 신작 한 편만 써보라고 해."

사장의 말에 동요가 일어난 듯, 회의실이 조금 술렁거렸다.

"네? 집필 의뢰를 해도 되는 건가요?"

"응, 된다니까."

성가신 듯이 말하는 사장의 등뒤에서 비치는 석양이 마치 후광처럼 빛나 보였다.

"아, 감사합니다."

나는 허리를 직각으로 꺾어 고개를 숙였다.

"단······."

음?

한번 숙인 고개를 천천히 들면서 나는 다시 사장을 바라보았다. 망고색 빛 속에 있는 사장은 싱긋 웃고 있었다. 하지만 그 시선 속에 냉혹한 경영자의 모습이 보인 것 같아 등줄기에 소름이 돋았다.

"자네는 여기, 경험이 풍부한 선배들 반대를 무릅쓰고 밀어붙이는 거니까."

"……."

"무슨 일이 있어도 결과를 내도록 해."

사장은 '결과'라는 단어를 특히 강조해서 말했다.

"아……."

말문이 막힌 나를, 주변 사람들이 딱한 눈빛으로 바라보았다.

"그러니까, 히가시야마도 팔지 못한 작가를, 자네가 책임져야 한다는 뜻이야. 그 의미는 알고 있겠지?"

내 머릿속에 카리스마 넘치는 편집자의 얼굴이 떠올랐다.

언제나 의기양양하게 복도를 활보하던 천상의 인물.

결과. 책임. 그 의미…….

옅은 미소를 띤 사장의 매서운 눈이 나를 똑바로 쳐다보았다.

"여, 열심히 하겠습니다."

라고 대답했을 때, 왠지 모르게 등줄기 소름이 양팔에까지 퍼져갔다.

"그거, 2차 교정쇄야?"

빨간 펜을 한 손에 들고 문고본 교정지를 체크하고 있는데, 바로 뒤에서 목소리가 들렸다.

"헉!"

나는 화들짝 놀라 엉덩이가 의자에서 5밀리 정도 뜬 채로 뒤돌아보았다.

"아, 깜짝이야……. 편집장님, 깜짝 놀랐잖아요."

"아하하. 미안, 미안. 그럴 의도는 아니었는데. 꽤나 집중하고 있었나 보네."

웃고 있는 미카 편집장의 오른쪽 어깨에 가방이 걸려 있다. 이제 퇴근하는 모양이다.

"아직 1차긴 한데, 꽤 급한 건이에요."

"그렇구나. 인쇄소엔 언제까지 돌려줘야 돼?"

"내일 오전 중으로는 보내고 싶어요."

"어머, 꽤 빠듯하네."

"그러게요. 출간 일정을 넉넉히 잡았기 때문에 충분히 여유로울 줄 알았는데……."

마감을 지키지 않은 담당 작가에 대한 불평을 늘어놓으려는데, 미카 편집장의 손이 내 등을 톡 쳤다.

"아……."

"집중하는데 방해해서 미안해. 계속 열심히 해."

"아, 네."

"난 미도리카와 선생님한테 호출이 와서, 신주쿠의 그 바에 들렀다가 바로 퇴근할게."

"어, 또 호출이에요? 정말, 편집자 시간을 뭐로 아는 건지……."

"어쩔 수 없지. 이것도 일이니까. 미도리카와 선생님은 잘나가는 작가잖아."

미카 편집장은 곤란한 듯한 표정으로 살짝 웃어 보였다.

나도 비슷한 표정을 지으려 했지만, 솔직히 제대로 웃었는지 자신이 없다. 슬프게도 '잘나가는 작가'라고 할 수 없는 '스즈모토 마사미'라는 이름이 뇌리를 스쳤기 때문이다.

"그럼, 나오짱, 내일 봐."

"네, 수고하셨습니다."

편집장의 조금 지친 듯한 뒷모습이 편집부에서 사라졌다.

나는 다시 빨간 펜을 들고 교정지를 한 장 넘겼다. 바스락……하는 '종이 소리'가 유난히 크게 들리는 것 같아 무심코 사무실을 둘러보았다.

어라…….

뜻밖에도 야근하는 사람은 나 혼자뿐이었다.

손목시계를 보았다. 시각은 아직 9시가 조금 지난 참이었다.

일상적으로 야근이 많은 업계인 만큼 이 시간에 혼자인 건 흔치 않다.

"뭐, 집중도 잘 되고, 좋지."

나는 혼잣말을 중얼거리며 뻣뻣해진 목과 어깨를 빙글빙글 돌렸다. 그리고 다시 교정지와 마주했을 때,

"다녀왔습니다아."

듣기 좋은 목소리가 울렸다. 미카 편집장과 엇갈리듯 후배 이쿠미가 외부 미팅에서 돌아온 것이다.

"아, 어서 와. 바로 퇴근 안 했구나?"

"사실은 그러고 싶었지만, 아직 할 일이 산더미라서요."

"그렇구나. 동지네."

"그러게요." 하고 쓸쓸한 미소를 지으며 이쿠미가 편의점 봉투를 내밀었다. "이거, 선배도 좋아할 거 같아서 사왔어요."

옆자리에 앉은 이쿠미는 곧바로 봉지 안 내용물을 책상 위에 늘어놓았다.

"아, 이거 알아. 엄청 맛있다고 소문난 거."

요즘 TV와 인터넷에서 화제가 되고 있는 '초절정 수플레'라는 이름의 편의점 디저트다.

"저, 이거 정말 좋아해요."

이쿠미는 플라스틱 스푼과 페트병에 든 홍차를 곁들여 '초절정 수플레'를 내밀었다.

"고마워. 마침 출출했거든."

"다행이에요. 방금 엘리베이터 앞에서 편집장님도 만났거든요. 정말 맛있으니 꼭 드시라고, 억지로 하나 쥐어드렸어요."

이쿠미는 그렇게 말하면서 '우후후' 하고 귀엽게 웃었다.

역시 이 아이한텐 이길 수 없구나…….

나는 한숨을 삼켰다.

늘씬한 몸매에 단발머리가 잘 어울리는 이 두 살 아래 후배는 이른바 영리하고 요령 있게 살아가는 타입의 아이다. 누구에게나 마음을 열고 자연스럽게 사람들을 즐겁게 만드니 상사나 선배들의 귀여움을 독차지하고, 회의에서는 참신한 기획을 당당하게 제안하여 주위를 놀라게 하기도 한다.

그리고 무엇보다도 결과를 제대로 낸다.

슬프게도 입사한 지 4년이 된 나보다 2년차인 이쿠미가 먼저 히트작을 세상에 내놓았다. 나는 4년이 지나도록 아직 히트다운 히트를 한 번도 만들어내지 못했다.

"잘 먹겠습니다아."

'장래의 에이스'로 주목받으며 이미 존재감을 발휘 중인 이쿠미가 행복한 표정으로 디저트를 먹기 시작했다.

"음~ 역시 맛있어요."

나도 "잘 먹겠습니다"라고 말하며 스푼을 수플레에 꽂았다.

"정말이네, 너무 맛있다."

부드럽고 폭신한 수플레는 너무 달지 않고 혀 위에서 사르르 녹았다. 소문대로의 퀄리티다. 하지만 순수하게 맛있다고만 느끼지 못하는 건 내 안에 깃든 무언가가 미각을 혼탁하게 만들었기 때문일 것이다.

"나오 선배님, 그 목걸이 심플하고 멋지네요."

수플레를 먹으면서 이쿠미가 몸을 살짝 기울이며 말했다.

"아, 이거? 도쿄에 올라올 때 엄마한테 받은 거야."

가느다란 실버 체인에 진주 하나만 달린 정말 심플한 목걸이다. 돌아가신 할머니가 생전에 어머니에게 선물한 것을 내가 물려받았으니, 말하자면 3대에 걸친 소중한 보물이자 다정다감했던 할머니의 유품이기도 하다.

"아무 옷에나 다 잘 어울릴 것 같아요."

"디자인이 수수해서 그래."

라고 겸손하게 말했지만, 사실 나에게 이 목걸이는 '중요한 순간'에 착용하는 '승부의 액세서리'다. 그리고 오늘의 기획회의야말로 바로 그 '중요한 순간'이었는데, 끝나고 보니 결과는 어쩐지 미묘해서…….

"그러고 보니, 나오 선배."

"응?"

"스즈모토 선생님 팬이었죠?"

이쿠미는 내 마음을 꿰뚫어본 것 같은 타이밍에 스즈모토 선생님 이름을 꺼냈다.

"글쎄. 팬……은 아닌 것 같은데……."

다시 생각해보니, 역시 팬과는 조금 다른 것 같다. 어쨌든 내가 좋아하는 스즈모토의 작품은 《하늘색 어둠》뿐이다.

"어, 팬이 아니에요?"

"정확히 말하자면, 일종의 은인 같은 느낌이랄까."

"은인이요?"

수플레와 스푼을 손에 든 이쿠미가 고개를 살짝 기울였다.

"응. 구원받았거든. 스즈모토 선생님의《하늘색 어둠》이라는 데뷔작에."

"어머, 구원받았다니, 무슨 의미예요?"

나는 홍차를 한 모금 마시고 입안을 적신 후, 솔직히 별로 떠올리고 싶지 않은 과거를 꺼내놓기 시작했다.

"사실은……."

누구에게나 인생에서 모든 게 잘 풀리지 않는 '암흑기'가 있을 텐데, 나에게 그런 시기는 고등학교 3학년 때였다.

그때도 지금과 다름없이 느긋한 성격이었던 나는 동아리 활동도 하지 않고 그저 열심히 공부에만 전념했었다. 가고 싶은 대학을 찾았기에 학교에서 '추천'받는 것을 목표로 하고 있었다.

그런데 여름방학을 앞둔 어느 날 방과 후, 여자 육상부 동급생 세 명이 내가 있는 교실로 들이닥치더니 갑자기 두 손을 모으고 코맹맹이 소리로 아양을 떨었다.

"나오한테 부탁이 있어. 400미터 계주 멤버 한 명이 골절상을 입어서 인원이 부족해."

"어……."

"그래서 말인데, 대신 해주면 안 될까?"

"왜 하필 내가······."

"넌 아무 동아리도 안 들었고, 또 학교에서 두 번째로 발이 빠르잖아."

"어······하지만, 배턴터치 같은 건 해본 적이 없어."

"응, 그러니까, 같이 연습하자!"

세 사람의 웃는 얼굴이 부담스럽게 나를 압박했다.

"하지만······."

"제발, 평생의 부탁이야. 우리한텐 마지막 대회라고."

"부탁드립니다, 나오사마."

이런 식으로 세 사람이 너무나 간절히 부탁하는 바람에 결국 나는 거절할 수 없게 되어버렸다. 사실은 조용히 공부만 하고 싶었는데.

다음 날부터 육상부 연습에 참가했다. 담당 선생님은 기뻐하셨지만, 후배들이 보내는 시선에는 약간 가시가 있는 것 같았다. 그래서 연습이 끝난 뒤에도 다 같이 어울려 놀거나 간식을 사먹지 않고 곧장 집으로 돌아와 공부를 했다.

"그런데 말이야, 드디어 대회 당일이 되었는데, 나, 40도가 넘는 고열이 난 거야."

거기까지 단숨에 말하고 나는 수플레를 입에 넣었다.

"어머, 어떡해······."

호기심에 눈을 반짝이며 이쿠미는 먹다 만 수플레와 홍차를 책상에 놓고 내 쪽으로 몸을 기울였다.

"시골 고등학교라 원래 부원이 적어서 예비 선수도 없었나 봐. 결국 기권했대."

"나오 선배를 영입한 친구들이 화를 냈어요?"

"응. 엄청. 대회 날 밤에 말이야, 고열에 시달리면서도 세 사람에게 사과하려고 전화했는데, 한마디도 안 하더라고."

"아아……."

"여름방학이 끝나고 2학기가 시작됐는데도 역시 그 애들한테는 계속 무시당했어."

"우와, 스트레스 때문에 소화도 안 됐을 것 같아요."

"뭐, 그렇지. 그래도 심한 '따돌림'까지는 아니었으니 그나마 다행이었지만."

"그랬군요. 나오 선배의 '암흑기'였군요."

"아니. 이건 아직 소설로 치면 프롤로그에 불과해."

"네? 프롤로그라니……."

"사실은 말이야, 그 무렵에 내 인생 처음으로 사귄 남자친구가 있었는데……."

"와앗! 어떤 남자였어요? 잘생겼어요?"

이쿠미의 눈이 다른 의미로 반짝이기 시작했다.

"그냥 평범하게 음악 동아리에서 기타를 치던 사람이었는데."

"밴드맨이다! 멋졌을 것 같아요."

"분위기만 그랬지. 아, 참고로 '남자친구'라고 해도 실제로는 아무 일도 없었어. 기껏해야 같이 하교하거나 동네를 같이 돌아다니는 정도?"

"그것도 좋죠, 나름대로 청춘답고 설레잖아요. 그래서 그 남자친구가 어떻게 했는데요?"

"저기, 이쿠미, 잠깐만."

"네?"

"나 지금 '암흑기' 얘기를 하고 있는데."

말하면서 나도 모르게 쓴웃음을 지었다.

"아하. 그랬죠. 죄송합니다."

어깨를 으쓱인 이쿠미에게는 역시 애교가 있었다. 정말 미워할 수 없는 아이다.

"결론부터 말하자면, 남자친구를 빼앗겼어."

"네?"

"내가 '절친'이라 믿었던 아이에게."

"우와, 너무하다……"라며 이쿠미가 눈살을 찌푸렸다. "여자는 우정보다 사랑이라더니."

"뭐, 그렇지."

지금 생각하면 우정도 사랑도 다 그런 거라고 이해할 수 있다. 시간이 지나면 사람의 감정은 변하는 법이니까.

나는 더 어두운 이야기를 이어갔다.

"그런데 말이야, 실연당하고 우울해하던 시기에, 이번엔 울 아버지가 교통사고를 당해 병상에 누워버린 거야."

아버지는 지방의 작은 건설회사에서 영업 일을 했었는데, 거래처로 가는 길에 트럭 세 대가 얽힌 사고에 휘말렸다고 한다. 그때 아버지가 타고 있던 차는 회사 로고가 새겨진 경차였다.

"아……."

그때까지 호기심으로 반짝이던 이쿠미의 눈빛이 어두워졌다.

"뇌를 다쳐서, 혼자서는 움직이지도 못하는 데다, 무감정에 실어증까지 생겼어."

"무감정에, 실어증……."

"응. 그냥 계속 침대에 누워 멍하니 있는 상태. 어머니가 간병하느라 힘들어하셨지."

어머니의 간병은 8년 정도 지속되었다. 하지만 그것도 지난달에 끝이 났다. 아버지가 세상을 떠난 것이다.

내가 아버지를 최근에 여읜 사실을 이 작은 회사에서 모르는 사람은 없을 것이다. 물론 옆자리의 이쿠미도 잘 알고 있다.

"……."

할 말을 잃은 이쿠미에게 나는 약간 장난스럽게 웃으며 말했다.

"나의 암흑기도 이쯤에서 끝났다고 생각했겠지?"

"어……."

"그런데 말이야, 나쁜 일은 아직 계속됐어. 나는 공부만큼은 열심히 했다고 생각했는데, 아주 조금 점수가 모자라서 결국 가고 싶었던 대학의 추천을 받지 못했거든."

"만약 계주에 참가하지 않았다면 어땠을까 하는 생각이 들었겠네요."

"그렇지 뭐. 하지만 그때는 이미, 뭐랄까, 그런 생각을 하는 것조차 귀찮아졌다고 해야 하나……, 지금 생각하면 나 완전히 우울증이었던 것 같아."

"……."

이쿠미는 눈썹을 시옷자로 찌푸리며 다시 입을 다물었다.

동급생에게 무시당하고, 친한 친구에게 연인을 빼앗기고, 아버지는 병상에 누워 계시고, 어머니는 간병으로 지친 상태이고, 당연히 집안 살림은 어려워지고, 원하는 대학에 추천도 받지 못했으니…….

"정말, 지금 생각해도 너무나 암울한 시절이었는데, 그런 때 우연히 손에 든 책이 스즈모토 선생님의 《하늘색 어둠》이었어. 그 이야기에 구원받은 셈이지."

"그랬군요……. 저는 안 읽은 책인데, 어떤 내용인가요?"

"간단히 말하자면, 불행을 안고 있는 사람들의 연작 단편 러브스토리인데, 각각의 이야기가 신기하게 연결되면서 마지막에는 잔잔한 기적으로 승화되는 거야."

"흐음."

"좋은 작품이니까, 이쿠미도 시간 날 때 읽어봐."

"네. 그럼 지금 작업 중인 원고 끝내고 나면 읽어볼게요."

"응. 영화화되면서 베스트셀러가 된 작품이야."

"어머, 그럼 영화도 봐야겠네요."

"개봉 규모는 작은 편이었어. 모르는 사람도 많지만. 어쨌든, 그 작품을 만난 덕분에 우울 상태였던 고3의 나는 다시 살아갈 힘을 얻었어. 나도 나답게, 제대로만 살아간다면 언젠가는 좋은 일이 있을지도 모른다고, 뭔가 미래를 조금이나마 믿을 수 있게 됐어. 그래서 그 후의 입시 공부도 나름대로 열심히 할 수 있었고, 결과적으로 지금의 내가 있는 것 같아. 그런 느낌이야."

"그랬구나. 선배가 팬이 아니라 '은인'이라고 표현하는 이유를 이제 알겠어요."

"그렇지?"

"가벼운 마음으로 물어봐서 죄송해요."

"아냐, 괜찮아."

일단 설명을 마친 나는 약간 안도하며 이쿠미에게 받은 홍차를 한 모금 마셨다.

"그《하늘색 어둠》이 데뷔작이었죠?"

"응, 맞아."

"왜 스즈모토 선생님은 베스트셀러를 낸 후에 미스터리로 방향을 바꾸셨을까요?"

"그건 나도 모르겠어……."

"미스터리 작품도 재미있나요?"

이쿠미의 직설적인 물음에 나는 고개를 저었다.

"솔직히 말하면, 나도 미스터리는 별로라고 생각해."

"스즈모토 선생님이랑은 잘 안 맞는 걸까요?"

"글쎄, 그럴지도 모르지."

사실 오랫동안 책이 잘 팔리지 않았으니, 분명 적성에 맞지 않는 것이리라.

"나는 말이야, 스즈모토 선생님이 미스터리가 아니라 오래전 나를 구해준 그 소설 같은 작품을 딱 한 편이라도 좋으니 다시 써주셨으면 좋겠어."

"왠지, 알 것 같아요. 《하늘색 어둠》의 어떤 부분이 선배님을 구원해줬나요?"

"으음, 어려운 질문이네."

"대충이라도 괜찮아요."

나는 수플레 한 스푼을 입에 넣고 혀 위에서 녹이며 잠시 생각했다. 그리고 떠오른 생각을 그대로 말해보았다.

"어쩌면 그 이야기의 밑바닥에 깔려 있는, 지금 당신이 혼자라 해도 마음은 항상 나와 함께 있다는, 그런 '함께'라는 느낌

같은 걸까."

"'함께'라는 느낌……."

"응. 이야기 자체도 그렇지만, 등장인물들이 읽는 내내 계속 곁에 있어주는 것 같은……, 그런 감각이 있었어."

즉흥적으로 내뱉은 말 치고는 '함께'라는 표현이 내 마음에 와닿았다. 가장 슬플 때 묵묵히 곁에 있어주는 사람. 그런 느낌이었다.

그러자 이쿠미의 눈이 다시 빛을 되찾았다.

"아, 그렇구나. 그렇다면……, 선배한테 그런 '함께'라는 감각을 선물하고 싶은 사람이 있는 거군요?"

"갑자기……그게 왜 거기로 연결되는 거야?"

이쿠미의 뜻밖의 말에 나는 약간 당황하고 말았다. 사실은 정확히 맞혔기 때문이다.

"선배, 저녁 회의 때 다른 사람들이 그렇게 반대하는데도 스즈모토 선생님의 기획을 강행하려고 했잖아요."

"아니, 그건……."

"평소의 선배라면 절대 안 그럴 텐데요."

"……."

"즉, 선배는 그 사람한테 상당한 애정을 품고 있다는 뜻이겠죠?"

나는 이쿠미의 예리한 추궁에 말문이 막혀버렸다.

"……."

"괜찮아요. 그게 누구인지까진 묻지 않을 테니까요."

이쿠미는 부드러운 수플레를 다 먹고 나서 수플레처럼 부드럽게 웃었다……고 생각했는데, 왜일까, 그 미소를 천천히 거두었다.

음?

나는 눈으로 '왜 그래?'라고 물었다.

이쿠미는 잠시 머뭇거리다가 "저기, 사실은 저……." 하고 조심스럽게 말을 꺼냈다. "좀 망설였는데요."

"응, 뭔데?"

"하지만 역시 선배한테 말하지 않으면 후회할 것 같아서요."

이쿠미가 이렇게 돌려 말하는 건 드문 일이다. 그래서 솔직히 불길한 예감이 들었지만, 나는 일부러 입꼬리를 올리며 물었다.

"어, 잠깐, 뭐야? 말해봐. 궁금하잖아."

그러자 이쿠미는 숨을 한 번 고르고 나서 천천히 말문을 열었다.

"저녁 회의가 끝난 후의 일인데요."

"응."

"우연히 듣게 됐어요."

"……."

"자판기가 있는 휴게실에서 이시와타리 상무님이랑 다치바나 부장님이 잠시 서서 이야기하는 걸요."

"어, 뭐라고 하셨어?"

라고 물었지만, 사실 이 시점에 대략 짐작이 갔다. 다치바나 씨는 인사부장이니까. 즉, 내 부서 이동에 관한 내용이 틀림없다.

"나오 씨는 친화력이 좋으니 편집보다는 영업 쪽이 더 적합할 거라고요. 그리고 회의 때 사장님도 분명 나오 씨를 이동시키고 싶어서 굳이 스즈모토 선생님을 설득해보라거나, 결과를 내라거나, 책임감을 가지라거나……, 그렇게 말씀하셨을 거라고요."

"그랬구나."

나는 되도록 짧고 담담하게 대답했다.

"죄송해요. 말하지 말 걸 그랬나요?"

"아니야. 전혀 그렇지 않아. 그보다, 사실은, 이미 알고 있었어."

"네?"

"최근에 윗선에서 내 인사이동을 고려하고 있다는 얘기가 다른 곳에서도 들렸거든."

"그랬어요?"

"응. 그러니까 괜찮아. 신경쓰지 마."

"……"

"뭐, 나로서는 말이야, 어차피 편집에서 빠지게 된다면 마지막만이라도 정말 내가 만들고 싶은 책을 만들어보자, 그렇게 생각했어."

"그래서 스즈모토 선생님 책을……."

"응. 마침 히가시야마 씨도 그만두고 담당자도 없어진 김에, 이게 기회일지도 모른다고 생각했지."

나의 이 말에는 한 치의 거짓도 없었다.

하지만 왜일까, 모두의 기대를 한몸에 받고 있는 이쿠미를 향해 조금은 무리해서 미소 지으려다 보니……코끝이 찡해졌다.

"선배……."

괜찮으세요? 라는 말을 듣기 전에, 나는 이번에야말로 제대로 미소를 지었다. 그리고 나보다 우수하고 사랑스러운 후배에게 말했다.

"수플레 잘 먹었습니다. 정말 맛있었어."

오후 2시가 조금 지났다.

나는 오피스 거리 외곽에 있는 카페에서 책을 읽고 있었다.

담당 작가가 다른 출판사에서 출간한 신작이다.

겁 많고 게으른 남편과 당차고 용감무쌍한 아내 콤비인 '올

퉁불퉁 부부 탐정'이 우연히 흉악 사건에 휘말리게 된다는 이야기인데, 예전에 내가 의뢰했던 작품보다 세 배는 더 재미있었다.

같은 작가의 작품이라도 이쪽이 더 잘 팔릴 것 같아…….

마음속으로 중얼거린 나는 살며시 책장을 덮고 테이블에 올려놓았다.

창밖을 보니 색색의 우산들이 보도를 오가고 있었다. 아침부터 내리기 시작한 12월의 차가운 비는 오후가 되자 더욱 기세를 더했다.

식어가는 커피를 마시려고 컵에 손을 뻗었을 때, 카페 입구에서 빠르게 다가오는 여성과 눈이 마주쳤다. 프리랜서 작가 오타키 아카네 씨다.

"미안해요, 많이 기다렸죠?"

빗방울이 묻은 황색 코트를 벗으며 아카네 씨가 말했다.

"아니에요, 아직 약속 시간 30분 전인걸요. 제가 마음대로 일찍 왔을 뿐이에요."

"후후후. 나오 씨는 항상 일찍 와서 기다리니까, 오늘만큼은 내가 먼저 도착하려고 했는데, 역시 또 졌네요."

아카네 씨는 그렇게 말하며 환하게 웃었다.

분명 이 사람은 30대 중반이었던 것 같은데, 웃는 얼굴이 매력적이고 친근해서 연장자라는 사실을 무심코 잊게 된다. 일을 부탁하면 마감을 꼭 지켜주고 글도 잘 쓰기 때문에 나는 내가 맡은 소설의 서평을 자주 아카네 씨에게 의뢰하는 편이다.

"비가 많이 오네요."

말하면서 아카네 씨가 맞은편 자리에 앉았다.

"죄송해요, 이런 궂은 날씨에."

"아니에요, 바로 근처에서 미팅이 있어서 오히려 좋았어요."

지나가는 점원에게 커피 두 잔을 주문했다.

커피가 올 때까지 우리는 가볍게 근황을 나누거나 예전에 함께 갔던 술집에 대한 이야기를 나누며 시간을 보냈다. 커피가 나오고 아카네 씨가 잠시 숨을 돌리는 사이, 나는 본론으로 들어갔다.

"아카네 씨, 전에 스즈모토 선생님을 몇 번 취재한 적이 있다고 하셨죠?"

"네. 두 번이요. 마지막 취재가 아마 2년 전쯤이었나?"

그게 왜요? 라는 표정으로 아카네 씨가 고개를 갸웃거렸다.

"선생님 연락처를 알려주실 수 있을까요?"

"어? 왜 나한테?"

아카네 씨가 눈을 동그랗게 뜨는 것도 당연하다. 출판사 사람이 프리랜서에게 소설가 연락처를 묻는 건 일반적으로 말하면 이상하다고 해야 할까, 보통은 그 반대다.

"죄송해요. 저희 회사에도 스즈모토 선생님 담당이 있었는데, 지난달에 다른 회사로 옮겼거든요."

"네……."

"그 사람, 스즈모토 선생님과 다툼이 있었던 것 같아서 물어보기가 좀 어려웠어요."

"후후. 나오 씨, 뭔가 숨기고 있는 거 아냐?"

아카네 씨는 조금 장난스러운 표정으로 웃었다.

"아뇨, 저기……, 네."

무심코 고개를 끄덕인 나는 "실은요……." 하고 지금까지의 경위를 털어놓았다. 나의 인사이동에 관한 소문만 빼고.

"그렇군요. 그래서 저한테 연락처를 물어보고, 덤으로 스즈모토 선생님을 설득할 수 있는 좋은 방법이 있을지 의논하고 싶은 거죠?"

아카네 씨가 납득한 표정으로 커피를 마셨다.

"네. 정확히 그대로예요. 죄송합니다, 바쁘실 텐데."

"정말 신경쓰지 마세요. 바로 근처에서 회의도 있었고, 오랜만에 나오 씨랑 차 마실 수 있어서 저는 좋아요."

"감사합니다……."

내가 미안한 마음에 고개를 숙이는 동안, 아카네 씨는 가방에서 스마트폰을 꺼냈다. 그리고 스즈모토 선생의 이메일 주소와 전화번호를 내 폰으로 전송해주었다.

"스즈모토 선생님한테 전달해놓을까요? 나오 씨한테 연락이 올 거라고."

"아, 그건 괜찮아요. 회사 차원에서 인수인계를 진행 중이라고 설명하는 게 더 자연스러울 것 같아서요."

"아, 그렇겠네요." 아카네 씨는 그렇게 말하며 고개를 끄덕이더니, 목소리 톤을 약간 낮췄다. "스즈모토 선생님은 세련되고, 지적이고, 매력적인 분이지만, 약간 까다로운 면이 있는 것 같기도 해요."

"역시 그렇군요."

노련한 히가시야마와도 다퉜을 정도이니 아마 그럴 거라고 생각은 했지만, 이렇게 직접 만난 사람에게 실제로 들으니 역시 조금 마음이 무거워진다.

"약간 예민한 면이 있어요. 인터뷰를 하는 동안에도 갑자기 짜증을 내시기도 하고, 그게 얼굴이나 태도에 쉽게 드러나는 타입인 것 같거든요."

"구체적으로 어떤 질문이 거슬렸을까요?"

"예를 들어, 소설 내용 외의 다른 이야기를 언급하면 불쾌해하거나."

"그렇군요. 또 알아둬야 할 게 있을까요?"

그 후로도 나는 아카네 씨에게 이것저것 물어보며 계속 메모했다.

잠시 후, 아카네 씨가 문득 쓴웃음을 지었다.

"나오 씨, 아까부터 커피를 한 모금도 안 마셨어요."

"아……, 그랬네요."

나는 그제야 커피에 입을 댔다. 계속 방치해둔 검은 액체는 이미 산화되어 불쾌한 신맛이 혀 위에 남았다.

"어쩐지……, 나오 씨."

"네?"

"오늘은 평소와 다른 것 같은데, 괜찮아요?"

아카네 씨의 걱정스러운 표정을 보니, 나는 나 자신이 조금 한심하게 느껴졌다. 그래서,

"네, 괜찮아요."

라고 능청스럽게 웃어 보였다. 그리고 아카네 씨가 뭐라고 말하기 전에 화제를 바꿨다.

"비가 아까보다 더 세차게 내리네요."

말하면서, 나는 창밖을 바라보았다.

12월의 차가운 비가 크리스마스 장식으로 꾸며진 거리를 뿌옇게 물들였다.

아카네 씨는 말없이 내 옆모습을 바라보는 것 같았다.

다음 말을 찾지 못한 나는 또다시 신 커피를 입에 댔다.

맑은 하늘을 보고 싶은데…….

옅은 먹빛 비구름을 올려다본 나는 아카네 씨에게 들키지 않게끔 조용히 한숨을 내쉬었다.

아카네 씨와 만난 지 사흘이 지났다.

맑은 겨울날, 거리에 건조하고 날카로운 바람이 불었다.

나는 예정된 역 앞의 작은 찻집에서 혼자 멍하니 텅 빈 하늘을 바라보고 있었다. 그때, 테이블 건너편에 베이지색 트렌치코트를 입은 사람이 섰다.

나는 깜짝 놀라 시선을 들었다.

어, 누구지?

낯선 남자가 미간을 찌푸리며 나를 내려다보고 있다.

어려 보이는 얼굴이었지만 자세히 보니 40대 정도일까? 곱슬머리에다 뺨과 턱에는 수염이 덥수룩한 상태다.

"쓰야마 씨?"

남자가 나를 부른 순간, 내 안의 무언가가 와르르 뒤흔들렸다.

스즈모토 마사미 선생님이……, 남자였다!

나는 스프링이 달린 인형처럼 벌떡 일어섰다.

"죄, 죄송합니다. 몰라뵀어요. 어, 저기, 연락드렸던 동서문예사의 쓰야마 나오라고 합니다. 바쁘신 와중에 정말……."

"그런 인사는 됐고, 앉아요. 나도 앉고 싶으니까."

스즈모토 마사미 선생은 코트를 입은 채 의자에 앉았다.

이 사람이, 그 다정한 문체, 섬세한 감정 표현, 그리고 마사미라는 이름……내가 멋대로 여자라고 믿었던 사람. 아아, 설마 수염이 덥수룩한 남자일 줄이야…….

"네. 저기, 죄송합니다."

나도 자리에 앉았다. 그리고 "다시 한번 인사드립니다. 선생님을 담당하게 된 쓰야마라고 합니다"라며 명함을 내밀었지만, 선생은 받기만 할 뿐 나에게는 명함을 주지 않았다.

선생이 지나가는 점원에게 로열 밀크티를 주문하기에 나도 같은 것을 주문했다.

"뭐?"

아직 분위기가 조금도 무르익지 않았는데, 스즈모토 선생은 나에게 한 글자를 던졌다. 갑작스러운 물음에 나도 무심코 "네?"라고 한 글자로 대답해버렸다.

"네? 라니. 사람을 불러놓고."

"아, 네. 죄송합니다. 저기…….." 스즈모토 선생이 다리를 떨기 시작했다. "인사도 드릴 겸 새 작품 집필을 부탁드릴 수 있을까 해서요."

"뭐? 동서문예사가 이제 와서? 농담이지?"

"아, 죄송합니다. 히가시야마 씨 일은, 저도……."

"그게 아니라, 당신 회사에서 낸 책은 한 권도 2쇄를 찍은 적이 없잖아."

"네. 현재로서는 그렇습니다만……."

"그런데?"

"담당자도 바뀌었고, 저로서는 선생님과 저희 회사가 함께 새로운 출발을 했으면 좋겠다 싶어서요."

여기까지 말한 나는 내가 심히 당황하고 있다는 것을 깨달았다. 문득 이쿠미의 얼굴이 떠올랐다. 그녀라면 분명 이런 때에도 여유 있게 대처하며, 프로다운 미소를 지었을 것 같은, 그런 생각이 들었다.

"쓰야마 씨, 라고 했지?"

"아, 네."

"꽤 젊어 보이는데, 몇 살?"

"올해 스물여섯 살이 됐습니다."

"흐음. 나 말고 또 누구를 담당하고 있나?"

나는 스무 명 정도 되는 담당 작가들 중에서 인지도가 높은 순서대로 이름을 나열했다.

"그럼, 그 사람들한테 써달라고 하면 되잖아."

"어……."

"그리고 말이야, 히가시야마 씨는 히트메이커였잖아?"

나는 말없이 조그맣게 고개를 끄덕였다. 적어도 이쿠미처럼 자세만이라도 바르게 하자고 생각하며 허리를 곧게 폈을 때, 로열 밀크티가 나왔다. 스즈모토 선생은 한 모금 마시고 관자놀이 부근을 검지로 살살 긁었다.

"저기 말이야, 솔직히 말해도 될까?"

반사적으로, 싫어, 라고 생각했다.

하지만 어설프게 허리를 폈기 때문인지, 내 입에서 정반대 말이 튀어나왔다.

"네, 말씀하세요."

"그렇다면 말하겠는데, 내가 쓴다고 해도 안 팔릴 거야. 쓰야마 씨의 실적만 떨어뜨릴 뿐이지."

"아닙니다, 그러니까······."

"너, 히가시야마보다 유능해?"

스즈모토 선생은 약간 심술궂은 눈으로 나를 바라보았다.

"히가시야마 씨만큼 경험도 없고, 실력도 없다고 생각합니다. 하지만 선생님 작품 속의 이야기가 지닌 힘에 대해서는 제가 더 잘 이해하고 있다는 자신감은 있습니다."

아무런 실적도 없는 내가 무심코 건방진 말을 해버렸다.

"호오. 그래?"

선생은 웃음을 참는 듯이 말하고는 값을 매기듯 나를 응시했다.

"네······."

"그럼, 내 생활을 보장해줄 수 있겠나?"

"어······."

"반드시 팔릴 책을 쓰게 해서, 반드시 히트시켜줄 수 있겠어?"

"그건……."

"안 되겠지? 미안하지만 나도 생활이 있거든. 지금 말이야, 에디터스쿨 같은 학원에서 글쓰기를 가르치는 강사 아르바이트를 하고 있어. 거기 이사장님이 좋게 봐주셔서 정직원으로 일하지 않겠냐는 제의도 받았거든."

"어, 그럼, 소설을 쓰는 일은……."

"부업 정도로 좋을 것 같아. 아니면 지금 쓰고 있는 연재를 마지막으로 천천히 접는 것도 괜찮을 것 같다고 생각 중이야."

"아니……, 그러면 선생님 재능이 너무 아까워요."

오늘 처음으로 내 입에서 진심이 나온 것 같았다.

"내 재능이라……." 선생은 목구멍 안에서 크크크, 하고 웃으며 말을 계속했다. "뭐, 데뷔할 당시에는 나도 재능이 있다고 착각했지. 하지만 잘 생각해봐. 붓 한 자루로 먹고살 수 없는 소설가에게 재능이 있다고 생각하나?"

"저는 있다고 생각합니다."

나는 고개를 깊이 끄덕이며 말했다. 하지만 내 목소리는 아까보다 훨씬 작아져 있었다.

스즈모토 선생은 다시 밀크티를 마셨다. 그리고 어이없다는 듯 한숨을 쉬었다.

"쓰야마 씨, 재미있는 사람이네."

"네?"

"말과는 달리, 자신이 없어 보이잖아."

"앗, 그, 그런 게……."

"아하하. 그래도 나쁜 사람이 아니라는 건 알겠어." 컵을 테이블에 내려놓으며 선생은 자조 섞인 웃음을 흘렸다. "나는 당신 회사 영업팀한테 미움받고 있어서 책을 쓴다 해도 어차피 안 팔아줄 거야. 쓰야마 씨한테도 시간 낭비일 뿐이니까, 다른 작가한테 써달라고 해."

어느새 선생의 다리 떨기가 멈춰 있었다.

나는 내 마음을 진정시키기 위해 밀크티를 한 모금 마셨다.

스즈모토 선생이 남자였다는 것. 소설가를 그만두려고 한다는 것. 이미 학원 강사 아르바이트를 하고 있다는 것. 작가로서의 야망을 잃어가고 있다는 것……. 나에게는 모든 것이 예상치 못한 일이었다. 아카네 씨가 말한 신경질적인 면은 이제 너무 사소해서 고민할 필요도 없는 수준이었다.

"저기, 선생님." 나는 컵을 내려놓고 몸을 앞으로 기울였다. "이번에 제가 선생님께 부탁드리고 싶은 글은."

"그러니까, 안 쓴다고."

"선생님, 제 말 한마디만 더 들어주세요. 부탁드립니다."

나는 고개를 숙였다. 그리고 천천히 얼굴을 들었다. 스즈모토 선생은 노골적으로 귀찮은 눈빛으로 나를 보았다.

"제가 드리고 싶은 말은, 지금까지 쓰셨던 미스터리가 아니라, 선생님의 대표작이라 할 수 있는《하늘색 어둠》과 같은, 인간애를 그린 소설을, 다시 한번 써주셨으면 한다는 겁니다."

나는 올곧은 시선으로 스즈모토 선생과 대치했다.

먼저 시선을 피한 것은 선생 쪽이었다. 선생은 창밖으로 얼굴을 돌리더니 그대로 시선을 살짝 올렸다. 시선 끝에 푸른 하늘이 보였을 것이다.

"선생님의 가장 큰 재능은 거기에 있다고 확신합니다."

나는 밀어붙이겠다는 듯이 그렇게 말했다.

선생이 이쪽으로 시선을 돌렸다. 그리고 어딘지 모르게 비꼬는 듯한 미소를 머금었다.

"그 말은 곧 나한테는 미스터리를 쓸 재능이 없다는 뜻인가?"

"예엣? 아뇨. 설마 제가 그런 뜻으로……."

"그럼, 나는 미스터리를 써도 안 팔린다는 뜻?"

"아뇨, 그러니까, 그런 게 아니라, 제 말은……."

"제 말은, 뭐?"

"어……."

말문이 막힌 순간, 스즈모토 선생은 입고 있던 트렌치코트 소매를 걷어올리고 손목시계를 보았다.

"아, 벌써 시간이 이렇게 됐네. 아까 말한 아르바이트 갈 시간이라."

"아……."

"그럼, 이야기는 끝난 것으로 알고."

스즈모토 선생은 약간 지친 표정으로 일어나더니 그대로 계산대 앞을 지나 밖으로 나가버렸다.

멍하니 있던 나는 천천히 창밖으로 시선을 옮겼다.

12월의 바람에 코트 자락을 날리며 역 쪽으로 걸어가는 스즈모토 선생의 모습이 보였다. 그 구부정한 등이 인파에 섞여 점점 작아지는 모습을 바라보자니, 문득 끈적끈적한 '암흑기'의 탁한 공기가 가슴을 휘감는 것 같은 느낌이 들었다. 나는 무심코 심호흡을 했다. 이쿠미를 흉내 내어 꼿꼿이 폈던 등도 어느새 죽어가는 잡초처럼 시들어 있었다.

힘 빠진 손으로 가방에서 스마트폰을 꺼내 미카 편집장 앞으로 메시지를 입력했다.

'미팅 후 바로 퇴근하겠습니다.'

전송하자마자 스마트폰의 전원을 껐다.

———

혼자 살고 있는 원룸 아파트는 스물여섯 살 여자 방치고는 너무 삭막한 것 같다. 생활에 필요한 물건은 갖추고 있지만, 그 외의 물건은 거의 없다.

요즘 유행하는 미니멀리스트를 지향하는 건 아니다.

그저 왠지 이 방에서 사는 동안은 짐을 늘리지 않고 최대한 가볍게 살고 싶다. 그런 마음이 방의 모습에 나타나는 것이다.

스즈모토 선생을 처음 만난 날 밤.

삭막한 방 한가운데에 놓인 코타츠 위 1인용 작은 냄비에서 김이 모락모락 피어올랐다. 약간의 외로움을 품은 '좋은 냄새'가 좁은 방을 가득 채워갔다.

재료를 썰어서 넣기만 하면 되는 1인용 냄비요리는 내 자취 생활의 단골 메뉴로, 사용하는 재료의 대부분은 시골에 있는 어머니가 보내준 택배 상자 안에 들어 있다. 사실은 본가 근처에 '채소 재배의 명인'이라 불리는, 키가 크고 눈이 부리부리한 아주머니가 사는데, 그분이 아침에 딴 싱싱한 채소를 종종 나눠주곤 한다. 어머니는 그중 일부……아니, 아마도 절반 이상을 나한테 보낸다.

얇게 썬 무가 익은 것을 확인한 후 먹기 시작했다. 소리가 없으면 쓸쓸할 것 같아 TV를 켜고 가급적 밝은 예능 프로그램을 틀어놓았다.

잠시 후, 그 프로그램에서 개그우먼 콤비가 해변 마을을 여행하는 모습이 나왔다.

"우와, 미쳤다~. 바다가 너무 예쁘잖아~."

TV 속에서 그렇게 말했을 때, 나는 냄비에 젓가락을 꽂으며 속으로 중얼거렸다.

그 정도의 바다를 '예쁘다'고 하면 안 되지.

이미 내 머릿속에는 블루 토파즈 색깔로 빛나는 고향 바다가 펼쳐져 있었다. 그리고 입 안에는 무와 대파의 진한 단맛이 가득했다.

왠지 모르게 주방 쪽으로 시선이 갔다.

작은 냉장고 옆에 흙 묻은 채소가 담긴 택배 상자가 놓여 있다.

그 상자가 도착했을 때, 채소와 함께 비닐에 싸인 봉투가 들어 있었다. 봉투 안에 어머니 편지가 있었는데, 이번에는 편지 외에도 인화된 사진 한 장이 동봉되어 있었다.

너무나 행복해 보이는 '가족사진'이다. 유치원복을 입은 나와 나를 어깨에 태운 아빠, 그리고 아빠에게 기댄 엄마. 무엇이 그렇게 재미있었던 걸까, 세 사람 모두 사진에서 웃음소리가 들릴 것 같은 미소를 짓고 있다. 배경은 백사장이 아름다운 고향의 해수욕장이었다.

어머니 편지에 따르면, 이 사진은 돌아가신 아버지 방을 정리하다가 나온 사진이라고 한다. 나는 곧바로 동네 100엔 숍에서 나무 액자를 사와서 이 사진을 내닫이창에 장식했다.

삭막한 방에서 유일하게 그 창문이 '포근한 공간'이 되어주었다.

요리를 다 먹은 나는 옆에 있는 알람시계를 보았다.

시각은 저녁 8시를 조금 넘긴 때였다.

아마 엄마도 저녁 식사를 마쳤을 것이다.

그렇게 생각한 나는 며칠 만에 엄마에게 전화를 걸었다.

네 번의 신호음 후 "여보세요"라는 나보다 더 높은 톤의 목소리가 들려왔다. 엄마는 올해 딱 쉰 살이 되었지만, 외모도 목소리도 꽤 젊고 아름다운 분이다.

"아, 여보세요, 저예요."

"어머나. 저녁은 먹었니?"

"응, 먹었어. 뭐, 보내준 야채를 썰어서 냄비에 넣고 끓였을 뿐이지만. 정말 맛있었어."

"파가 달지?"

"응. 씹으면 속이 녹아내릴 정도로 부드럽고 단맛이 나더라."

평소처럼 엄마와 나는 시시콜콜한 대화를 시작했다. 또 평소처럼(조금씩이지만) 내 몸 구석구석에 달라붙어 있던 '긴장'이 벗겨져 떨어지는 느낌이 들었다.

평소와 다른 점은 엄마가 간간이 기침을 한다는 것이다.

"뭐야, 감기 걸렸어?"

"으응, 조금. 그래도 괜찮아."

"열은?"

내가 걱정하는데도 엄마는 슬쩍 화제를 돌렸다.

"괜찮다니까. 그보다 말이야, 오늘 직장 동료가 강아지 한 마리를 분양받겠냐고 물어보던데."

"강아지?"

"응. 어쩔까……."

"키우기 힘들지 않을까?"

"그렇겠지? 생명체를 기른다는 건 책임이 따르는 일이고."

엄마는 그렇게 말하지만, 나로서는 책임감 따위가 아니라 어쨌든 엄마가 조금 쉬었으면 좋겠다고 생각했다. 자기가 아닌 다른 존재를 위해 헌신하는 일은 이제 그만하고, 이제는 자신의 인생을 즐기는 데 시간을 썼으면 좋겠다는 바람이다.

"개를 기르면 산책도 시켜줘야 하고, 제때 밥도 먹여야 하고, 훈육도 시켜야 하고, 여러모로 힘들어질 거야."

"으음, 그렇겠지. 그래도 강아지는 너무 귀엽잖아."

그렇게 말하고, 엄마는 또 기침을 했다. 가래가 섞인 듯한, 조금 꺼림칙한 기침이다.

"귀여운 건 알겠는데……."

나는 거기서 말을 멈췄다.

어쩌면 지금 엄마에겐 즐기는 '시간'보다 외로움을 채워줄 '존재'가 필요한 것일지도 모른다는 생각이 들었기 때문이다.

직장 동료가 엄마에게 강아지를 권유한 것은 외로워 보였기 때문이 아닐까…….

나는 강아지를 안고 있는 엄마의 모습을 상상해보았다. 행복하게 웃는 얼굴도 떠오르는 한편, 강아지를 돌보느라 지친 얼굴도 떠올랐다.

아빠가 사고를 당해 누워만 계실 때, 엄마는 도우미를 고용하여 집에서 간병을 시작했다. 물론 나도 할 수 있는 일은 했다고 생각한다. 하지만 뭘 해도 반응이 없는 남편을 향한 헌신은 엄마의 몸과 마음에 서서히 손상을 입혔다. 엄마의 얼굴은 날이 갈수록 초췌해졌고, 꼭 2년이 지났을 무렵, 결국 마음이 무너져내렸다. 내가 본가에 갔을 때, 엄마는 침대에 누운 아빠의 다리에 얼굴을 묻고 흐느끼고 있었다. 그 모습을 본 나도 엄마를 껴안고 펑펑 울고 말았다.

삶에 지친 엄마는 나의 권유로 아빠를 시설로 옮겼다. 하지만 그 후 6년간 엄마는 매일같이 시설에 가서 아빠를 위해 할 수 있는 일을 계속했다. 여자 혼자 힘으로 나를 먹여 살리는 것만으로도 힘들었을 텐데.

지나치게 성실한 엄마는 남편을 집에서 돌보지 못하는 것에 대해 자책감을 지닌 듯했다. 나는 무엇보다도 그 점이 걱정이었다. 또다시 엄마의 마음이 망가지는 것은 아닐까, 하고…….

그리고 지난달, 마침내 엄마는 간병이라는 굴레에서 풀려났다.

8년 만에 자유로워진 것이다.

하지만 자유로워짐과 동시에 엄마는 혼자가 되었다.

돌아가신 아버지가 화장터에서 유골이 된 후, 어머니는 시골의 넓은 주차장에서 푸른 하늘을 올려다보며 툭 한마디 던졌다.

"이제 혼자네……"라고.

"나오 생각이 그렇다면, 강아지를 어떻게 할지 아직 확답은 하지 말까?"

엄마 목소리에 내 마음이 과거에서 돌아왔다.

"아, 응, 그렇게 해. 잘 생각해보고 결정하는 게 좋을 것 같아."

"알겠어. 대답은 일단 보류할게. 그래도 내일, 어떤 강아지인지 보여준다고 하니까, 퇴근길에 가보려고."

"오케이. 스마트폰으로 강아지 사진 찍어서 나한테도 보내줘."

"응, 보내줄게."

그렇게 강아지 이야기는 끝났다. 하지만 왠지 모르게 내 안에는 엄마가 강아지를 키우게 될 거라는 예감이 있었다.

"오늘은 그쪽도 날씨가 참 좋았지?"

기침을 참는 듯한 목소리로 엄마가 말했다.

"구름 한 점 없이 맑았어. 바람은 세게 불었지만."

"올해 들어 제일 추웠다면서? 옷은 따뜻하게 입고 다니니?"

엄마는 내가 있는 도시의 날씨까지 체크하고 있는 것이다.

"당연하지. 나 원래 추위 많이 타잖아."

"그럼 됐고."

"아니, 감기 걸린 사람한테 들을 말은 아닌 것 같은데."

"아하하, 그러네."

웃으면서 엄마는 또 기침을 했다.

기침이라……

한때 세 사람이 살았던 그 집에 홀로 있을 때 기침을 하면……, 분명 그 소리는 애처로울 정도로 크게 울릴 것이다.

그런 생각을 하고 있자니, 문득 한낮의 카페 창문 너머로 올려다본 텅 빈 푸른 하늘이 떠올랐다.

이미 야망을 잃어가고 있는 스즈모토 선생으로부터 들은 혹독한 말.

나를 편집에서 제외시키려 한다는 사내의 소문.

감기에 걸려도 나를 걱정하며 밝게 행동하는 엄마.

"뭔가, 최근에 말이야." 나는 목소리 톤이 낮아지지 않도록 신경쓰며 입을 열었다. "일이 잘 안 풀리는 것 같아."

"그래?"

"응……"

"모처럼 나오가 좋아하는 일을 하고 있는 건데."

"뭐, 그렇긴 한데. 어쩌면 이 일이 나한테 안 맞는 게 아닐까……, 그런 생각이 들 때도 있어."

힘들면 언제든 돌아오렴.

어쩌면 나는 그런 엄마의 다정한 말을 기대하고 일부러 약한 모습을 보였는지도 모른다.

하지만 엄마의 입에서 나온 말은 전혀 다른 방향을 가리켰다.

"나오는, 괜찮아."

"응?"

"옛날부터 바르고 솔직한 아이여서 주변 사람들한테 사랑받았잖아."

"……."

"가끔은 잘 안 될 때도 있겠지만, 분명 괜찮을 거라고 생각해."

엄마가 후후후, 하고 웃었다.

"솔직……." 중얼거리듯 말했을 때, 나는 문득 내 이름의 유래를 떠올렸다. "그러고 보니, 내 이름 말이야, 솔직하다는 뜻인 '스나오'에서 따온 거지?"

"아빠한테 들었어?"

"응. 초등학생 때였나?"

사고를 당하기 전, 항상 싱글벙글 웃던 아빠를 떠올리며 말했다.

"그랬구나. 아빠가 나오 이름 지으면서 얼마나 공을 들였는지 몰라. '나오(奈緒)'라는 한자의 뜻도 알고 있니?"

"한자? 그건 못 들었는데……."

"어머. 정작 중요한 건 안 알려줬구나."

엄마가 큭, 하고 웃었다. 그이답네, 라는 듯이.

"어, 뭔데? 가르쳐줘."

"응. 그러니까 말이야, 먼저 나오의 '나(柰)'는 원래 제사상에 올리는 과일인 모과를 의미한대."

"모과라면, 목감기에 좋다는 그 과일?"

"맞아. 그 모과의 꽃말이 '풍요롭고 아름답다', '가능성이 있다'라는 의미거든."

"어……전혀 몰랐어."

"그렇지? 그리고 나오의 '오(緖)'라는 한자에는 '실마리'라는 뜻이 있대. 즉," 엄마가 잠시 기침을 하다가 다시 말을 이어갔다. "아빠는 가능성이 있다는 의미와 실마리라는 의미를 합쳐서 나오라는 이름을 만든 거야."

"그럼……."

나는 머릿속을 정리했다.

"이제 알겠지?" 하고 엄마가 말했다.

"뭘?"

"잘 안 풀릴 때도 나오에게는 확실한 '실마리'가 있고, 그 '실마리'에서 '가능성'을 찾을 수 있다는 거지."

"……."

"아빠가 열심히 생각해서 이름을 지어주셨잖아. 그러니까 나오는 틀림없이 괜찮을 거야."

후후후, 하고 웃으려던 엄마가 이번엔 심하게 기침을 했다.

"좀, 엄마야말로 괜찮아?"

"응. 괜찮."

엄마는 끝까지 말을 잇지 못하고, 전혀 괜찮아 보이지 않는 기침을 했다.

나는 심호흡을 한 번 깊게 한 후, 창문 쪽으로 시선을 돌렸다. 그러자 왠지 모르게 자연스레 입가에 미소가 담겼다.

"정말, 딸 걱정 좀 시키지 마."

"후후후. 미안."

"감기가 꽤 심한 것 같으니까, 엄마, 오늘 밤은……, 일찍 주무세요."

사진 속에서 눈부시게 웃는 세 사람 얼굴이 어른거리며, "일찍 주무세요." 부분에서 목소리가 울먹거리고 말았다. 하지만 엄마는 "네네, 알겠습니다"라고 밝게 대답해주었다.

그리고 짧은 인사만 남기고 전화를 끊었다.

틀림없이 내가 울고 있는 걸 눈치챘을 것이다.

나는 다시 한번 창문에 장식된 사진을 바라보았다. 그리고 다시금 생각했다.

역시……. 써달라고 하자.

스즈모토 선생님께. 최고의 소설을.

그러기 위해서는 우선 실마리를 찾아 가능성을 발견해야 해.

나는 코타츠 위에 놓인 상자에서 휴지 두 장을 꺼내어 하나로 뭉쳐서 양쪽 눈을 꾹꾹 눌렀다.

그리고 잠시 동안 온정과 슬픔 사이를 오가며 차분한 호흡에 마음을 맡겼다.

다음 날, 나는 친한 디자이너의 사무실에서 표지디자인 회의를 마친 후, 왠지 모를 이끌림으로 넓은 연못이 있는 공원에 들렀다. 겨울이라 그런지 공원에는 사람이 드물었고, 서늘한 바람에 낙엽 냄새가 섞여 있었다.

나는 분수대가 보이는 벤치에 앉아 가방에서 스마트폰을 꺼냈다. 메일 앱을 열고 스즈모토 선생의 주소를 선택했다.

"후우."

나는 결연한 숨을 내쉬며 본문을 입력하기 시작했다.

그렇게 십여 분 동안, 쓰고 고치고, 쓰고 고치기를 반복할 때, 갑자기 스마트폰이 울렸다. 회사 후배인 이쿠미가 보낸 메시지였다.

〈아침에 스즈모토 선생님의 《하늘색 어둠》을 사왔어요. 아직 열 페이지 정도밖에 읽지 않았지만, 벌써 마음에 와닿네요. 빨리 다 읽고 선배와 이야기 나누고 싶어요!〉

메시지에는 이렇게 적혀 있었다.

편집부에서 얼굴을 마주쳤을 때 이야기하면 될 것을 일부러 시간을 들여 메시지로 보낸다. 그리고 받는 사람을 기쁘게 한다.

"이 부지런함이 이쿠미답지······."

나는 조용히 중얼거리며 이쿠미에게 짧은 답장을 보냈다.

속상한 일이지만, 나보다 어린 이쿠미에게 배울 점이 너무 많다.

나는 쓰다가 중단했던 메일의 본문을 삭제했다. 그리고 과감하게 선생의 휴대폰 번호로 전화를 걸었다.

신호음이 울리는 동안, 내 심장은 마치 다른 생명체처럼 갈비뼈 안쪽을 격렬하게 두드렸다.

"여보세요?"

일단 끊으려던 열 번째 신호음에서 선생의 의아해하는 목소리가 들렸다.

"아, 안녕하십니까. 동서문예사의 쓰야마입니다."

"뭐야, 누군가 했더니······."

선생은 내 번호를 스마트폰에 저장하지 않은 것이다. 하지만 그 정도는 예상할 수 있는 일이다.

"네. 여러 번 죄송합니다."

"인사는 됐어. 나한테 아직 용건이 있는 거야?"

그렇게 말하며 선생은 '하아……' 하고 귀찮다는 듯이 한숨을 내쉬었다.

나오, 기죽지 마.

나는 이쿠미를 떠올리며 등을 곧게 폈다.

"네. 어제는 선생님과 모처럼 만났는데, 제대로 말씀드리지 못한 것이 많았구나 싶어서요."

"뭐? 충분히 이야기했잖아?"

"그게, 죄송합니다. 어제는 제가 너무 긴장해서 중요한 이야기를 전혀 하지 못했어요."

"중요한 일?"

"네. 무척 중요한 일입니다."

마음을 다해 그렇게 말하자, 선생은 잠시 침묵을 지켰다. 그리고 조금 퉁명스럽게 말했다.

"그래, 그럼 간단히 말해줄 수 있겠지?"

"네. 감사합니다."

바늘구멍만큼 작은 것일지도 모르지만, 이제야 나에게 '실마리'가 보인 것 같았다.

"사실은 제 개인적인 이야기인데요, 고등학교 3학년 때 자살을 생각했을 정도로 괴로운 나날을 보냈습니다. 그때 선생님의 데뷔작인 《하늘색 어둠》을 만나면서 미래에 작은 빛이 보이는 것 같았어요. 저는 그때 구원받았다는 생각이 들었습니다."

선생은 아무 말도 하지 않았다. 하지만 전화기 너머로 내 말에 귀 기울이고 있다는 느낌은 들었다.

"어, 그래서 저는 선생님과 《하늘색 어둠》에 진심으로 감사하고 있습니다. 게다가 지금 이렇게 선생님의 담당 편집자가 된 것은 제 인생에서 일종의 '기적'이 아닐까 하는 생각마저 듭니다."

"기적이라니, 과장이 심하군."

스즈모토 선생은 틀림없이 쓴웃음을 짓고 있을 것이다. 하지만 나는 진심이다.

"네. 선생님께는 과장스럽게 느껴질 수도 있습니다. 하지만 실제로 목숨을 구한 제게는 정말로 기적 같은 만남입니다."

"……."

"그리고 솔직히 말씀드리면, 저는 이 일을 시작한 지 4년이 지났지만, 아직 히트작이라고 할 만한 책을 한 권도 내지 못했어요. 히가시야마 씨에 비하면 저는 너무나 부족하고 무능해서……."

나는 여기서 한 번 심호흡을 할 필요가 있었다.

낙엽 냄새가 나는 12월의 공기를 크게 들이마시고 내쉰 후, 계속 말을 이었다.

"거의 성과를 내지 못하는 편집자라서 어쩌면 조만간 영업부로 옮기게 될지도 모릅니다."

"어……."

"회사에 그런 소문이 돌고 있는 것 같아요. 하지만 만약 그렇게 되더라도, 저는 마지막으로 단 한 번이라도 좋으니, 제가 정말 만들고 싶은 작품을 세상에 내놓고 싶어요."

여기까지 말했을 때, 나는 귀가 아팠다. 무의식중에 스마트폰을 귀에 대고 세게 누르고 있었던 모양이다.

"저기, 잠깐만."

스즈모토 선생이 한숨 같은 목소리를 냈다. 내가 너무 솔직하게 말해서 질려버린 건지도 모른다.

"쓰야마 씨는 참 무책임한 편집자군."

"네……?"

"추락하는 자기 인생에 나를 끌어들일 생각인가?"

추락하는 인생? 선생님을 끌어들인다고?

"아뇨, 저는, 그런 의도가 아니었……."

"당연히 그런 의도는 아니었다고 말하겠지."

"아뇨, 저기……."

나는 다음 말을 잃어버렸다. 냉정하게 생각해보면 선생의 말이 맞다. 이제 더 이상 아무 말도 할 수 없구나. 그렇게 생각하는데, 뜻밖에도 선생 쪽에서 다음 말을 이어갔다.

"쓰야마 씨가 내 작품으로 구원받았다는 게 사실이라면, 그 점에 관해서는 나도 솔직히 기쁘게 생각해."

"아……네. 그건 물론 사실입니다."

"그럼, 그걸로 됐잖아."

"……무슨 뜻인지요?"

"자네가 구원받았으니, 이제 그걸로 충분하다는 뜻이야."

스즈모토 선생이 체념한 듯이 그렇게 말했을 때, 왜일까, 나도 모르게 조금 강한 목소리로 되받아치고 말았다.

"안 됩니다, 그걸로는."

"……."

"아, 죄송합니다. 저기, 하지만, 안 돼요."

"안 되다니, 뭐가?"

"제가 구원받은 것만으로는, 제가 안 돼요."

"잠깐, 무슨 말을 하는 건지 모르겠군."

나는 침착해지고 싶어서 다시 한번 심호흡을 했다.

바로 눈앞에 어린아이와 젊은 엄마가 지나가면서 행복한 얼굴로 장난을 쳤다.

"저기……, 예전에 선생님 소설 덕분에 살아났던 저에게, 지금 선생님 소설을 통해 살리고 싶은 사람이 있습니다."

"뭐? 설마, 단 한 사람, 그 사람을 위해 소설을 쓰라는 건가?"

"네. 단 한 사람인 저를 구해냈던 선생님의 펜으로, 또 다른 한 사람을 구할 수 있으면 좋겠습니다. 그런 것도 문학이 지닌 멋진 힘이 아닐까요?"

"이봐, 잠깐만. 소설가는 말이야, 한 사람만을 위해 글을 쓸 수는 없어. 많은 사람이 읽어주지 않으면 먹고살 수 없다고 어제 말했잖아? 아니, 자네는 편집자니까 그 정도는 알지 않아?"

선생님은 많은 사람에게 읽히고 싶어서 잘 팔리는 미스터리로 전향하신 건가요?

가슴속 깊은 곳에서 솟구치는 대사를 나는 꾹 삼켰다. 왜냐하면 그 전향은 조금도 나쁜 일이 아니기 때문이다.

"그건 물론 알고 있습니다. 하지만 한 사람을 구할 수 있는 힘을 가진 책은 많은 사람을 구할 수도 있다고 생각해요. 실제로 《하늘색 어둠》은 영화로도 만들어졌고 베스트셀러가 되지 않았습니까."

나는 조금 무례한 말투를 쓰는 게 아닌가 싶었지만, 그래도 멈출 수 없었다.

"그렇게 과거의 성공 사례를 따르는 것은, 저로서는 조금도 나쁜 일이 아니라고 생각합니다."

내 목소리가 너무 커진 탓인지, 공원에서 놀던 모녀가 어리둥절한 표정으로 이쪽을 돌아보았다.

"쓰야마 씨."

"네."

"자네는 결국 누구를 살리고 싶은 거야? 설마, 일이 잘 안 풀리는 본인을 위한 건 아니겠지?"

너무나 예상 밖이었던 선생의 말에 나는 잠시 멈칫했다.

"어, 그건……."

어쩌면 선생의 말이 맞을지도 모른다는 생각이 들기 시작했다.

나는 선생님께 소설을 쓰게 함으로써 나 자신을 구하려고 하는 건 아닐까?

편집부에 남아 있기 위한 자구책으로?

차가운 바람이 불어와 머리 위의 마른 잎들이 바스락거리는 소리를 내며 흔들렸다. 한 장의 나뭇잎이 바람에 흔들리다가 내 발밑으로 흩날려 떨어졌다.

"어쩌면 저도 구원받고 싶은지도 모릅니다. 하지만 그뿐만이 아니라……."

"뭐야, 역시 그런 거였어."

스즈모토 선생은 그렇게 말하며 어이없다는 듯이 작게 웃었다.

"앗, 아닙니다. 잠깐만요……."

그 후에도 나는 나름대로 최선을 다해 설득을 계속했다. 선생이 써줬으면 하는 소설의 이미지도 세세하게 전달했다고 생각한다. 그래도 결국에는 선생의 마음을 움직이지 못한 채, "그럼, 오늘도 이제 아르바이트 갈 시간이라"라는 말로 대화는 일방적으로 끊겼다. 게다가 선생은 "더 이상 전화하지 마. 아니,

자네 전화는 이제 안 받을 테니"라는 마지막 한마디를 남겼다.

그날 밤, 난생처음으로 혼자 술을 마시러 갔다.

마음먹고 들어간 곳은 카운터석이 있는 작은 스페인 바였다.

혼자 들어갔는데도 나는 옆 사람에게 말을 걸 용기가 없었고, 카운터 안에서 요리하는 점원에게도 마찬가지였다.

옆 사람은 커플이고, 점원은 바쁜 것 같으니까…….

이런 변명도 할 수 있지만, 결국 나는 소심한 사람인 것이다. 그런 소심한 내가 드물게 용기를 내어 스즈모토 선생에게 전화를 걸었는데, 결과적으로 저렇게 끝나버리다니……. 돌이켜보면 후회스럽고, 슬프고, 한심해서 눈물이 날 것 같았다.

나는 적당한 브랜드의 와인과 약간 기름진 요리로 묵묵히 위장을 채워갔다. 대구살로 만든 부뉴엘로(크로켓), 감바스, 정어리 절임, 초리조를 다 먹었을 즈음에 이미 내 작은 위장이 가득 찼다. 들어온 지 한 시간도 채 지나지 않아 나는 계산을 마치고 가게 밖으로 나왔다.

12월의 거리에 부는 밤바람은 찌를 듯이 차갑고, 게다가 걷는 방향으로 맞바람이었다.

가게에서 역으로 가는 거리는 퇴근길에 지친 직장인들로 넘쳐났다.

나는 비틀비틀 어정쩡한 자세로 인파 속을 걸었다.

이렇게 취한 건 대학생 때 이후로 처음이다.

그대로 조금 가다 보니 역에서 1분 정도 떨어진 2층짜리 서점 앞에 다다랐다.

이 서점, 아직 열려 있네.

무심코 손목시계를 본 나는 어? 하고 다시 확인했다.

아직 저녁 7시 반이었다. 취한 사람의 감각으로는 이미 10시가 넘은 것 같은데…….

직업상 서점을 보면 들어가고 싶어진다. 나는 술도 깰 겸 잠시 들르기로 하고 입구 쪽으로 방향을 틀었다.

그런데 다음 순간, 왼쪽 어깨에 쿵 하는 충격이 왔다.

뒤에서 걸어오던 사람과 부딪쳐서 튕겨나간 것이다.

취한 나는 발을 헛디디며 비틀비틀 차도 쪽으로 물러나다가 인도 난간에 엉덩이를 부딪히고 멈췄다.

나를 밀치고 지나간 사람은 체구가 큰 회색 코트 차림의 남자였는데, 그 사람은 마치 아무 일도 없었다는 듯이 성큼성큼 걸어갔다.

아프잖아, 진짜…….

눈살을 찌푸린 나는 그대로 난간에 엉덩이를 기대고 한숨을 쉬었다.

정면에 방금 들어가려던 서점 입구가 보인다.

그 서점 안에서 직장인으로 보이는 젊은 남성이 나와서 역 쪽으로 걸어간다.

저 사람, 어떤 책을 샀을까?

내가 만든 책은 아니겠지, 그렇겠지…….

그렇게 생각하며 고개를 숙였을 때, 발밑에 하얗고 작은 알갱이 하나가 떨어졌다고 생각했는데, 순식간에 사라졌다. 사라진 부분의 아스팔트에는 검은 얼룩이 자그맣게 생겼다.

나는 천천히 하늘을 올려다보았다. 검은색인지 회색인지 모를 도시의 하늘에서 하얀 것들이 흩날리듯 떨어지고 있었다.

눈이었다.

어쩐지 춥다고 생각했는데, 첫눈이구나…….

나는 다시 서점 입구를 바라보았다.

코트 깃을 세운 중년 남성이 들어가고, 나와 비슷한 또래의 커플이 엇갈리듯이 걸어나왔다.

"어, 설마, 눈이잖아?"

"앗, 그러네. 얼른 가자."

커플은 팔짱을 끼고 발걸음을 재촉해 역으로 향한다.

나는 무의식중에 큰 한숨을 내쉬었다.

모두가 만족할 만한 좋은 책을 만들고 싶었는데…….

환하게 밝은 서점 안을 바라보며 나는 진심으로 그렇게 생각했다.

앞으로 더 이상 책을 만들 수 없게 된다면…….

슬픈 미래를 떠올리려 할 때, 내 머릿속에 아름다운 고향 바다와 어머니의 다정한 미소가 스쳐지나갔다.

그때.

가방 속 스마트폰이 울리기 시작했다. 전화다.

한순간 그냥 받지 말까 고민했지만, 이내 생각을 바꿨다. 급한 일이라면 상대에게 폐를 끼칠 수 있으니까.

나는 서둘러 스마트폰을 손에 들고 화면을 보았다.

"어…….'

목구멍에 걸린 듯한 소리가 나왔다.

"여보세요…….'

조심스럽게 전화를 받았다.

"아, 저기, 스즈모토입니다."

"네네."

그건 알고 있다. 화면에 이름이 뜨니까.

그런데 도대체 무슨 용건으로?

나는 이리저리 생각해보려 했지만, 머리가 전혀 작동하지 않았다. 술기운과 혼돈으로 뇌가 제 기능을 하지 못했다.

"아니, 뭐, 낮에는 이런저런 말을 했었는데."

"……."

"글을 써보는 것도 괜찮을 것 같아서."

어?

"……."

뜻밖의 전개에 내가 말을 잇지 못하자, 선생의 말투가 조금 강해졌다.

"대답 정도는 할 수 있지 않나? 자네, 낮에 전화한 일로 화난 거야? 혹시 뒤끝 있는 성격인가?"

이유는 모르겠지만, 선생의 이 엉뚱한 대사가 내 마음속에서 간신히 균형을 유지한 채 쌓여 있는 블록을 밑바닥부터 무너뜨려주었다.

"후후후후."

나는 웃음을 터뜨렸다.

"어, 왜 웃는 거야?"

"죄송합니다. 음, 저는 뒤끝 같은 거 없어요. 다만, 조금……."

"조금, 뭐?"

나는 잠시 숨을 고르고 말했다.

"취했어요."

"뭐? 술 마시고 있어?"

"네. 방금 전까지 마시고 있었어요. 혼자서."

"흐음. 자네도 참 외로운 사람이군."

선생도 웃음이 섞인 목소리로 말했다.

"네. 정말 외로웠어요. 하지만 지금은, 뭔가……, 뭐랄까……."
 어라? 하고 생각했을 때는 이미 늦었다. 내 눈 안쪽이 갑자기 뜨거워지더니, 눈물방울이 뺨을 타고 주르르 흘러내리기 시작한 것이다.
"음, 쓰야마 씨."
"네……."
"앞으로 편집부에 있든, 영업부로 가게 되든, 내 신작은 제대로 팔아줘야 해."
 나는 힘차게 "넵!" 하고 대답하려 했지만 목소리가 나오지 않아서, 그저 말없이 응응, 하며 몇 번이고 고개를 끄덕였다.
 눈앞의 서점에서 나온 정장 차림의 남성이 울고 있는 나와 시선이 마주쳤다. 남자는 잠시 당황한 표정을 지었지만, 곧 시선을 돌리고 걸어갔다.
"어, 쓰야마 씨, 괜찮아? 그렇게 많이 취했어?"
 스즈모토 선생의 목소리에서 아주 조금 다정함이 느껴졌다.
"물론 괜찮습니다."
 왜냐하면, 나는 '나오'니까…….
"선생님."
"응?"
"눈이 내리고 있어요."
"어? 지금?"

"네."

"그렇구나. 그래서 오늘 추웠군."

"네."

나는 스마트폰을 귀에 대고 천천히 도시의 하늘을 올려다보았다.

작고 하얀 알갱이들이 바람에 흔들리며 내려온다.

도시의 하늘도 텅 비지 않을 때가 있나 보다.

"쓰야마 씨."

"네."

"내가 왜 쓰기로 마음먹었는지, 안 물어봐?"

퉁명스러운 선생의 목소리가 왠지 따뜻하게 느껴졌다.

"그건……중요한 일이니까 다음에 뵐 때 천천히 들려주세요."

그렇게 말하면서 또 '우후후' 하고 웃어버렸다.

"그나저나 왜 웃는 거야? 실없는 사람이네."

"그렇죠. 저도 그렇게 생각해요."

말하면서 밤하늘을 올려다본 순간, 내 등이 저절로 활처럼 쫙 펴졌다.

제 2 장

소설가

스즈모토 마사미

"음~, 맛있다. 이런 거 처음 먹어 봐."

색색의 과일과 생크림을 얹은 팬케이크를 한입 베어 물며, 초등학교 4학년인 마이가 눈을 가늘게 뜨고 웃었다.

"그래? 역시 이 가게로 정하길 잘했네."

어젯밤……, 나는 한 시간 동안의 인터넷 검색으로 지난달에 하라주쿠에 오픈했다는 이 가게를 찾아냈다.

"아빠도 먹을래?" 마이는 나이프로 작게 자른 팬케이크와 딸기를 같이 포크로 찍어 테이블 너머로 손을 뻗었다. "자, 딸기 좋아하잖아?"

나는 쑥스러워하면서도 몸을 내밀어 덥석 받아먹었다.

"정말이네. 폭신폭신한 식감이 최고다."

"멜론 부분도 먹을래?"

"아니. 아빠는 지금 배가 안 고파서 괜찮아. 마이 많이 먹어."

"응."

한 달에 한 번으로 정해진 마이와의 데이트는 시간이 두 배로 빨리 흐른다. 매번 거짓말처럼 순식간에 끝나버린다. 이런 보석 같은 순간을 나는 소중히 정성껏 음미해야 한다. 아니, 그렇게 하지 않으면 너무 아깝다.

나는 블랙커피를 한 모금 마시고 팬케이크에 열중하고 있는 마이의 얼굴을 가만히 바라보았다.

또렷한 쌍꺼풀에다 약간 처진 눈매. 고민 중인 듯이 내려간 눈썹. 입꼬리가 살짝 올라간 얇은 입술.

어떻게 봐도 내 딸이다.

"마이, 학교는 재밌어?"

나는 천진난만하게 '응!' 하고 미소 짓는 마이를 상상하며 물었지만, 딸의 입에서 흘러나온 소리는 "으음……"이었다.

"요즘은 그저 그래."

"어, 왜?"

마이는 입으로 가져가려던 팬케이크를 일단 내려놓고 대답했다.

"우리 집 근처에 말이야, 나랑 같이 학교까지 걸어가는 친한 애가 있는데."

"응."

"그 아이가 반 여자애들한테 따돌림당하기 시작했어……. 하지만 그냥 평범하고 착한 아이라서 나는 매일 그랬듯이 그 아이랑 같이 다녔단 말이야."

여기까지 말하고 마이는 '하아' 하고 작은 한숨을 내쉬었다.

솔직히 이쯤에서 대략 짐작이 갔다.

"그러니까, 그런 거구나. 마이까지 같이 무시당하게 된 거야?"

"응……."

마이는 팬케이크를 찔러놓은 채로 포크와 나이프를 살며시 내려놓고 대신 오렌지 주스를 마셨다.

"엄마는 뭐라고 하셔?"

나는 전처인 미즈키의 얼굴을 떠올리며 물었다.

그러자 마이는 작게 고개를 저었다.

"엄마한테는 아직 말 안 했어."

"왜?"

"그런 말 하면 엄마가 곤란할 것 같아서."

엄마가 걱정하는 게 아니라 곤란하다니…….

"마이……."

나는 조금 복잡한 한숨을 내쉬었다.

딸의 고민을 알아차리지 못하는 미즈키에 대한 원망과, 마이의 고민을 지금 나만 알고 있다는 음울한 쾌감. 그리고 '곤란하다'라는 단어가 내포하는 의미. 이 모든 것이 뒤섞인 축축한 한숨이었다.

"그래도 말이야, 요즘은 학급임원인 한 아이가 말을 걸어주기 시작했어."

"그 아이까지 무시당하는 건 아니겠지?"

"잘 모르겠지만……. 조금 더 지속되면 선생님께 상담해볼 게."

마이가 제일 먼저 의지하려는 상대가 엄마가 아닌 학교 선생님이라는 것도 나는 신경이 쓰였다.

"그래. 이런 상태가 계속되면 큰일이니까, 너무 심해지기 전에 어른에게 알려야 해."

"응, 알겠어."

예전부터 말을 잘 듣는 마이는 어딘가 쓸쓸해 보이는 미소를 지으며 다시 팬케이크를 먹기 시작했다.

나도 커피에 입을 댔지만, 아까보다 더 쓸쓸했다. 보이지 않는 손이 내 위장을 움켜쥔 것 같은 불편함도 있었다.

나는 짜증이 난 것이다. 마이를 괴롭히는 반 친구들과, 그 아이들을 키운 부모들, 미즈키, 교사, 그리고 아무것도 해줄 수 없는 나 자신에게.

적어도 미즈키에게는 한마디 해주고 싶지만, 마이의 양육비를 제대로 보내지 못하는 내 입장에서는 그마저도 망설여졌다. 일반적으로 생각하면 이렇게 마이를 만나게 해주는 것만으로도 감사해야 할 일이니까.

"저기, 아빠."

"응?"

"지금 아빠가 쓰고 있는 소설은 어떤 이야기야?"

마이가 화제를 바꿨다. 아마도 지금은 학교 일을 떠올리고 싶지 않은 모양이다.

"글쎄……, 이야기 속에 여러 가지 수수께끼가 있고, 그 수수께끼를 주인공이 차근차근 풀어나가는, 약간 스릴 있는 이야기라고 할까. 미스터리 소설이라고 하는데."

"아, 마이도 미스터리라는 말 들어본 적 있어."

"오, 그래? 역시 소설가의 딸이구나."

"후후후. 의미는 몰랐지만……. 그래도 스릴감 넘치는 이야기라니……. 그거, 무서운 이야기라는 뜻이지?"

"그러게, 그럴 수도 있겠네. 조금 무서운 장면도 있을 거야."

"그렇구나……." 마이는 내 얼굴을 똑바로 보며 고개를 살짝 기울였다. "아빠는, 다정하잖아?"

"응?"

"그런데 왜 무서운 이야기를 써?"

아이다운 직설적인 질문에 나도 모르게 웃음이 났지만, 나는 직설적으로 대답할 수 없었다. 솔직하게 대답해야 한다면 "돈 때문이야"라고 해야 할 테니까.

"으음, 어려운 질문이네."

나는 관자놀이를 긁적이며 최적의 해답을 모색했다.

생각해보면, 내 데뷔작《하늘색 어둠》은 잘 팔리는 미스터리 소설이 아니었다. '휴먼스토리'를 쓴 이유가 있었다. 애초에 팔리는 것, 돈 버는 것이 목적이 아니었기 때문이다. 그런데도 그 작품은 출판되자마자 인기 여배우의 눈에 띄었고, SNS에서 화제가 되어 나쁘지 않은 성적을 기록했다. 게다가 그 덕분에 영화로도 만들어졌다. 즉, 제법 돈이 된 것이다.

첫 작품부터 히트를 친 나는 담당 편집자와 아내의 반대를 무릅쓰고 당시에 국어 강사로 일하던 학원을 그만두고 글 쓰는 일로만 먹고살기로 결심했다. 그래도 아내와 아이가 있으니 최대한 안정된 생활을 유지하고 싶다는 생각에 나는 당시부터 이어진 '미스터리 붐'에 편승한 것이다.

휴먼물로 히트를 쳤으니 지금 유행하는 '약간 세련된 스타일의 미스터리'를 쓰면 대박을 기대할 수 있을 거라고 생각했다.

당시의 나는 그렇게 믿어 의심치 않았다.

그러나 아무리 '미스터리 붐'이라고 해도 무명작가의 작품이 뜬금없이 팔리는 그런 만만한 세상은 아니었다. 두 번째 작품, 세 번째 작품이 전혀 팔리지 않고 네 번째 작품까지 증쇄에 실패했을 때, 나는 안이하게 '직장인'을 포기해버린 자신을 저주하며 위장병에 시달리기 시작했다.

하지만 이제 와서 문학의 세계에서 도망칠 수도 없었다. 어쨌든 팔릴 확률이 높은 건 미스터리다. 아내를 위해, 어린 마이를 위해, 미스터리를 써서 히트작을 만들어내야 한다. 나는 가차 없이 줄어드는 통장 잔고에 마음을 졸이면서도 필사적으로 글을 계속 써냈다.

그래도 결과는 신통치 않았다.

솔직히 작품 퀄리티에 대한 자신감은 있었다. 담당 편집자도 "인지도만 높아지면 이전 작품들도 한꺼번에 팔릴 거예요"라고 말해주었다. 그래서 나는 저공비행 상태로라도 계속 소설가로 남기를 고집했다.

그러던 어느 날,

"나 잠깐 친정에 다녀올게."

담담하게 말한 미즈키가 당시 다섯 살이던 마이의 손을 잡고 아파트를 나갔다. 미즈키의 친정은 인접한 지역이라 저녁쯤에는 돌아올 거라 생각하고 나는 평소처럼 가볍게 손을 흔들며 현관에서 두 사람을 배웅했다. 그리고 텅 빈 거실로 돌아왔을 때 테이블 위에 통장 하나가 놓여 있는 것을 발견했다. 나는 무심코 펼쳐서 잔액을 확인했다.

어…….

선명하게 인쇄된 잔액은 777엔이었다.

"설마 아니지?"라고 중얼거린 그날 이후, 미즈키와 마이는 돌아오지 않았다. 즉, 경제적 여유와 부부간의 애정은 정비례한다는 것을 나는 뼈저리게 깨달았다.

"저기, 아빠."

우울한 과거를 회상하던 나는 마이의 목소리에 흠칫 놀랐다.

"아, 어……. 미안. 아빠가 미스터리를 쓰는 이유. 지금 생각 중이었는데……."

"아니야, 그건 이제 됐어."

"응?"

다시 나이프와 포크를 들어올린 마이는 입가에 생크림을 묻힌 채 진지한 얼굴로 나를 올려다보았다.

"그런데 말이야, 마이가 읽어도 무섭지 않은, 즐거운 이야기도 써줬으면 좋겠어."

즐거운 이야기라…….

그렇구나. 마음은 잘 알지만, 지금의 아빠에겐 그런 여유가 없단다. 미안해, 마이.

속으로 사과하면서, 나는 "어? 이런 곳에 맛있는 도시락이 있었네?"라고 말하며 테이블 너머로 손을 뻗었다. 그리고 마이의 입가에 묻은 생크림을 손가락으로 닦아내어 그대로 내 입에 넣었다.

"마이 도시락, 달콤하고 맛있네."

내가 장난을 치자 마이는 '우후후' 하고 웃어주었다.

그래. 이거야, 이 얼굴. 나는 이 표정을 보고 싶은 거야. 그러기 위해서라면 뭐든 할 수 있어.

"저기, 마이."

"응?"

"아빠가 말이야, 언젠가 마이를 주인공으로 한 이야기를 써 줄게."

"와앗, 멋져! 아빠, 정말?"

"물론이지. 최고로 즐겁고 행복한 이야기로 만들어줄게."

"와아……."

눈을 반짝이며 순도 100퍼센트 미소를 띤 마이가 계속 말을 이었다.

"아빠, 그거 언제 써줄 거야?"

"으음, 아빠가 바빠서 조금 시간이 걸릴 것 같아."

그렇게 말하면서 마이에게 미소 지어 보였지만, 스스로도 어색한 억지웃음이라는 걸 깨달았다.

오후 6시.

주택가 외곽에 있는 대형마트 푸드코트는 언제나처럼 붐볐다. 빈자리가 없나 살피는데 마이가 소리쳤다.

"아! 아빠, 저기 자리 비었어!"

마이는 잡고 있던 내 손을 놓고 빈자리로 가볍게 달려갔다.

나는 그 작고 가녀린 등을 바라보며 오늘 하루가 유난히 짧다는 사실에 한숨지었다.

마이와의 데이트는 항상 이곳에서 끝난다. 곧 나타날 미즈키에게 마이를 보내고, 나는 혼자 집으로 돌아간다. 미즈키와 마이는 여기서 저녁을 먹고 돌아가는 게 일상인 듯했다.

"아빠!"

빈자리를 확보한 마이가 손을 흔들었다.

가볍게 손을 들어 화답한 나는 마이를 향해 걸어갔다.

그때.

"저기."

뒤에서 목소리가 들리고, 뭔가가 가볍게 어깨를 건드렸다.

돌아보니 작은 체구의 여성이 나를 올려다보고 있었다.

당찬 눈빛의 단발머리 사형 집행인. 오늘 하루의 '아빠'로서의 시간을 강제 종료시키려는 자.

"벌써 온 거야?"

"벌써라니, 거의 정시야."

미즈키는 손목시계를 내게 들이대며 말했다.

"뭐, 그렇긴 한데."

"봐, 마이가 부르고 있잖아."

"아, 응. 갈까?"

어색한 대화를 나누며 우리는 마이가 있는 자리로 걸어갔다.

"저기, 오늘은 잠깐 할 얘기가 있는데, 괜찮겠어?"

비스듬히 뒤에서 미즈키가 말했다.

"어, 나한테?"

"당신 말고 누가 있어?"

결혼할 당시의 미즈키는 이렇게 날카로운 말투를 쓰는 여자가 아니었는데……

"없네."

"그럼, 그렇게 알고 있어."

마이가 있는 테이블에 도착하자 미즈키는 지갑에서 천 엔짜리 지폐를 꺼내 마이에게 건넸다.

"자, 이걸로 먹고 싶은 걸 사오렴."

"응." 하고 일어선 마이는 미즈키가 와도 떠나지 않는 나를 보고, "어? 오늘은 아빠도 같이 밥 먹을 수 있어?"라며 기쁜 듯이 눈을 동그랗게 떴다.

"아니, 그렇지 않아."

미즈키가 조금의 틈도 주지 않고 부정한다.

마이는 "그렇구나"라며 무척 아쉬운 듯이 눈꼬리를 내렸다.

"미안해. 지금부터 엄마랑 잠깐 이야기하고 아빠는 돌아갈 거야."

"흐음."

평소와 다른 분위기에 마이는 약간 의아한 표정을 지었지만, 미즈키가 "자, 얼른 사와." 하고 가볍게 등을 떠밀자 가게 쪽으로 발길을 돌렸다.

마이가 충분히 멀어진 것을 확인한 후, 우리는 테이블을 사이에 두고 앉았다. 시선이 마주치자마자 미즈키가 입을 열었다.

"단도직입적으로 말할게."

"아, 응."

"나, 결혼하게 됐어."

"어……."

도대체 누구와? 라고 물으면 "상관 마"라고 차갑게 대꾸할 것 같아서 나는 잠시 머뭇거렸다.

"그 사람 말이야, 마이랑 같이 살아도 좋다고 했어."

"그렇구나. 으음, 축하해……라고 하면 되는 거지?"

미즈키는 어이없다는 듯 웃더니 내 질문에는 대답하지 않고 대화를 이어나갔다.

"내가 결혼한다는 건 마이에게 새아빠가 생긴다는 뜻이잖아?"

새아빠. 마이에게…….

심장 박동이 두 박자 정도 빨라진 것 같아서 나는 무의식중에 숨을 멈췄다. 하지만 전처는 안색 하나 바뀌지 않고 계속 말을 이었다.

"그러니까 당분간은 마이를 만나지 말아줬으면 해."

"어? 잠깐만." 무심코 내 말이 빨라졌다. "마이는 뭐래? 나랑 안 만나도 된대?"

"좀. 큰소리 내지 마. 창피해."

"아……."

나는 주위를 둘러보았다. 하지만 특별히 눈살을 찌푸리는 사람은 없는 것 같았다.

"아직 마이한텐 말 안 했어. 당신한테 먼저 말하는 거니까, 오히려 고마워해야 할 거야."

"고마워하라니, 너……."

"너라고 하지 마."

날카롭게 못이 박혔다.

"아……미, 미안."

"아무튼, 그렇게 됐으니까."

미즈키는 1초라도 빨리 대화를 끝내고 싶어 하는 것 같았지만, 나로서는 쉽게 물러설 수 없는 상황이었다.

"그러니까 잠깐만. 당분간 만나지 말라는 건 어느 정도의 기간을 말하는 거야?"

"글쎄……."

미즈키가 허공을 응시하며 계산을 시작했다.

3개월인가? 설마 6개월? 1년은 말도 안 돼.

아이의 성장은 빠르다. 놀라울 만큼 빠른 속도로 변한다. 나는 마이가 성장해가는 모습을 조금이라도 더 많이 내 눈에 담고 싶다. 그것이 지금의 나에게 남은 유일한 삶의 의미라고 해도 과언이 아니니까.

스트레스로 등이 굽을 것 같은 나에게, 미즈키의 입술이 무자비한 말을 내뱉었다.

"뭐, 최소한 마이가 고등학교를 졸업할 때까지 8년. 아니면 성인이 될 때까지 10년 정도?"

"뭐?"

나는 입을 벌린 채 굳어버렸다.

"뭐, 가 아니잖아. 새아빠를 위해서도, 마이를 위해서도 그렇게 하고 싶은 거야."

"뭐가……마이를 위해서라는 거야…….'

"저기요."

미즈키가 강한 어조로 내 말을 막았다.

"당신은 나한테 의견을 말할 권리 따위 없지 않아?"

"왜? 무슨 이유로?"

"양육비, 안 보내잖아?"

"……."

"아버지로서의 의무는 내팽개치고, 권리만 주장하는 행태는 이제 그만하시지요?"

미즈키는 일부러 존댓말을 사용하며 나를 몰아붙였다.

"그러니까, 그건……."

"그건, 뭐죠?"

할 말을 잃은 나는 참지 못하고 크게 숨을 들이마셨다. 그리고 가슴속에 소용돌이치는 썩은 감정과 함께 '후우' 하고 내뱉었다.

"그 사람, 아이를 무척 좋아하는 다정한 사람이야. 결혼하면 최고의 아빠가 되고 싶다는 말도 해주는 사람이야."

"……."

"요즘은 나보다 마이를 더 챙길 정도로 정말 예뻐해주고 있어. 마이의 마음이 상처 입지 않도록 무척 세심하게 신경써주고 있어. 그런 사람 흔치 않잖아?"

"……."

내 안의 '할 말'은 여전히 나오지 않은 채였다.

"얼마 전에 혹시나 해서 육아 전문가에게 상담해봤는데, 역시 마이와 새아빠의 관계를 제대로 형성해줘야 한다는 조언을 들었어. 그러니까 만약 당신이 마이를 정말 소중하게 생각한다면, 일단 당분간은 물러나주었으면 해."

"……."

"마이의 행복을 위해서 말이야."

나는 미즈키의 당당한 눈에서 시선을 뗐다. 그리고 멀리 있는 마이를 보았다. 초등학교 4학년인 딸은 어느 가게에서 무엇을 먹을까 고민하며 줄이 늘어선 가게들 앞을 발랄하게 걷고 있었다.

"마이는……." 나는 내 목숨보다 소중한 생명체를 바라보며 입을 열었다. "오늘 아침부터 계속 함께 있었는데, 새아빠에 대한 이야기는 전혀 안 했어."

"마이는 섬세하고 남을 배려하는 아이라서, 당신한텐 말하기 어려웠을 수도 있겠네."

틀림없이 그랬을 것이다.

그런데도 나는 마이가 나를 배려한다는 사실조차 깨닫지 못한 채 귀중한 하루를 보내버렸다.

멀리 있던 마이가 이쪽을 홀쩍 돌아보았다.

눈이 마주치자 환하게 웃으며 손을 흔들었다.

나는 힘껏 미소를 지으며 얼굴 옆으로 손을 흔들며 말했다.

"생각할 시간을 줘."

"좋아. 하지만 내 마음은 변하지 않을 거야."

의기양양한 미즈키의 눈에 한층 더 힘이 실린 것처럼 보였다.

나는 천천히 일어났다.

"그럼, 나는 갈게."

"마이한테 인사는 안 해도 돼?"

나는 마이를 보았다. 피자와 파스타 가게 앞에 서서 허리를 굽혀 메뉴를 들여다보고 있다.

"괜찮아."

마이와의 작별 인사.

생각만 해도 내 마음이 산산조각 날 것 같다.

"그럼." 하면서 미즈키에게 등을 돌리고 걸어가려던 순간, 나는 문득 중요한 것을 떠올렸다. "아, 참."

"왜?"

미즈키는 조금 의아한 눈빛으로 나를 올려다보았다.

"마이가 말이야, 학교 일로 고민이 있는 것 같아. 슬쩍 물어봐줄 수 있어?"

미즈키는 조금 뜻밖이라는 듯이 눈을 크게 뜨더니, "알았어"라고 말하며 가볍게 고개를 끄덕였다.

"그럼, 부탁해."

나는 마지막으로 마이의 뒷모습을 살짝 보고 푸드코트를 떠났다.

새아빠.

지금까지 예상조차 하지 못했던 단어가 내 가슴속으로 거침없이 들어와 불쾌한 열기와 썩은 냄새를 풍기기 시작했다.

나는 비틀거리며 대형마트 밖으로 나왔다.

12월의 시린 바람을 맞으며 비 갠 밤하늘을 올려다보니, 조금 전까지 내 손을 잡고 있던 마이 손의 감촉이 되살아났다.

등골에서 힘이 쑥 빠져나갈 것 같아서, 나는 아직 약간 젖어 있는 가드레일에 걸터앉았다.

그리고 내 손을 보았다.

아빠라는 건, 새것이니 헌것이니 할 수 있는 게 아니잖아.

"쯧……." 장난하냐, 라고 소리치려던 순간, 내 눈앞을 한 가족이 지나갔다. 젊은 아빠와, 엄마와, 그 사이에서 양손을 잡은 어린 소녀. 크리스마스 전등이 반짝이는 꿈결 같은 거리를 따라 세 사람은 가까운 역을 향해 걸어가고 있었다.

"후우."

나는 오늘 몇 번째인지 모를 한숨을 내쉬었다.

그때 점퍼 주머니에서 스마트폰이 진동했다. 화면을 보니 아야코의 메시지였다.

〈방금 자기 집에 왔는데, 창문이 안 잠겼더라. 2층이라고 너무 방심하는 거 아냐? 오늘은 몇 시쯤 올 것 같아?〉

아야코와는 2년 전 고등학교 동창회에서 재회한 이후, 어쩌다 보니 계속 만나고 있고, 최근에는 이른바 '반 동거' 생활을 하는 사이다. 한때 반장이었던 성실하고 단정한 아야코와 기본적으로 엉성한 나는 가치관이나 삶의 방식이 정반대인 것 같지만, 함께 있으면 왠지 편안해서 지금까지 한 번도 싸움다운 싸움을 해본 적이 없다.

〈지금 귀가 중. 30분 후쯤 도착할 것 같아. 편의점에서 술 사갈게.〉

메시지를 보낸 나는 가드레일에서 몸을 일으켜 일루미네이

션이 반짝이는 길을 걷기 시작했지만, 곧 발을 멈췄다.

앞쪽에 아까 그 세 가족의 뒷모습이 아직 있었다.

"하아."

나는 하얀 입김을 내뿜고는 발길을 돌려 반대 방향으로 걷기 시작했다.

일부러 가까운 역으로 가지 않고 조금 떨어진 역에서 전철을 타기로 했다.

싸구려 아파트의 허름한 다다미방에 중고 코타츠가 자리 잡고 있다. 그 위에는 방금 내가 편의점에서 사온 술과 안주가 놓여 있다.

"마사미 군."

아야코가 가벼운 어조로 내 이름을 불렀다.

"응?"

"오늘은 마이짱 이야기 전혀 안 하네. 무슨 일 있었어?"

술에 약한 아야코는 이미 빨갛게 달아오른 얼굴을 양손으로 부채질하며 고개를 기울였다.

"별로. 마이는 평소처럼 발랄했어."

그렇게 말하며 캔에 든 소주 칵테일을 마시는 나를, 아야코는 의심스러운 눈으로 보았다.

뒤로 대충 묶은 윤기 나는 검은 머리. 앞머리는 눈썹에 맞춰서 단정하게 잘랐다. 빨간 뿔테 안경을 쓰고 있어서인지 같은 40대인데도 나보다 훨씬 젊어 보인다.

"이 느낌……역시 뭔가 있었던 거지?"

"뭔가가 뭐야?"

"그러니까, 내가 그걸 묻고 있잖아."

우리는 학창시절 같은 반 친구였고, 부끄러운 과거를 서로 잘 알고 있다. 그렇기 때문에 둘 사이에는 이제 와서 꾸밀 필요도 없다는 듯 편안한 공기가 흐른다고 생각한다. 나는 이 분위기에 기대어 큰 한숨을 쏟아냈다.

"하아……."

아야코는 아무 말 없이 평소의 온화한 표정으로 나를 바라보았다.

"전처, 재혼한대."

나는 되도록 무덤덤한 어조로 말했다. 그러자 아야코는 잠시 나를 관찰하다가 한층 더 가벼운 어조로 대답했다.

"흐음, 그렇구나. 그래서 그 일이 마사미 군한텐 달갑지 않다는 건가?"

"아니, 딱히……."

스스로도 말끝이 불분명했다고 내심 생각하며, 나는 다시 술을 마셨다. 달콤해야 할 술이 왠지 쓰게 느껴졌다.

"그렇구나. 나는 좀 안심이 되는데."

"응?"

무슨 뜻이야? 라고 묻기도 전에 답을 알았다.

내 전처가 재혼하면 내 마음이 '옛 가족'과 완전히 멀어질 테고, 결과적으로 우리가 결혼하기 쉬워진다고, 그렇게 생각할 것이다.

아야코와 나는 이미 앞날에 대해서도 이야기를 나눴다. 그것도 한두 번이 아니었고, 대화 내용도 꽤 구체적이었다.

예를 들어, 결혼하고 나서도 나는 마이와 만날 거라든지, 아야코의 부모님은 상대가 돌싱이어도 상관없다고 했다든지, 당분간은 내 방을 정리하고 아야코 방에서 산다든지. 더 나아가 아이는 갖지 않는 방향으로 가자든지, 그런 이야기까지 나눴다.

하지만 솔직히 말하면, 나는 아직 아야코와의 결혼을 망설인다. 이유는 단순하다. 내게는 제대로 된 '수입이 없다'는 점이 걸림돌로 작용했기 때문이다.

아야코는 대기업인 기계 제조회사의 엔지니어로 일하며 꽤 높은 연봉을 받지만, 반면에 나는 슬프게도 망하기 직전의 소설가다. 아니, 정확하게는 '아르바이트생'이라고 해야 할지도 모른다. 어쨌든 주 수입원은 책 인세가 아니라 글쓰기를 가르치는 강사로 고용된 학원에서 받는 '아르바이트비'다.

"아무튼 마이짱이 행복하면 좋겠네."

말하면서 과자를 입에 넣은 아야코가 조금 먼 곳을 바라보았다. 아마도 마이를 생각하는 동안 자신의 과거가 떠올랐기 때문일 것이다. 실은 아야코도 어릴 때 부모님의 이혼을 겪고 한동안 싱글맘 가정에서 자랐다.

"아야코."

"응?"

멀어졌던 아야코의 시선이 내게로 돌아왔다.

"엄마가 재혼해도, 딸은 행복해질 수 있는 걸까?"

나는 조금은 기도하는 마음으로 물었다.

"으음, 어떨까? 내 경우엔 엄마가 재혼할 때 한창 사춘기였거든. 새아버지한테도 엄마한테도 이유 없이 짜증나서 전혀 행복하지 않았어. 하지만 마이는 아직 초등학교 4학년이니까."

"아무리 그래도 피 한 방울 안 섞인 아저씨가 집에 들어오면 스트레스받지 않을까?"

나는 그저 아야코가 동의해주길 바라며 그렇게 말했지만, 기본적으로 성실한 아야코는 나름대로 납득할 만한 대답을 제시하기 위해 이리저리 고민하며 '으음……' 하고 고개를 갸웃거렸다. 그리고 단어를 신중하게 고르며 이야기하기 시작했다.

"확실히 4학년이라도 '위화감'은 느낄 수 있겠지. 하지만 내 경험상 좋았던 점도 있었어."

"좋았던 점? 모르는 아저씨가 집에 들어왔는데?"

"응. 예를 들어, 남자 어른이 집에 있는 것만으로도 역시 든 든하고 어딘가 안심이 되는 부분이 있었어. 그리고 지금 생각하면 새아버지는 나를 굉장히 신경써주시고 친절하셨어. 하지만 한창 사춘기였던 나는 그 배려를 받아들이지 못하고 계속 반항했던 거야."

"……."

"결과적으로, 일장일단이 있다……는 결론이 나오는 거지."

"일장일단이라……."

"응. 하지만 말이야, 이것만은 확실하다고 생각해. 엄마가 '오늘부터 이 사람이 새아빠야'라고 해도, 바로 '네, 그렇습니까? 알겠습니다.' 이렇게 되진 않아. 아이가 몇 살이든 간에."

새아빠.

그 단어는 나에게 강렬한 '독침' 같은 것이었다. 귀에 들어오는 순간 가슴속까지 독이 퍼져서 저절로 얼굴을 찌푸리게 된다.

나는 그 가슴속 답답함을 날려버리고 싶어서 캔에 남은 술을 힘차게 목구멍으로 들이켰다.

그때, 코타츠 한구석에 놓여 있던 스마트폰이 진동했다. 메일이다. 나는 단말기를 들고 메일 앱을 열었다. 그리고 제목을 본 순간, 눈살을 찌푸렸다. 〈동서문예사의 쓰야마라고 합니다〉라고 적혀 있었다.

몇 년 전, 이 출판사에서 소설을 낸 적이 있었다. 하지만 그 작품이 전혀 팔리지 않아서 담당 편집자랑 마케팅팀과도 갈등을 빚었다. 즉, 나로서는 이제 어색해서 연락조차 할 수 없는 출판사인 것이다.

"왜 그래? 심각한 표정을 하고."

우롱차가 든 페트병 뚜껑을 돌리며 아야코가 말했다.

"뭔가, 예상치 못했던 출판사에서 메일이 왔어."

나는 그렇게 대답하고 본문을 묵묵히 읽기 시작했다.

그 메일에 따르면, 예전에 나와 다툼이 있었던 히가시야마라는 편집자는 다른 출판사로 옮겼고, 대신 이 메일을 쓴 쓰야마 나오라는 여성이 새롭게 나를 담당하게 되었다고 한다. 이를 계기로 다시 한번 자사에서 신작을 내고 싶으니 가까운 시일 내에 인사차 방문하고 싶다고 쓰여 있었다.

메일의 문장은 정중했고, 열의도 확실히 느껴졌다.

솔직히 지난 반년 동안 나에게 집필을 의뢰한 출판사는 전무했다. 뭐, 책을 내도 팔리지 않고 적자만 쌓이니 어쩔 수 없는 일이지만, 이 정도로 의뢰가 없으니 '소설가'라는 호칭으로 불리는 것조차 꺼려졌다. 그런 상황에서 받은 이 메일은 다소나마 내 안의 자존심을 어느 정도 채워주었다.

"집필 의뢰 메일이었어. 신작을 내보자고."

나는 자칫 느슨해질 것 같은 뺨에 긴장감을 주면서 말했다.

"그래? 승낙할 거야?"

"일단 메일을 보낸 새 담당자를 만나보고 그다음에 생각해볼래."

"응, 그게 좋겠네."

아야코는 담담하게 말하면서 잔에 따른 우롱차를 마셨다.

"아야코는 거절하는 게 좋을 것 같아?"

혹시나 해서 물었다.

"응? 나는 마사미 군이 하고 싶은 대로 하면 된다고 생각해."

특별히 비꼬는 투로 말한 것은 아니었다. 그래도 아야코의 마음은 알고 있다.

마사미 군은 이제 소설가라는 직업에 집착하지 않아도 되지 않아? 평범하게 일하고, 평범하게 돈을 벌고, 평범하게 결혼해서, 평범하게 행복해지자.

이것이 지금 아야코의 본심임에 틀림없었다.

하지만 고등학교 동창회에서 재회했을 때의 아야코는 달랐다. '소설가인 나'에게 흥미를 가졌고, 조금 부담스러울 정도로 '존경의 눈빛'을 보내주었다. 그리고 우리는 조금씩 거리를 좁혀가며 사귀게 되었다. 하지만 시간이 지나면서 아야코 눈에는 여러 가지 '현실'이 보이게 된 것이다.

"일단 답장 써서 보내버려야지."

그렇게 말하고 나는 쓰야마라는 편집자에게 답장을 보냈다.

괜찮다면 3일 후 오후쯤 우리 동네 커피숍으로 와줄 수 있겠냐는 내용이었다.

메일을 전송하고 스마트폰을 코타츠 위에 올려놓으며, 나는 '아, 참' 하면서 아야코를 보았다. "얼마 전에 에디터스쿨 이사장님이 갑자기 불러서 말이야, 괜찮으면 정직원으로 들어와서 수업 시간을 늘리지 않겠냐고 제안했어."

"와앗, 잘됐다." 아야코의 눈동자에 빛이 깃든 것처럼 보였다. "그래서 뭐라고 했어?"

"그야 뭐, 솔직히 기쁘고 감사한 제안이라고. 다만……."

"다만?"

"조금 더 생각할 시간을 달라고, 그렇게 말해뒀어."

아야코 눈에서 빛이 슬며시 사라졌다.

"그렇구나. 응, 생각할 시간은 필요하지."

"그렇지."

코타츠 위로 조금 무거운 침묵이 내려앉았다. 그 침묵을 깨뜨린 것은 아야코였다.

"그래도 말이야, 마사미 군, 대단해."

"뭐가?"

"이사장님이 직접 그런 제안을 하는 건 흔치 않은 일이잖아."

"그런가……."

"당연히 그렇지. 마사미 군은 논리적인 사고를 하는 사람이라서 학생들이 이해하기 쉽게 가르치는 재능이 있는 것 같아."

"원래 이론만 내세우는 편이긴 하지."

한숨을 삼키며 그렇게 말한 나는 술을 또 한 모금 마셨다.

글쓰기를 '가르치는 재능'은 있어도 '쓰는 재능'은 없는 거야. 지금의 비굴한 나에게는 아야코 말이 그렇게 들렸다.

캔을 살며시 내려놓고 눈앞에 있는 아야코를 보았다.

아야코는 순수한 얼굴로 미소 지으며 고개를 살짝 기울였다.

"음, 뭐야? 내 얼굴, 빨개졌어?"

"응. 붉은 도깨비 닮았어."

"뭐라고?"

나를 흘겨본 아야코는 땅콩을 하나 집어 들고 웃으면서 "누가 붉은 도깨비라고?" 하면서 그것을 내 가슴에 던졌다.

"우와, 붉은 도깨비가 콩을 던졌어. 아직 입춘도 멀었는데, 게다가 콩을 맞는 쪽이 도깨비잖아."

가슴에 맞고 떨어진 땅콩을 입에 넣으며 나도 웃었다.

알고 있다. 지금의 나에게 정말 필요한 재능은 글을 '가르치는 재능'도 '쓰는 재능'도 아니라, 소중한 사람과 나 자신을 행복하게 하는 재능이라는 것을.

정말, 알고 있는데, 그런 것쯤은……

그렇게 생각했을 때, 두 번째 땅콩이 날아와 이마에 콕 부딪혔다.

집필 의뢰 메일을 받은 후 사흘 동안, 나는 아마도 태어나서 처음으로 매우 진지하게 나의 미래에 대해 고민했다.

그리고 내린 결론은 '깔끔하게 붓을 꺾는 것'이었다.

이유는 두 가지다. 첫 번째는 앞으로도 마이와 계속 만나기 위해서. 두 번째는 애매하게 지속해왔던 아야코와의 관계를 매듭짓기 위해서. 즉, 혼인신고를 하는 것이다.

소설가를 그만둔 후 어떤 일을 할지에 대해서는 서두르지 말고 시간을 들여 천천히 결정하면 된다. 현재 아르바이트하는 곳에서 정직원으로 일해도 되고, 아야코와 상의하면서 다른 일을 찾는 것도 나쁘지 않다고 생각한다.

어쨌든 경솔한 행동은 금물이다.

나에겐 더 이상 '실패'가 용납되지 않기 때문이다.

오랜만에 월급쟁이로 돌아갈 수 있다면, 미즈키에게 '양육비'라는 성의를 계속 보여줄 것이다. 즉, '권리'를 주장하기 전에 '의무'를 다할 것이다. 설령 마이에게 '새아빠'가 생긴다 해도, 나는 앞으로도 '친아빠'로서 군림하며 마이와 데이트를 계속하고 싶다. 그 '권리'를 얻기 위해서라도 나는 기꺼이 붓을 꺾을 것이다. 그리고 어느 정도 생활이 안정되면 아야코와 혼인신고를 하겠다.

나는 그렇게 결심했다. 내 의지로 결정한 것이다. 이번 집필 의뢰는 거절해야 한다고 몇 번이고 되뇌면서 나는 지금 동서문예사의 쓰야마와 만나기로 약속한 카페로 향하고 있다.

차가운 12월의 바람 속에서 등을 구부리고, 자꾸만 좁아지는 보폭으로…….

익숙해야 할 거리 풍경인데 오늘은 왠지 모르게 조금은 회색빛으로 느껴졌다.

카페 테이블 너머에 있는 여성은 지나치게 조심스러워했다.

동서문예사의 편집자, 쓰야마 나오다.

보내온 메일을 통해서는 다소 차분한 인상을 받았는데, 막상 만나보니 예상외로 젊어서 놀랐다. 물어보니 아직 스물여섯 살이라고 한다.

쓰야마는 내 얼굴을 본 순간부터 행동이 이상해졌고, 과도하게 긴장한 상태를 유지하는 것 같았다. 보통 대화를 할 때에도 곤혹스러운 듯 눈꼬리를 내리깔고, 한마디 할 때마다 "죄송합니다"라며 연신 고개를 숙인다. 어쩌면 전 담당자로부터 인수인계를 받을 때 '저 작가는 성질이 고약하니 조심하라'는 쓸데없는 조언을 들었는지도 모른다.

어쨌든 처음 만난 쓰야마 나오라는 편집자는 소심하고, 조금 서툴고, 자신감이 없어 보이지만, 한편으로는 성실하고, 친절하고, 솔직한 사람.

그런 인상을 주는 인물이었다.

솔직히 말해서 이런 타입의 사람은 싫지 않다. 일을 잘하는지 여부는 차치하고서라도, 인간적으로 신뢰가 가고, 어딘지 모르게 나와 비슷한 '못난 부분'이 보일 듯 말 듯해서 자연스레 연민을 품게 될 것 같기도 하다.

자칫 잘못하다가는 "쓰겠습니다"라고 고개를 끄덕일 위험이 있기에, 나는 약간 돌려서 이렇게 말했다.

"내가 쓴다고 해도 안 팔릴 거야. 쓰야마 씨의 실적만 떨어뜨릴 뿐이지."

그러자 쓰야마는 고개를 저으며 부정했다.

"아닙니다, 그러니까……."

"자네, 히가시야마보다 유능해?"

히가시야마라는 사람은 전임 담당자로, 동서문예사에서 손꼽히는 히트메이커로 평가받던 실력자였지만, 왜 그런지 내 작품은 전혀 팔리지 않아서 그 후 사이가 험악해졌다. 나는 그 히가시야마라는 이름을 이용해 경험이 부족한 쓰야마에게 살짝 심술을 부린 것이다.

그러나 쓰야마는 내 말을 기분 나쁘게 여기지 않고 오히려 순순히 받아들이며 적극적인 자세를 취했다.

"저는 히가시야마 씨만큼 경험도 없고, 실력도 없다고 생각합니다. 하지만 선생님 작품 속의 이야기가 지닌 힘에 대해서는 제가 더 잘 이해하고 있다는 자신감은 있습니다."

간절한 눈빛. 정말 진중한 사람이라는 생각이 들었다.

"호오. 그래?"

"네……."

어쩔 줄 모르는 쓰야마에게 나는 최후의 일격을 가하기로 했다.

"그럼, 내 생활을 보장해줄 수 있겠나?"

"어……."

"반드시 팔릴 책을 쓰게 해서, 반드시 히트시켜줄 수 있겠어?"

"그건……."

"안 되겠지? 미안하지만 나도 생활이 있거든. 지금 말이야, 에디터스쿨 같은 학원에서 글쓰기를 가르치는 강사 아르바이트를 하고 있어. 거기 이사장님이 좋게 봐주셔서 정직원으로 일하지 않겠냐는 제의도 받았거든."

"어, 그럼, 소설 쓰는 일은……."

한층 더 눈꼬리를 내리고 유난히 슬픈 표정을 짓는 쓰야마를 보고 있자니, 왜인지 내 입에서 거짓말이 튀어나왔다.

"부업 정도로 좋을 것 같아. 아니면 지금 쓰고 있는 연재를 마지막으로 천천히 접는 것도 괜찮을 것 같다고 생각 중이야."

"아니……, 그러면 선생님 재능이 너무 아까워요."

나와는 달리 쓰야마는 거짓말을 하지 않았다. 이 우직한 눈을 보면 알 수 있다. 다만 편집자로서의 그녀의 안목이 엉터리인지 아닌지 나로서는 알 수 없지만.

"내 재능이라……."

혼잣말처럼 중얼거린 내 목구멍에서 큭큭큭 웃음이 나왔다. 그것은 명백한 비웃음이었다.

"뭐, 데뷔할 당시에는 나도 재능이 있다고 착각했지. 하지만 잘 생각해봐. 붓 한 자루로 먹고살 수 없는 소설가에게 재능이 있다고 생각하나?"

"저는 있다고 생각합니다."

쓰야마는 그렇게 말하며 고개를 끄덕였다.

"……."

겁이 많고 마음이 약하면서도, 그 간절하고 올곧은 시선이 어째서인지 내 가슴속 깊은 곳의 무언가를 건드린 것 같아 가슴이 두근거렸다.

지금 내가 동요하는 건가?

자문한 나는 테이블 위의 로열 밀크티를 마시며 마음을 추스르려고 했다. 그리고 허세를 부리며 "쓰야마 씨, 재미있는 사람이네"라는 사회인으로서 해서는 안 될 무례한 말을 내뱉고 말았다.

이대로라면 쓰야마에게 미움받기 전에 내가 더 나 자신을 싫어하게 될 것 같다.

그런 생각을 하면서도 나는 계속해서 자학적이고 부정적인 말들을 진지한 쓰야마에게 퍼부었다.

하지만 쓰야마는 포기하지 않았다. 오히려 "제 말 한마디만 더 들어주세요. 부탁드립니다"라며 테이블에 이마가 닿을 듯이 깊이 고개를 숙였다.

도대체 이 사람 뭐야? 보고 있자니 안쓰럽고 답답하다. 스마트하고 항상 당당했던 히가시야마와는 정반대의 인간이 아닌가.

나는 약간 곤란한 척하면서 쓰야마가 천천히 고개를 들기를 기다렸다. 그리고 쩔쩔매며 이야기하는 목소리에 귀를 기울였다.

"저기, 제 생각으로는 지금까지처럼 미스터리가 아니라, 선생님의 대표작이라고 할 수 있는《하늘색 어둠》같은, 인간애를 그린 소설을 다시 한번 써주셨으면 합니다."

쓰야마는 호소하듯 나를 바라보았다.

견디지 못한 나는 시선을 돌려 창밖을 보았다.

찬바람에 얼어붙은 거리는 역시 어딘가 회색빛으로 보였다. 빌딩 위에는 겨울답게 맑고 푸른 하늘이 펼쳐져 있는데도.

"선생님의 가장 큰 재능은 거기에 있다고 확신합니다."

쐐기라도 박듯 쓰야마가 말했다.

나는 하늘을 바라본 채 천천히 호흡을 가다듬었다.

《하늘색 어둠》은 아직 아마추어였던 내 작품을 기쁘게 읽으며 "마사미는 문학적 재능이 있구나"라고 칭찬해준 아버지에게 바치는 작품이었다. 그 원고를 쓰기 시작한 것은 아버지 몸에 암이 발견되어 시한부 선고를 받은 날 밤이었고, '마감'은 아버지가 건강하게 살아 계시는 동안이라고 스스로 설정했다.

그 당시 직장에 다녔던 나는 남는 시간을 모두 글쓰기에 쏟아부으며 필사적으로 펜을 휘갈겼다. 어떻게 해서든 아버지가 좋아하는 '소설'이라는 형태로 내 마음을 전하고 싶었다.

하지만 결과적으로 그 소원은 이루어지지 않았다.

아직 절반도 쓰지 못한 단계에서 아버지 병세가 급변하여 허무하게 돌아가시고 말았다.

아버지를 잃은 후 나는 그 원고와 거리를 두었다. 그런데 사십구재 때 아버지와 친했던 숙모가 상복 차림의 나를 보고 이렇게 말했다.

마사미, 아버지를 점점 닮아가는구나.

그 말을 들었을 때, 나는 너무나 당연한 사실에 생각이 미쳤다.

그래, 내 반쪽은 아버지다. 아버지 유전자는 아직 살아남아 있다. 내 안에…….

그렇게 생각하니 내 몸이 무척 소중하게 느껴졌고, 그러면서 아주 자연스럽게 스위치가 켜졌다.

역시 써야겠다. 그 소설을 계속. 완성해서 하늘에 바치면 되지 않을까?

그 후 나는 너무 서두르지 않고 《하늘색 어둠》 원고를 써내려갔다. 그리고 두 달 후, 완성된 그 작품을 어느 문예지 공모전에 투고했고 신인상을 수상하며 소설가로 당당히 데뷔했다.

나는 건물 위 하늘에서 시선을 떼고 다시금 젊은 편집자를 바라보았다.

이 사람은 나에게 그것을 쓰라고 하는가?

쓰야마는 여전히 기도하는 듯한 눈빛으로 나를 바라보고 있다.

쓰라고 한다고 해서, 네, 알겠습니다, 하고 바로 쓸 수 있는 작품이 아닌데…….

나는 가슴속이 근질근질해지기 시작한 것을 깨달았다. 이상하게 짜증이 났다. 쓰야마에 대해서가 아니라, 그런 글을 쓸 자신감을 갖지 못하는 나 자신에 대해서.

"그 말은 곧 나한테는 미스터리를 쓸 재능이 없다는 뜻인가?"

나는 스스로도 예상치 못한 악의 섞인 말을 선의를 가진 사람에게 내뱉었다.

"예엣? 아뇨, 설마 제가 그런 뜻으로……."

양손을 앞으로 내밀며 당황한 얼굴로 고개를 젓는 쓰야마.

"그럼, 나는 미스터리를 써도 안 팔린다는 뜻?"

"아뇨, 그러니까, 그런 게 아니라, 제 말은……."

"제 말은, 뭐?"

"어……."

말을 더듬는 쓰야마를 보고 있자니, 나는 더 이상 참을 수 없는 기분이 들어 손목시계로 시선을 떨어뜨렸다.

"아, 벌써 시간이 이렇게 됐네. 아까 말한 아르바이트 갈 시간이라."

거짓말이었다.

사실은 아직 시간이 충분히 있었다.

"아……."

"그럼, 이야기는 끝난 것으로 알고."

마지막 말은 어눌하게 흘러나왔다.

나는 축 처진 몸에 힘을 주고 일어나서, 그대로 계산대 앞을 지나쳐 밖으로 나갔다. 아니, 도망쳤다는 표현이 더 어울릴 것이다.

거리를 걷기 시작하자마자 나는 어깨를 움츠렸다. 거리를 스치는 바람은 아까보다 더 차갑고, 거칠고, 더 짙은 회색이었다.

나는 아직 쓰야마가 앉아 있을 커피숍 창밖을 구부정한 자세로 지나갔다. 등뒤에서 쓰야마의 시선이 느껴졌지만, 뒤돌아보지 않고 걸음을 재촉했다.

인파에 섞여 역 앞 횡단보도를 건넌 후에야 비로소 쓰야마의 시야에서 사라질 수 있었다.

후우, 하고 한숨을 내쉬며 인도로 올라가 걸음을 멈췄다. 코트 주머니에서 스마트폰을 꺼내어 아르바이트 중인 학원 사무실로 전화를 걸었다.

곧바로 아는 아주머니의 목소리가 흘러나왔다.

"안녕하세요, 아르바이트 강사 스즈모토입니다."

나는 그렇게 말하고 가볍게 기침을 했다.

"아, 안녕하세요. 무슨 일이신가요?"

"실은 아침부터 컨디션이 안 좋아서요. 오늘 강의를 좀 쉬었으면 하는데, 괜찮을까 해서……. 학생들한테 감기라도 옮기면 좀 그렇잖아요."

"어머나, 큰일이네요. 스즈모토 선생님이 감기에 다 걸리다니."

걱정해주는 아주머니가 이런저런 말을 하는 동안, 나는 다른 생각을 하고 있었다.

이 근처에 낮술이 가능한 가게가 있었던가?

오늘은 폭음을 하고 싶다.

술을 마심으로써 자신을 벌하고, 상처 입히고, 그리고 무언가로부터 도망치고 싶었다.

베갯머리에서 스마트폰이 시끄럽게 울어댔다.

나는 눈을 감은 채 소리가 나는 쪽으로 손을 뻗어 단말기를 잡았다.

눈을 가늘게 뜨고 화면을 확인한다.

연락처에 저장되지 않은 사람한테 온 전화다.

시각은 오후 3시를 넘어섰다.

젠장, 누구야…….

커튼 틈으로 비집고 들어오는 한낮의 빛을 느낀 순간, 나는 내 몸의 이상을 감지했다.

얼굴을 찌푸리게 되는 두통. 모세혈관까지 진흙으로 꽉 채워진 것만 같은 피로감. 식도를 압박하는 속쓰림. 위장에서 치밀어오르는 메스꺼움.

심한 숙취였다.

하지만 무자비한 스마트폰은 끊임없이 소리를 내지르고 있었다.

시끄럽네…….

"여보세요?"

나는 이불에 누운 채로 전화를 받았다.

"아, 안녕하십니까. 동서문예사의 쓰야마입니다."

그 목소리를 듣자마자 어제 느꼈던 자기혐오가 내 안에서 터져나왔다.

"뭐야. 누군가 했더니……."

"네. 여러 번 죄송합니다."

전화기 너머로 고개를 숙이는 모습이 떠올랐다.

"인사는 됐어. 나한테 아직 용건이 있는 거야?"

그 말이 끝나자마자 나는 두통과 메스꺼움으로 '하아……'라는 소리를 내뱉고 말았다. 아마도 쓰야마는 내가 귀찮음을 호소하기 위해 일부러 낸 한숨 소리로 받아들였을 것이다.

그러나 오늘의 쓰야마는 어제와 조금 달랐다. 목소리에 어느 정도 힘이 들어가 있었다. 그리고 그 힘 있는 목소리로 뜻밖의 고백을 시작했다.

"사실은 제 개인적인 이야기인데요, 고등학교 3학년 때 자살을 생각했을 정도로 괴로운 나날을 보냈습니다. 그때 선생님 데뷔작인 《하늘색 어둠》을 만나면서 미래에 작은 빛이 보이는 것 같았어요. 저는 그때 구원받았다는 생각이 들었습니다."

또 그 소설 얘긴가…….

나는 이불 속에 누운 채로 눈을 감았다. 그리고 조용히 쓰야마 이야기에 귀를 기울였다.

"어, 그래서 저는 선생님과 《하늘색 어둠》에 진심으로 감사하고 있습니다. 게다가 지금 이렇게 선생님의 담당 편집자가 된 것은 제 인생에서 일종의 '기적'이 아닐까 하는 생각마저 듭니다."

기적이라니…….

과장된 말을 시작한 쓰야마는 계속해서 말을 이어갔다. 자신은 아직 히트작을 낸 적이 없다느니, 히가시야마에 비하면 실력이 부족하고 무능하다느니, 심지어 조만간 영업부로 밀려날지도 모른다는 등 자신감 없는 말들을 늘어놓기 시작했다.

대화에 거짓이 없는 것은 좋지만, 뭐든지 다 솔직하면 좋은 것도 아니다. 애초에 그런 상황의 편집자에게 시달리는 작가 입장도 생각해보라고 말하고 싶다.

그래서 나는 일부러 무심한 척 말했다.

"저기, 쓰야마 씨가 내 작품으로 구원받았다는 게 사실이라면, 그 점에 관해서는 나도 솔직히 기쁘게 생각해."

"아……네. 그건 물론 사실입니다."

"그럼, 그걸로 됐잖아."

"……무슨 뜻인지요?"

"자네가 구원받았으니, 이제 그걸로 충분하다는 뜻이야."

그러자 쓰야마는 갑자기 강한 어조로 반응했다.

"안 됩니다, 그걸로는."

"……."

나는 감고 있던 눈을 떴다.

"아, 죄송합니다. 저기, 하지만, 안 돼요."

"안 되다니, 뭐가?"

"저기, 제가 구원받은 것만으로는, 제가 안 돼요."

"잠깐, 무슨 말을 하는 건지 모르겠군."

쓰야마가 잠시 침묵했다. 그 침묵 뒤로 어린 여자아이가 떠드는 소리가 들렸다. 쓰야마는 지금 공원에라도 있는 걸까?

"저기……." 쓰야마가 다시 입을 열었다. "예전에 선생님 소설 덕분에 살아났던 저에게, 지금 선생님 소설을 통해 살리고 싶은 사람이 있습니다."

살리고 싶은 사람? 내 소설로?

"뭐? 설마, 단 한 사람, 그 사람을 위해 소설을 쓰라는 건가?"

"네. 단 한 사람인 저를 구해냈던 선생님 펜으로, 또 다른 한 사람을 구할 수 있으면 좋겠습니다. 그런 것도 문학이 지닌 멋진 힘이 아닐까요?"

《하늘색 어둠》이 그런 작품이라는 뜻이리라.

"이봐, 잠깐만." 누워 있는 나는 낡고 얼룩진 천장을 향해 말하기 시작했다. "소설가는 말이야, 한 사람만을 위해 글을 쓸 수는 없어. 많은 사람이 읽어주지 않으면 먹고살 수 없다고 어제 말했잖아? 아니, 자네는 편집자니까 그 정도는 알지 않나?"

물론 천장은 대답해주지 않았다.

대신 쓰야마가 열변을 토했다.

"그건 물론 알고 있습니다. 하지만 한 사람을 구할 수 있는 힘을 가진 책은 많은 사람을 구할 수도 있다고 생각해요. 실제로 《하늘색 어둠》은 영화로도 만들어졌고 베스트셀러가 되지 않았습니까. 그렇게 과거의 성공 사례를 따르는 것은, 저로서는 조금도 나쁜 일이 아니라고 생각합니다."

"쓰야마 씨."

"네."

"자네는 결국 누구를 살리고 싶은 거야? 설마, 일이 잘 안 풀리는 본인을 위한 건 아니겠지?"

"어, 그건……."

쓰야마는 말을 잇지 못했다.

내가 침묵하자, 쓰야마는 조심스러운 말투로 말을 이어나갔다.

"어쩌면 저도 구원받고 싶은지도 모릅니다. 하지만 그뿐만이 아니라……."

역시 너무 정직한 사람이었다. 나는 여전히 이 사람이 싫지 않다. 그렇게 생각하면서도, 아니, 오히려 그렇게 생각했기 때문에 나는 일부러 어이없다는 듯한 어조로 말했다.

"뭐야, 역시 그런 거였어."

"앗, 아닙니다. 잠깐만요······."

그러자 쓰야마는 내가 써주기를 바라는 소설 내용에 대해 열정적으로 빠르게 말을 쏟아냈다.

내일이 보이지 않아 불안에 짓눌릴 것 같은 사람, 미래가 두려워서 움직이지 못하는 사람에게 살며시 다가가 등을 쓰다듬으며 소중한 '지금'의 아름다움을 느끼게 해줄 수 있는, 그런 작품을 상상하고 있다고 한다. 예를 들어 주인공은 이런 느낌이고, 무대는 이런 곳이고······하고 구체적인 내용까지 들어가면서 쓰야마는 결코 능숙하다고 할 수 없는 말로 내 상상력을 자극하려 했다.

그래, 그렇구나······.

나는 쓰야마에게 들리지 않도록 조용히 한숨을 내쉬었다.

이 사람은 히가시야마보다 부족하고 무능하다고 자신을 깎아내렸지만, 적어도 《하늘색 어둠》에 대해서는 그보다 훨씬 더 깊은 곳까지 작품을 이해하고 있었다.

숙취로 기분이 최악일 텐데, 나는 어느새 빙그레 미소 짓고 있는 자신을 발견했다.

그리고 쓰야마가 잠시 말을 멈췄을 때, 나는 최대한 감정을 싣지 않고 말했다.

"그럼, 오늘도 이제 아르바이트 갈 시간이라."

말없는 공기 속에서 절망에 빠진 쓰야마의 마음을 느끼며, 나는 조용히 마지막 거짓말을 덧붙였다.

"더 이상 전화하지 마. 아니, 자네 전화는 이제 안 받을 테니."

고, 마, 워.

천장을 향한 채로 소리 내지 않고 나는 입만 움직였다.

그리고 일방적으로 전화를 끊었다.

쓰야마와 통화를 마친 나는 아무것도 할 마음이 생기지 않아 코타츠에 파묻힌 채 멍하니 TV를 보며 시간을 보냈다.

저녁이 되자 아야코로부터 전화가 걸려왔다.

"마사미, 연락이 늦어서 미안해. 실은 일이 좀 꼬여서 밤늦게까지 야근을 해야 될 것 같아."

"밤늦게까지?"

"응. 그래서 오늘은 못 갈지도 몰라."

"그렇구나……."

"약속했는데, 미안해."

아야코는 진심으로 미안한 듯이 말했지만, 밤이 되어도 숙취로 인한 메스꺼움이 남아 있던 나로서는 오히려 다행이라고도 할 수 있었다.

"괜찮아. 다음에 시간 있을 때 보자."

"응……."

"그나저나 아야코, 지금 어디서 전화하는 거야? 주변이 시끄러운데."

"회사 근처 작은 양식집이야. 꽤 붐벼서 여태껏 음식이 안 나오네."

"혼자야?"

"응. 혼밥하고 있어. 친한 동료들은 다 퇴근하고."

"그렇구나."

"문제의 원인은 내가 아닌데 말이야."

그리고 아야코는 한바탕 업무에 관한 불평을 늘어놓으며 운이 없는 자신을 소재로 삼아 나를 살짝 웃게 만들었다.

기분이 조금 가벼워진 나는 "아, 그러고 보니"라고 쓰야마의 얼굴을 떠올리며 화제를 꺼냈다. "낮에 또 전화가 왔었어, 그 편집자한테서."

"아, 저번에 집필 의뢰했던 사람?"

"응, 맞아. 어제 나, 그 사람이랑 역 앞 카페에서 만났거든."

"응."

"집필 의뢰에 대해서는 그때 확실히 거절했는데, 오늘 또 전화가 왔어."

"꽤나 열정적인 사람이구나."

"응. 뭔가, 요즘 세상에 흔치 않은 편집자라고나 할까?"

쓰야마의 기도하는 듯한 눈빛이 머릿속을 스쳐지나갔다.

"혹시 마사미 군 마음에 들었다든지?"

"어떨까? 뭐, 인간적으로 싫은 타입은 아니었던 것 같아."

"그렇구나."

"뭐랄까, 내 소설을 꽤 깊은 부분까지 이해해준다고 할까……."

"흐음."

"지금까지 그런 느낌을 준 편집자를 만난 적이 없어서, 어떤 의미로는 신선했지."

왠지 내가 말을 너무 많이 하고 있다는 느낌이 들어서 일단 입을 다물었다. 그러자 아야코도 조용해졌다. 스마트폰에서는 아야코가 있는 가게의 시끌벅적한 소리만 들려온다.

짧은 침묵 후, 아야코가 "그래서?"라고 말했다.

"응? 그래서 뭐?"

"마사미 군, 낮에도 집필 의뢰 거절했어?"

"아, 응. 당연히."

아야코를 안심시켜주고 싶어서 그렇게 대답했지만, 왠지 모르게 아야코는 또 입을 다물었다.

"음, 왜 그래?"

의아하게 생각한 내가 묻자, 아야코는 평소와 달리 공손한 목소리로 말했다.

"있잖아, 마사미 군."

"응?"

"뭐랄까……요즘 좀 골칫거리가 많은 사람이 된 것 같지 않아?"

"응?" 예상치 못한 대사에 내 생각이 따라가지 못했다. "그게 무슨 말이야?"

"으음, 뭔가, 마사미 군 말이야, 본인한테도 상대방한테도 거짓말을 한다고나 할까."

"……."

"모처럼 자기 작품을 이해해주는 편집자가 나타났는데, 그 사람 의뢰를 거절해도 괜찮은 거야?"

"야, 잠깐만."

"응?"

"아야코, 무슨 말을 하는 거야?"

글쓰기를 그만두는 것은 아야코를 위해……, 아니, 우리 둘의 미래를 위해서다. 게다가 애초에 아야코는 훨씬 전부터 그렇게 되기를 바라지 않았던가.

나는 다음 말을 찾기 위해 잠시 침묵을 지켰다.

그러자 아야코가 입을 열었다.

"왠지, 미안해."

"뭐가?"

"나, 좀 모호한 기분이야."

아야코 목소리에 이례적으로 축축한 자책감이 묻어났다.

"모호한 기분?"

"응." 작은 목소리로 대답한 아야코는 잠시 멈칫하더니 단어를 고르듯 말을 이어갔다. "마사미가 나한테 너무 신경을 많이 쓰는 건 아닐까 싶어서."

"……"

"아, 그렇다고 해서 마사미의 배려가 부담스럽다거나 그런 건 아니고, 그게 마사미의 진심이라는 것도 알고 있지만, 하지만……"

"하지만?"

나는 그다음을 재촉했다.

"뭔가가, 조금, 다른 것 같아."

"……"

뭔가라니, 그게 뭐라는 거야?

나는 쓰야마를 추궁했던 것처럼 아야코에게도 짜증 섞인 질문을 던질 뻔했다. 하지만 목구멍까지 올라온 그 어두운 말을 가까스로 삼켰다.

"그리고 말이야, 이건 쓸데없는 참견일 수도 있지만."

"……"

"마사미가 소설가로 있는 쪽을 마이짱이 더 좋아하지 않을까? 전에 자랑스러운 아빠라고 했잖아."

나는 반사적으로 아야코의 말을 쳐냈다.

"그건 정말 쓸데없는 참견이네."

"어······."

지금 나에게 중요한 것은 내가 '자랑스러운 아빠'인지 아닌지가 아니다. 이대로 가면 마이를 만나지 못하게 될 수도 있다는 최악의 상황에 대비하여 내가 어떻게 움직이느냐가 중요하다.

아야코는 그 점을 이해하지 못한 채 경솔한 말을 나에게 던지고 있다. 게다가 내가 멋대로 결정한 일이긴 하지만, '아야코와 마이를 위해 붓을 꺾겠다'는 나의 결심을 아야코는 완전히 부정하고 있지 않은가.

"내 일은 내가 결정할 거니까."

목소리가 거칠어지지 않도록 주의하며 나는 그렇게 말했다.

"그렇지. 미안······."

금방이라도 사라질 것 같은 아야코 목소리를 듣고, 나는 문득 떠올렸다. 얼마 전, 집필 의뢰를 거절하는 것이 좋을까? 라고 물었을 때, 아야코는 이렇게 대답했다.

"나는 마사미 군이 하고 싶은 대로 하면 된다고 생각해."

진심이었을까?

아니, 설마 그럴 리가 없다. 아야코는 나를 배려해서 그렇게 대답했을 것이다. 결국 우리는 서로를 배려하고 있었다.

"아, 미안. 음식 나왔어."

아야코가 낮은 목소리로 말했다. 그 말이 사실인지 아닌지는 알 수 없다. 단순히 나와의 통화를 끝내고 싶어서 한 거짓말일 수도 있다. 하지만 어쨌든 나는 아야코의 말에 맞추기로 했다.

"그래? 그럼, 나중에 봐."

"응, 왠지, 마사미한테 미안해."

"아니야. 내가 오히려 미안해."

"아니야."

"야근, 힘내."

"응, 고마워."

마지막에는 어떻게든 어른스럽게 대화를 마무리할 수 있었다.

화면이 꺼진 스마트폰을 코타츠 위에 놓았다.

눈을 감고 조금 세게 관자놀이를 문질렀다.

아까보다 두통이 더 심해져 있었다.

전화를 끊은 후에도 코타츠에 누운 채로 뒤척이다가 어느새

얕은 잠에 빠져버렸다.

다시 눈을 떴을 때는 두통이 어느 정도 가라앉아 있었다.

왠지 기분 전환을 하고 싶어진 나는 평소답지 않게 부엌에 섰다.

된장국을 만들어볼 생각이다.

숙취로 인해 식욕은 별로 없지만, 위장에 뭐라도 조금 넣어두면 메스꺼움에서 빨리 벗어날 수 있을 것 같았다.

된장국 재료는 얼마 전 아야코가 요리하고 남은 양배추와 두부를 사용하기로 했다.

나는 냄비에 물을 붓고 가스레인지에 올리고, 물이 끓는 동안 양배추를 썰기 시작했다.

그때, 스마트폰이 울렸다.

또 전화인가…….

나는 칼을 내려놓고 가스를 끄고 코타츠 위에 놓아둔 스마트폰을 집어들었다. 그리고 부엌으로 돌아오면서 화면을 확인하고는 무의식중에 침을 꿀꺽 삼켰다.

미즈키 이름이 표시되어 있었다.

통화 버튼을 누르고 조금 낮은 목소리로 "여보세요"라고 전화를 받았다.

"아, 아빠! 마이야!"

"어……."

예상치 못한 목소리에 나는 입을 벌린 채로 잠시 굳어 있었다.

"우후후. 갑자기 전화해서 놀랐어?"

"마이구나. 응. 깜짝 놀랐어."

천진난만한 마이의 목소리는 마치 마법 같았다. 어두운 구름이 드리워져 있던 내 마음속을 순식간에 맑은 하늘로 바꿔주었다. 어두침침한 이 방도 마치 조명을 바꿨나 싶을 정도로 밝아 보이기 시작했다.

"그런데 무슨 일이야? 갑자기?"

"있잖아, 저번에 아빠한테 크리스마스 선물 받기로 약속했잖아?"

"아, 그랬지."

"마이, 갖고 싶은 거 정했어."

그걸 알려주기 위한 전화였구나.

"오, 뭘 갖고 싶은데?"

"저기……아빠, '미밋치'라고 알아?"

미밋치?

"미안, 모르겠어."

"에? 모른다고? 판다 무늬 토끼야."

"판다 무늬 토끼……캐릭터 같은 거야?"

"응. 지금 학교에서 완전 인기야."

"흐음." 솔직히 나는 본 적도 들은 적도 없었다. "그래서 마이는 그 캐릭터 상품을 갖고 싶다는 거지?"

"응. 흰색과 검은색의 '미밋치 컬러' 배낭. 기다란 귀가 달려 있어서 귀여워."

"그렇구나, 배낭이 갖고 싶구나? 그건 어디서 팔아?"

"아빠랑 엄마가 만나는 푸드코트 있잖아? 그 마트 2층에서 파니까 같이 가자!"

"오, 좋아. 조만간 같이 사러 가자."

"응!"

나는 말하면서 눈이 없어질 것 같은 내 모습을 깨달았다. 선물을 사줬을 때 마이의 웃는 얼굴을 상상하니 그것만으로도 미소가 멈추지 않았다.

"아, 그런데 말이야……."

"응?"

"그 가방, 얼마 정도 할까?"

나는 혹시나 해서 일단 물어보았다.

"글쎄……아마, 3천 엔 정도였던 것 같아."

"그렇구나."

가격을 듣고 안도하는 내 모습이 조금 한심해서 나는 바로 화제를 바꿨다.

"아, 참. 마이, 반 친구들이랑 있었던 일 말인데, 그 후로 잘 지내고 있어?"

"으음……전이랑 별로 달라진 건 없는 것 같아."

마이의 목소리 톤이 두 단계쯤 낮아졌다.

"그렇구나. 누군가 어른에게……."

말했니? 라고 물으려 했는데, 갑자기 마이가 다른 말을 꺼냈다.

"아, 맞다! 있잖아, 아빠. 나 말이야, 피아노 학원에 다니게 됐어!"

"피아노 학원?"

"응!"

미즈키에게 그럴 만한 여유가 있나? 라고 생각했을 때, 전화기 너머에서 "잠깐 바꿔봐", "앗, 안 돼. 아직 할 얘기가 남았어!"라는 대화가 들렸다. 미즈키와 마이가 스마트폰을 서로 빼앗고 있는 것이다.

"여보세요?"

가시 돋친 목소리가 내 귀에 꽂혔다. 미즈키였다.

"아, 응, 여보세요."

라고 대답한 내 얼굴에는 이미 미소의 흔적조차 남아 있지 않았다.

"마이가 당신이랑 약속한 크리스마스 선물에 대한 이야기를 꼭 하고 싶다고 해서 폰을 잠깐 빌려줬는데……."

"괜찮잖아, 그 정도는."
"괜찮지 않아. 쓸데없는 얘기까지."
"쓸데없는 얘기?"
"피아노 얘기라든가."
"아. 마이, 피아노 학원에 보내는 거야?"
"상관없잖아. 본인이 가고 싶어 하니까."
"그야 좋지만. 레슨비가……."

만만치 않을 텐데? 라고 말하려는 순간, 나는 흠칫 놀라 다음 말을 삼켰다.

"잠깐, 마이, 방에 가 있어." 미즈키는 스마트폰을 입에서 떼고 약간 강한 어조로 말했다. 그리고 다시 나에게 말을 걸어왔다. "혹시 돈 걱정해주는 거야?"

양육비를 보내지 않는 나를 비꼬는 말임에 틀림없었다. 하지만 이때의 나는 전혀 다른 이유로 우울해지고 있었다.

새아빠.

레슨비를 지불해주는 사람의 그림자가 어른거리는 것 같았다.

"저기, 미즈키."
"뭐야?"

내게는 확인해두어야 할 것이 있었다.

"만약에 내가 제대로 일해서 매달 양육비를 보내게 되면."

"……."

"그러니까, 의무를 다한다면, 내 권리는 보장받을 수 있는 거지?"

"그 말은 마이를 만나겠다는 뜻이야?"

"물론."

그때, 전화기 너머에서 소리가 들렸다.

쾅. 철컥…….

문이 닫히고 그 문을 잠그는 소리 같았다.

아마 미즈키는 마이에게 들리지 않도록 자기 방이나 화장실에 들어가 문을 잠갔을 것이다.

"전에 만났을 때 내가 말했었지?"

미즈키 목소리가 낮아지고 한층 딱딱해졌다.

"나를 더 이상 만나게 하지 않겠다는 거?"

"그래."

"하지만 그 이유는 양육비 때문이었잖아?"

"하아……." 미즈키는 일부러 이쪽까지 들리도록 한숨을 쉬었다. "그러니까, 양육비뿐만 아니라 마이의 행복을 위해서라고."

"……."

"그보다, 어디 취직이 결정된 거야?"

"아니, 그건 아직……."

"그렇지?"

"그렇지라니, 무슨 말이 그래."

"저기요, 이쪽에는 이쪽의 새로운 생활이 있고, 그 생활에 적응하려고 노력하는 중이야. 그러니까 제발 부탁인데, 마이를 위해서 당분간 물러나주면 안 될까?"

'마이를 위해서'라는 말을 들으면 내 생각은 자동적으로 멈춰버린다. 미즈키는 그 점을 잘 알고 있는 것이다. 하지만 여기서 질 수는 없다.

"그럼 묻고 싶은데, 그 마이를 위해서 미즈키는 제대로 상담을 해줬어?"

"상담이라니?"

"전에 말했잖아, 마이가 학교 일로 고민이 있는 것 같으니까 상담해달라고."

"아, 그거?"

"그거라니……, 마이는 아직 해결이 안 됐다던데."

"괜찮아."

"뭐?"

"지금 상담을 하는 중이고, 그이도 진지하게 마이와 이야기 나누고 있으니까."

그이.

갑자기 목이 졸린 것처럼 나는 말을 잇지 못했다.

뭐야, 벌써 그 정도까지 들어와 있는 거야?

마이의 고민 상담에 응해주고, 피아노 학원도 보내줄 수 있는 남자…….

반면에 딸에게 가방 가격을 물어보고 안도하는 나 자신.

나는 눈을 감고 싱크대에 기대어 앉았다.

문득 눈꺼풀 안쪽에 눈꼬리를 내린 쓰야마의 얼굴이 떠올랐다. 카리스마로 불리던 히가시야마에 비하면 실력이 부족하고 무능하다고 말했던 그 편집자보다 내가 훨씬 더 한심하지 않은가.

"이봐요."

미즈키 목소리가 들렸다.

"응?"

"마이가 사달라고 한 가방, 나중에 온라인 사이트 주소를 보낼 테니까."

미즈키는 갑자기 화제를 돌렸다.

"사이트 주소?"

"그래. 당신이 인터넷으로 구매해서 배송지를 우리 집으로 하라는 거야."

"뭐? 잠깐만. 선물은 마이랑 같이 사러 간다고 방금 약속한 거 들었잖아?"

"들었어. 하지만 인터넷으로 사서 보내도 마이에게 제대로 전달될 거야."

"이봐……."

"제발 좀!"

미즈키가 강한 어조로 내 말을 가로막았다고 생각했는데, 이번에는 절실한 목소리로 급변하여 호소하기 시작했다.

"저기, 마사미……. 제발 부탁이니까 우리 생활에 끼어들지 말아줘. 어른스럽게, 참아줬으면 좋겠어."

"……."

"그이, 정말로, 정말로, 친절하고 멋진 사람이야. 지적이고 포용력 있고, 물론 경제력도 충분하고, 무엇보다 마이를 항상 최우선으로 생각해주고……. 지금 나도 마이도 기회야. 그 사람을 만난 것은 미래의 행복과 안정을 잡을 수 있는 기회야. 만약 이 기회를 놓치고 또 마이와 내가 예전처럼……."

거기까지 말하고 미즈키는 깊은 한숨을 내쉬었다. 그리고 계속했다.

"그러니까 제발 부탁해. 무릎을 꿇으라면 그렇게라도 할 테니까. 부탁입니다. 제발."

미즈키의 목소리는 간절함과 진정성으로 가득 차 있었다.

아무 말도 할 수 없었던 나는 그저 멍하니 가슴이 답답함을 느꼈다. 심장 부근이 조여오고, 박동이 너무 커서 마치 안쪽에서 갈비뼈를 난폭하게 두드리는 것 같았다.

미래의 행복과 안정을 잡을 수 있는 기회라…….

나는 갑자기 기운이 빠져 부엌 바닥에 주저앉았다. 그리고 크게 숨을 들이마시고, 내뱉는 숨을 차분한 말로 바꿨다.

"그렇게 좋은 남자야?"

"응. 무척."

미즈키 목소리에서도 가시가 사라졌다.

나는 다음 말을 도저히 이어갈 수 없어서 그저 천천히 숨만 쉬었다.

"나, 지금, 마이 저녁 만드는 중이야."

"아……."

미즈키는 잠시 내 말을 기다리는 듯했지만, 내가 아무 말도 하지 못하자 조용히 "그럼"이라고만 말하고 통화를 끊었다.

그 후 나는 한동안 부엌 싱크대 아래 문에 등을 기댄 채 멍하니 있었다.

그러다 나도 된장국을 끓이고 있었다는 사실이 떠올라 바닥에서 천천히 일어났다.

도마 위에 흩어진 양배추를 내려다보며 중얼거렸다.

"재능이 없었나봐……."

아버지라는 역할을 해내는 재능에 대해 나는 생각에 잠겼다.

하지만…….

나에게는 소설가로서의 재능이 있다고 말해주는 사람은 있다.

머뭇거리는 쓰야마의 얼굴이 머릿속에 떠올랐다.

내 마음대로 하면 된다고 말해주는 사람도 있다.

아야코 얼굴도 떠올랐다.

만약 미즈키 말대로 '새아빠'라는 사람이 '아버지의 재능'을 발휘해 마이를 안심시키고 행복하게 해준다면, '진짜 아빠'인 나는 나만이 할 수 있는 방법으로 마이를 기쁘게 하고, 인생을 응원하고, 때로는 구원이 되어줄 수 있지 않을까.

도마 위의 양배추를 가만히 응시하며 나는 생각에 잠겼다.

한동안 만나지도 못하고, 어쩌면 전화조차 할 수 없게 될지도 모른다. 그런 내가 마이에게 '구원'이 되어줄 수 있다면…….

문득 내 책으로 '구원받았다'는 쓰야마의 고백이 떠올랐다.

단 한 사람을 위해 소설을 쓴다는 것.

그녀는 그렇게 말했다.

그런가? 예전의 내가 병상에 누워 있는 아버지를 위해 《하늘색 어둠》을 쓴 것처럼, 지금의 나는 마이만을 위해 내가 전하고 싶은 것을 담은 소설을 쓰면 되지 않을까? 어쩌면 그것이 마이에게 '구원'이 될 수 있지 않을까? 아니, '구원'이란 말처럼 거창하지 않아도 좋다. 적어도 '버팀목'이 되어준다면……. 100퍼센트 순수하고, 거짓 없는 메시지가 담겨 있고, 그리고 몇 살의 마이가 읽어도 무섭지 않은…….

'친아빠'가 딸에게 보내는, 러브레터 같은 소설.

나는 양배추에서 시선을 뗐다.

그리고 손에 들고 있던 스마트폰을 눌렀다.

전화를 걸었다.

상대방을 호출하는 동안, 나는 두 번 심호흡을 했다.

"여보세요……."

쓰야마가 전화를 받아주었다.

머뭇거리기보다 오히려 겁먹은 듯한 목소리로.

"아, 저기, 스즈모토입니다."

"네네."

나는 쓰야마의 긴장을 풀어주고 싶어서 최대한 평화로운 목소리를 내려고 했다.

"아니, 뭐, 낮에는 이런저런 말을 했었는데."

"……."

"글을 써보는 것도 괜찮을 것 같아서."

"……."

혹시 기뻐해줄까 기대했는데, 쓰야마는 한동안 침묵했다.

역시 화가 난 걸까? 아니면 뒤늦은 제안에 황당해하는 건지도 모른다.

"대답 정도는 할 수 있지 않나? 자네, 낮에 전화한 일로 화난 거야? 혹시 뒤끝 있는 성격인가?"

바보, 그전에 사과부터 해야지, 라고 나는 마음속으로 자신을 꾸짖었다.

그런데, 갑자기 쓰야마가 웃음을 터뜨렸다.

"후후후후."

처음 듣는 쓰야마의 웃음소리.

발랄하고 경쾌하며, 듣기 좋은 음색이었다.

"어, 왜 웃는 거야?"

"죄송합니다. 음, 저는 뒤끝 같은 거 없어요. 다만, 조금……."

"조금, 뭐?"

쓰야마는 잠시 틈을 뒀다가 대답했다.

"취했어요."

"뭐? 술 마시고 있어?"

"네. 방금 전까지 마시고 있었어요. 혼자서."

천연덕스럽게 자학적인 말을 내뱉는 쓰야마가 왠지 조금 우스워서, 나도 가볍게 놀려주기로 했다.

"흐음. 자네도 참 외로운 사람이군."

"네. 정말 외로웠어요. 하지만 지금은, 뭔가……, 뭐랄까……."

쓰야마는 말을 잇지 못했다.

어쩌면 울고 있는지도 모른다.

"음, 쓰야마 씨."

"네……."

"앞으로 편집부에 있든, 영업부로 가게 되든, 내 신작은 제대로 팔아줘야 해."

나는 최대한 농담조로 말하려고 노력했다.

하지만 쓰야마에겐 아무런 대답이 없었다.

"어, 쓰야마 씨, 괜찮아? 그렇게 많이 취했어?"

굳이, 울고 있어? 라고 묻지 않았다.

"물론 괜찮습니다."

그렇게 말하며 쓰야마는 코를 훌쩍였다.

그리고 울먹이는 목소리로 나를 불렀다.

"선생님."

"응?"

"눈이 내리고 있어요."

"어? 지금?"

"네."

그러고 보니, 코타츠 밖으로 나와서 부엌에 서 있던 내 발끝이 차가웠다.

"그렇구나. 그래서 오늘 추웠군."

"네."

"쓰야마 씨."

"네."

"내가 왜 쓰기로 마음먹었는지, 안 물어봐?"

만약 묻는다면……, 나는 이 '새 담당자'에게 모든 것을 털어

나도 좋다고 생각했다. 결혼 이야기도, 한심한 아빠라는 것까지 포함해서, 정말 모든 것을.

그런데 쓰야마는 술에 취해 울면서도 멀쩡한 나보다 더 센스 있는 말을 했다.

"그건……중요한 일이니까 다음에 뵐 때 천천히 들려주세요. 우후후."

울면서, 웃었다.

울다가 웃으면…….

"그나저나 왜 웃는 거야? 실없는 사람이네."

"그렇죠. 저도 그렇게 생각해요."

밝게 울면서 자학적인 말을 하는, 나의 새 담당자.

나는 발걸음을 돌려 부엌에서 나왔다. 그리고 코타츠가 있는 방의 창문을 살짝 열어보았다.

쓰야마 말대로 어둠 속에서 눈발이 흩날리고 있다.

"저기, 쓰야마 씨."

"네."

그때 나는 쓰야마에게 들리지 않도록 조용히 심호흡을 했다.

"내가, 계속 무례한 태도를 취해서."

"네?"

"미안했습니다."

나는 떨어지는 눈송이를 향해 고개를 숙였다.

"어, 아뇨······."

"나, 정말로 열심히 할 테니까"라고 말하며 숙였던 고개를 들었다. "같이 잘해봅시다. 잘 부탁해요."

1초, 2초, 3초, 그동안 쓰야마는 훌쩍이고 있었다.

그리고 울음 섞인 목소리로 대답해주었다.

"저, 저야, 말로, 잘. 부탁, 드립니다······."

나는 그만 웃음이 터져버렸다.

"아하하. 쓰야마 씨, 너무 많이 우는 거 아냐?"

"아니, 선생님이, 갑자기······."

마이를 위해, 아야코를 위해, 그리고 나는······이 눈물 많은 담당자를 위해서도 최선을 다할 것이다.

그렇게 결심하고 나서 쓰야마에게 말했다.

"쓰야마 씨, 내가 전화해놓고 이런 말 해서 미안하지만, 지금 또 전화해야 할 사람이 있어서."

"아, 네. 죄송합니다. 그럼, 또, 제가, 나중에, 다시 연락을."

"응. 고마워요. 연락 기다리겠습니다."

쓰야마와 통화를 마쳤다.

그리고 바로 아야코에게 전화를 걸었다.

아야코는 세 번째 벨소리에 받아주었다.

"마사미 군? 왜?"

통화하고 끊은 지 얼마 되지 않았다. 의아한 반응을 보이는 것도 당연하다고 생각한다.

"저기, 아까는 괜히 짜증내고 아야코한테 화풀이해서, 좀, 미안해."

"어……뭐야? 아까도 사과했잖아. 이제 괜찮아."

아야코는 매우 쑥스러워하며 말했다.

"그나저나 아야코, 지금 어디 있어?"

"지금?"

"응."

"식당에서 나와서 회사로 걸어가는 중인데……."

"눈, 안 내려?"

"아, 응, 조금 내려……. 근데, 갑자기, 뭐야?"

그때 나는 또 심호흡을 할 필요가 있었다.

이번 심호흡은 오늘 들어 가장 깊은 심호흡이었다.

"갑작스럽지만……, 아야코."

"응……."

"나랑."

"……."

"결혼해줬으면 좋겠어."

"어?"

그렇게만 반응하고 아야코는 입을 다물었다.

역시 놀랐는지 걸음까지 멈춘 듯했다.

마사미 군, 전화로 프러포즈하는 사람도 있어?

이렇게 항의하면 그건 그것대로 사과할 작정이었지만, 아야코의 대답은 전혀 달랐다.

"어?"

똑같은 소리로 다시 묻는다.

나는 그만 웃음이 터져버렸다.

"아하하. 미안. 다시 한번 말할게. 정말 갑작스럽고, 전화로 이런 말 하는 것도 미안하다고는 생각하는데……아무튼, 나랑 결혼해줬으면 좋겠어."

"어, 잠깐, 그건……어?"

세 번째 물음.

"다만, 1년만 더 기다려줬으면 좋겠어."

"어? 1년?"

네 번째 물음까지 오니 정말로 미안해진다. 제대로 설명해야겠다.

"나, 이제부터 죽을 각오로 소설 한 편을 쓰기로 했어."

"……."

"그러니까 결혼반지도, 내 취업에 대해서도, 그 소설의 결과가 나온 다음으로 미뤄도 될까?"

"……."

아야코는 아무 말도 하지 않았다.

내 가슴속에 서서히 불안감이 소용돌이쳤다.

기세 좋게 프러포즈를 해버렸지만, 1년 후라는 조건이 붙으면 역시 안 되는 걸까…….

"1년을 기다려주는 거, 역시 안 되는 걸까?"

조심스럽게 물었을 때, 창문을 통해 불어왔다.

눈송이가 하나, 둘, 셋, 방 안으로 날아 들어와 바닥에 떨어져 사라졌다.

"우후후."

전화 너머에서 아야코의 작은 웃음소리가 들렸다.

"어……뭐라고?"

"1년 후에 할게."

"응?"

"내 대답도."

"어, 그건…….."

"일단은 기다려주겠다는 뜻이야."

"……."

"1년 동안은 소설가 곁에 있어줄게."

아야코의 목소리가 살짝 흔들린 것 같다. 울먹인 것 같기도 했다.

"아야코…….."

내 머릿속에 아야코와 재회한 후 2년간의 영상이 눈송이처럼 흩날리며 춤을 추기 시작했다.

"하지만"이라고 아야코가 말했다.

"응?"

"나를 기다리게 하는 만큼."

"······."

"최고의 작품을 써야 해."

"······물론이지."

"또, 책으로 나오기 전의 원고, 보여줄 수 있어?"

"그건, 가능하지······."

"야호." 아야코는 거기서 '후우' 하고 한숨을 내쉬었다. 그리고 깊이 생각하듯 '1년이라······' 하고 중얼거렸다.

1년 정도야 금방이지.

나는 마음속으로 그렇게 말했다. 반은 나 자신을 타이르듯이.

그러자 아야코가 "그나저나"라고 말하며 살짝 웃었다.

"응?"

"엄청 이상한 프러포즈네."

그래, 응, 확실히 이상하지.

그렇게 말하며 나도 웃어버렸다. 그러면서 농담을 건넸다.

"아야코의 대답도 이상했어."

"뭐? 누구 때문인데."

"아하하."

"지금 마사미가 눈앞에 있고, 땅콩이 있다면, 벌써 던졌겠지."
"그럼, 오늘 밤에 우리 집에 와. 밤늦게라도 괜찮으니까."
"음……."
"땅콩, 안 먹고 놔둘게."

다시 바람이 불어와 창밖에서 눈발이 흩날리며 날아 들어왔다.

"뭐야." 아야코는 짧게 웃은 뒤, "눈 많이 안 쌓이면 갈게"라고 가볍게 말했다.

제3장

북디자이너

아오야마 데쓰야

"아직 안 끝났어?"

사무실에 들어온 아내 시노부가 내 뒤에 서서 컴퓨터 모니터를 들여다보며 말했다.

"응, 조금만 더⋯⋯하면 될 것 같아."

"평소답지 않게 애를 먹는 것 같네."

지난달 환갑을 맞이한 아내는 나이에 비해 키가 훤칠하고 자세가 좋다. 그래서인지 통이 좁은 청바지와 회색 파카 차림도 잘 어울린다.

"이것저것 해보고 있는데, 도무지 감이 안 잡히네."

"뎃짱이 그런 말을 하는 건 흔치 않은 일인데."

"으음, 그렇지 뭐."

우리가 처음 만난 건 그녀가 아직 대학생이었을 때다. 그 시절부터 변함없이 서로를 '시짱', '뎃짱'이라고 부른다. 나이 든 부부가 '짱'을 붙이냐며 웃을 수도 있지만, 우리 둘 다 이 편한 호칭이 마음에 들고, 무엇보다 자연스럽기 때문에 바꿀 생각은 없다.

"곧 일특이 끝나니까, 거기까지만 하고 마무리할게."

일특이란 잡지의 '첫 번째 특집'을 뜻하는 업계 용어다.

그래픽 디자이너인 나는 지금 대형 항공사의 기내지 《꿈의 날개》 디자인을 하던 중이었다.

"뭔가……뎃짱답지 않은 디자인 같지 않아?"

시짱이 전혀 악의 없는 말투로 지적한다.

"어……역시, 그렇게 생각해?"

"응."

나는 마우스에서 손을 떼고 아론체어를 빙그르르 회전시켜 시짱을 올려다보았다. 부드러운 웨이브가 들어간 쇼트 보브 스타일의 흰머리를 검게 염색한 아내는 빨간 테 안경과 어우러져 보는 각도에 따라 50대 초반으로도 보인다.

"어느 부분이 나답지 않아?"

"제목 주변의 디자인인가? 색깔도 서체도 뭔가 평소보다 여성스럽다고 할까, 스위트한 느낌이 나는데."

"으음. 사실은 나도 그 부분이 마음에 걸렸어."

과연 결혼하고 35년 동안 '아오야마 데쓰야 디자인 사무소'를 꾸준히 지원해준 파트너답다. 누구보다 내 디자인을 깊이 이해하고 있다.

"그래도 센스 있는 디자인이라고 생각해."

"아하하. 내가 속상해할까봐 수습하는 거야?"

"아니야. 정말로 그렇게 생각해."

그렇겠지, 라고 납득한다.

원래 시짱은 아첨을 잘 하지 않는 타입이다. 게다가 나와 달리 성실하고 현명하며 숫자에 아주 강하다. 그래서 이 사무소의 경리와 사무 전반을 담당하고 있다.

"그런데 말이야, 시짱 입장에서는 이 디자인이랑 이 디자인 중에 어느 쪽이 좋아?"

나는 미리 디자인해둔 다른 패턴도 모니터에 띄워놓고 둘을 비교해보게 했다.

"당연히 이쪽이지. 뎃짱다워."

시짱은 망설임 없이 시크한 디자인을 선택했다.

"그래? 좋아, 그럼 이걸로 가자."

"응. 그렇게 해."

시짱은 가녀린 팔을 엇걸어 팔짱을 낀 자세로 살짝 미소 지음으로써 나에게 '합격'을 주었다.

"그럼 나는 점심 준비해도 될까?"

"응, 고마워. 나는 세세하게 조정할 거 끝내고 마무리할게."

그렇게 대답하고 나는 다시 모니터로 시선을 돌렸다.

그때 시짱이 "아, 있잖아……." 하고 약간 정색을 하며 말을 걸어왔다.

"응?"

하고 돌아본 내 눈을 시짱이 들여다보듯 바라보았다.

"뎃짱, 괜찮아?"

"어……뭐가?"

설마 들통 난 건가?

당황한 나는 숨을 삼키며 시짱의 갈색 눈동자에 시선을 빼앗긴 채 굳어 있었다.

"《꿈의 날개》 마감이 내일까지 아니었어? 제대로 기억하고 있어?"

뭐야, 그 걱정이었구나.

안도한 나는 웃으며 엄지손가락을 치켜세웠다.

"그건 걱정 안 해도 돼. 내일이 납기라는 건 기억하고 있고, 이래봬도 베테랑이니까 반드시 맞춰 낼게."

"그렇구나. 맞아. 베테랑뿐이겠어? 이제 이 분야의 거장인걸."

"거장은 사양하겠어. 왠지 '할아버지'라는 뜻인 것 같아서 우울해지잖아. 뭐, 실제로 노인인 건 사실이지만."

나는 흰머리가 가득한 머리를 긁적이며 말했다.

"후후후. 나도 할머니지 뭐. 그럼 점심 준비할 테니까 일찍 끝내고 와."

웃으며 뒤돌아선 시짱이 사무실에서 나갔다. 그대로 복도를 지나 거실과 주방이 있는 우리의 주거공간으로 들어간다.

"거장이라……."

다시 모니터를 바라본 나는 한숨처럼 중얼거렸다.

내 나이는 '아직'이라고 해야 할지 '벌써'라고 해야 할지 모르겠지만, 65세로서 시짱보다 다섯 살 위다. 확실히 예순을 넘긴 즈음부터 업계의 대가니, 달인이니, 중진이니 하는 거창한 단어가 따라다닌다.

이런이런……하고 생각하는데, 어디선가 멀리서 헬리콥터의 중저음이 들려왔다.

나는 모니터 너머 창밖으로 시선을 돌렸다.

맑게 갠 파스텔 톤의 하늘 한가운데를 검은색 헬리콥터가 가로지르고 있다.

눈 아래 펼쳐진 3월의 도쿄는 온화한 봄 햇살에 감싸인 채 무수히 많은 빌딩들도 미소 짓는 것처럼 보였다. 그대로 멀리 시선을 옮기면 옅은 안개로 뒤덮인 후지산이 내려다보인다.

복 받은 인생이었지…….

나는 작은 후지산을 향해 마음속으로 중얼거렸다.

지금 내가 있는 디자인 사무소 겸 주거공간은 하라주쿠 일등지에 세워진 빌딩의 12층에 있다. 지하 주차장에 세워둔 차는 메르세데스 스테이션 왜건이다. 매주 금요일 업무가 끝나면 시짱과 나는 그 차를 타고 해변의 작은 별장으로 향한다. 그리고 토요일과 일요일 이틀 동안 창밖으로 바다를 바라보며 여유로운 시간을 즐겨왔다.

더 나아가, 호황기에 좋은 일거리를 많이 얻었던 나는 벌어들인 돈을 친구가 권유하는 사업에 투자하여 자산 운용에서도 나름대로 성공을 거두었다. 담배도 도박도 하지 않고, 아이도 생기지 않았다. 그래서 경제적으로는 비교적 여유가 있고, 일단 디자이너라는 직업적 특성도 있어서 패션에도 조금은 신경을 쓰고 있다.

뭐, 그런 상황이라 남들이 보기에는 나도 업계에서 성공한 '거장'으로 보이는 것이리라.

하지만 그런 '거물'이 65세나 된 나이에 아내에게 비밀을 숨기고 있다니……. 게다가 그 비밀이 '의사로부터 시한부 선고를 받은 사실'일 줄은 누구도 예상하지 못할 것이다.

"자, 그럼……."

나는 멀리 있는 후지산에서 시선을 떼고 익숙한 마우스에 손을 얹었다. 어쨌든 지금은 《꿈의 날개》의 일특 디자인을 빨리 끝내야 한다. 시짱과 함께 점심을 먹는, 일상적인 '보통의 시간'을 조금이라도 더 오래 즐기기 위해.

이날 시짱이 만들어준 점심은 '일본식 카르보나라'였다.

일본식 육수에 조리용 간장의 감칠맛으로 마무리했다는 파스타는 맛도 향도 뛰어나서, 웬만한 레스토랑에서 내놓아도 인기 메뉴가 되지 않을까 싶을 정도로 완성도가 높았다.

"엄청 맛있어, 이거."

직설적으로 칭찬하자, 시짱은 눈을 가늘게 뜨고 고개를 살짝 기울였다.

"그래? 다행이다."

무덤덤한 말투지만, 이 정도로도 충분히 기뻐하고 있다는 것을 나는 안다.

시짱은 평소에도 감정을 잘 드러내지 않고, 불필요한 말도 하지 않는다. 몸은 날씬하고 가녀리지만, 마음의 중심은 굵고, 강하고, 안정되어 있어서, 항상 차분한 '여성'이라는 이미지가 남아 있다. 그 차분함 때문인지 바깥일도 집안일도 깔끔하고 효율적으로 처리하므로, 생활 속에서 거의 '실수'라는 게 없다. 게다가 만난 지 40년 가까이 되었는데도 나는 아직 시짱이 우는 모습을 한 번도 본 적이 없다. 예를 들어 영화관에서 감동적인 작품을 보더라도 기껏해야 안경 속 눈동자가 글썽이는 정도이지, 절대 눈물을 흘리지 않는다.

마음씨는 정말 착하고 따뜻한 사람인데도.

오히려 옆에 있는 내가 부끄러울 정도로 엉엉 울어버려서,

당황한 표정의 시짱에게 '울보 뎃짱'이라고 놀림받는 것이 예로부터의 패턴이었다.

"있잖아, 뎃짱."

파스타를 먹던 손을 멈추고 시짱이 이쪽을 보았다.

"응?"

"도쿄 정리를 하는 것도 좋지만, 다쓰우라에도 슬슬 짐을 받아들일 준비를 해야 하지 않을까?"

도쿄는 이 사무소 겸 자택을 말하고, 다쓰우라는 별장이 있는 지역의 이름이다. 즉, 우리는 지금 서서히 일을 접고 별장에서의 은퇴 생활로 중심을 옮겨가는 중이다.

언젠가는 다쓰우라에서 한가롭게 살고 싶어…….

평소에는 미래의 꿈 따위 좀처럼 입에 올리지 않는 시짱이 어느 날 밤, 먼 곳을 바라보며 불쑥 한마디 던졌다. 그리고 그 말을 들은 순간부터 내 인생 목표는 '다쓰우라로의 이주'가 되었다. 하지만 안타깝게도 그 목표는 어쩌면 나에게 '마지막 목표'가 될지도 모른다.

"그럼 이번 주말부터 그쪽도 조금씩 정리를 시작해볼까?"

"응. 그러자. 그리고 말이야, 이삿짐이 꽤 많을 것 같아. 그래서 저쪽 정원 구석에 작아도 좋으니까 창고를 설치하면 어떨까 싶어."

"아, 그러게. 그것도 좋은 생각이다."

이렇게 둘이서 '미래 이야기'를 할 때면, 내 가슴 한구석에 잔물결이 일렁이며 호흡이 조금 얕아진다.

"그럼 창고에 관해서는 나중에 인터넷으로 찾아볼게."

"응, 부탁해."

"그리고 뎃짱의 연재 일은?"

"응?"

"슬슬 클라이언트에게 말하는 게 낫지 않겠어?"

"아, 내가 일을 그만둔다는 거?"

"응."

"음, 되도록 빨리 알리는 게 좋겠지."

"그렇지."

"다만, 상대방이 나를 대신할 디자이너를 찾을 때까지는 계속해줘야 해."

"그건 당연하지."

"날아가는 새는 흔적을 남기지 않듯이."

"응. 역시 마지막은 깔끔하게 마무리하고 싶으니까."

시짱의 입에서 흘러나온 '마지막'이라는 단어가 내 안에 이물감을 남겼다.

그래서 나는 재빨리 화제를 바꿨다.

"뭐, 어쨌든 말이야, 새로운 일은 기본적으로 받지 않기로 하고, 점차적으로 전체적인 일의 양을 줄여나갈 거야. 특별히 은

퇴 선언 같은 건 하지 않고, 자연스럽게 페이드아웃하는 느낌으로."

스스로 말하면서도 '페이드아웃'이라는 단어가 씁쓸하게 느껴졌다.

"거장이 은퇴 선언을 하면 여러모로 심란할 것 같아."

"그러니까 거장이라는 말은 좀 하지 마."

내가 받아치자 시짱이 피식 웃었다.

그 얼굴을 보고 나도 싱긋 웃는다.

"나로서는 반년 안에 이사를 갈 수 있도록 하고 싶어."

시간제한이 있다. 조금 서둘러야 한다.

"응, 그래."

시짱이 미래를 바라보는 듯한 눈을 했다. 아마도 그 눈에 비치는 세상에는 내가 있겠지.

하지만 만약……, 그 세상에 내가 없다면?

그래도 시짱은 익숙한 도쿄보다 바다가 보이는 어촌 마을의 조용한 삶을 선택할까?

시골에서 혼자 있는 게 외롭지 않을까?

지루해서 견디기 힘든 건 아닐까?

신경 쓰이는 일이 산더미다. 그런 문제에 대해 마음속으로 고민하다 보니 어느새 맛있는 파스타를 다 먹어치웠다. 더 제대로 맛보고 싶었는데.

시짱이 내열 유리잔에 향긋한 허브티를 우려냈다. 그 잔이 내 앞에 살짝 놓였을 때, 창밖에서 들어오는 봄 햇살이 유리잔을 통과하면서 굴절되어 테이블 위에 타원형의 빛을 만들어 냈다.

살랑살랑 흔들리는 호박색 빛.

왜일까? 신성할 정도로 아름답게 느껴져서 나는 멍하니 바라보고 말았다.

"뎃짱?"

왜 그래? 괜찮아? 라는 뉘앙스가 담긴 시짱의 목소리에 나는 정신을 차렸다.

"응?"

아무렇지 않은 얼굴로 그녀를 보았다.

"방금 멍하니 있어서······."

"아, 응. 뭔가 예뻐서."

"예뻐?"

"응."

"뭐가?"

"이거."

나는 테이블 위의 타원형 빛을 가리켰다.

시짱은 눈썹을 살짝 올리더니 "정말이네"라고 중얼거리며 입꼬리를 올렸다.

식사 후 설거지는 내 일이다.

그렇다고 해도, 두 사람 분의 식기와 조리도구를 씻는 것뿐이라 큰 수고로움은 아니다.

나는 스펀지에 세제를 듬뿍 적시고 뽀드득뽀드득 접시를 문지르기 시작했다.

시짱은 먼저 '사무소'로 가서 회계 관련 일을 시작했다.

나는 설거지를 하면서 왠지 모르게 내 몸을 떠올렸다.

지금 이렇게 주방에 서 있어도 어디 한 군데 아프지 않고 불편함조차 없다. 그런데도 내 몸속에서는 현재진행형으로 암세포가 서서히 자라고 있다고 한다.

원래는 그냥 감기였어야 했다.

미열과 기침이 나서 주치의에게 진찰을 받았고, 그때 '혹시나 해서' 촬영한 흉부 엑스레이 사진에서 수상한 그림자가 발견된 것이다. 의사는 그 사진을 보면서 미간을 찌푸리며 인근 종합병원에서 재검사를 받아보라고 권유했다.

며칠 후, 그 종합병원에서 정밀검사를 받았고, 수상한 그림자의 정체가 밝혀졌다. 폐암이었다. 더군다나 이미 뇌를 포함하여 신체 곳곳에 전이된 상태였다.

의사 말로는 폐암은 초기 증상이 없는 편이어서 발견했을 때는 이미 손쓸 수 없는 경우가 많다고 한다. 그리고 나 역시 그 경우에 속했다. 65세라는 나이와 암의 유형, 전이된 부위 등을 고려하면 남은 수명은 6개월에서 1년 정도로 보입니다…….

의사가 그렇게 말했을 때, 나는 마치 남 일처럼 "아, 네, 그렇군요"라고 대답했다.

너무 놀라서 의사의 말이 마음에 닿지 않은 채 그냥 지나가 버린 것인지도 모른다.

즉, 나는 정신이 아득한 상태였던 것이다.

하지만 집에 돌아가서 시짱의 얼굴을 보면 분명 눈물 많은 나는 펑펑 울겠지……. 그렇게 생각했는데, 막상 종합병원에서 귀가하여 시짱에게 "잘 다녀왔어?"라는 말을 들으니 왜인지 더욱 멍해져서 평소처럼 "다녀왔어요"라고 대답하고, 그대로 멍한 머리로 남은 일을 시작했다.

분명 '암'이나 '여명' 같은 너무나 무거운 것들은 일단 검은 돌멩이 같은 덩어리로 바껴서 내 가슴 얕은 곳에 '위화감'으로 묻어둔 것 같다. 그래서 아직도 '죽음'에 대한 실감이 나지 않는 것이다.

다만, 시짱과 '미래'에 대해 이야기를 나누거나 어떤 '약속'을 할 때면, 그 검은 돌멩이가 가슴의 얕은 곳에서 또르르 움직인다. 그리고 감정의 잔물결을 일으킨다.

접시와 유리잔을 닦은 나는 그것들을 싱크대 옆의 건조대에 세워두었다. 이어서 씻은 프라이팬과 냄비는 행주로 물기를 잘 닦아 주방 서랍에 보관했다. 마지막으로 식탁을 닦으면서 나는 생각했다.

연재 중인 일에서 저를 빼주세요.

클라이언트에게 그렇게 말하는 것은 (매우 괴롭지만) 쉬운 일이다. 하지만 그보다 백만 배는 더 중요한 것을 아내인 시짱에게 말하지 못하고 있다니.

나는 아직 '정답'을 알 수 없었다.

언제, 어디서, 어떤 상황에서, 어떤 단어를 이용하여, 시짱에게 말해야 할까? 가능한 한 시짱을 슬프게 하지 않고 전하려면 어떻게 해야 할까?

테이블을 닦은 나는 젖은 행주를 손에 쥔 채 살짝 눈을 감았다. '후우' 하고 한숨을 한 차례 쏟아낸 뒤, 행주를 싱크대에서 천천히 빨아서 행주걸이에 널고 주방에서 나왔다.

복도를 걸어 제일 끝에 있는 '사무소' 문을 밀고 들어간다.

책상 앞에 앉아 있던 시짱이 고개를 들었다.

"2분쯤 전에 시라토리 인쇄의 누마부쿠로 씨에게서 전화가 와서, 다시 연락드리겠다고 했어."

언제나처럼 시짱이 말한다.

"오케이, 땡큐."

나도 언제나처럼 대답한다.

또르르.

가슴 얕은 곳에 있는 검은 돌이 움직인 것 같다.

아무것도 아닌 이 '언제나처럼'이 얼마나 소중한지 깨달아 버린 것이다.

조금 당황한 나는 의자에 앉아서, 슬립 모드로 전환된 컴퓨터를 깨웠다.

가슴속이 들썩거린다.

나는 개의치 않고 시라토리 인쇄의 누마부쿠로 씨에게 전화를 걸었다.

신호음이 가는 동안 시짱이 내 옆모습을 뚫어져라 쳐다보는 것 같았다. 하지만 나는 애써 모른 척했다.

"아, 여보세요, 안녕하세요."

누마부쿠로 씨가 받았다.

나는 머릿속을 업무 모드로 전환하고 "아오야마입니다. 어제는 수고 많으셨습니다"라고 말했다.

가능한 한 힘찬 목소리로, 시짱이 내 비밀을 눈치채지 못하도록.

가구라자카 뒷골목에 '구로키'라는 일식집이 있다.

보슬비가 내리는 저녁 7시, 그 가게 2층의 좌식룸에 자칭 '시그널 모임'의 세 사람이 모였다.

프리랜서 편집자인 아카시마 씨.

그래픽 디자이너인 아오야마(즉, 나).

풍경 사진작가인 기모토 씨, 이렇게 세 사람이다.

우리는 예전부터 마음이 잘 맞았던 직장 동료인데, 세 사람의 이름 첫 글자를 나열하면 '아카(빨강), 아오(파랑), 기(노랑)'가 되어 마치 신호등 같다고 해서 30년 전에 '시그널 모임'이라고 이름 붙였다.

그리고 지금, 그 이름을 지어준 장본인인 기모노 차림의 미모의 여주인 마치코 씨가 인사를 겸해 형식적인 주문을 받으러 왔다.

"어서 와. 오늘은 정말 맛있는 굴이 들어왔어."

마치코는 우리 세 사람에게 존댓말을 쓰지 않는다.

왜냐하면 마치코와 우리는 모두 동갑내기인 65세인 데다 30년 이상 알고 지낸 사이이기 때문이다. 이제는 '사장과 손님'이라기보다 같은 시대를 치열하게 살아온 '전우'라고 하는 편이 더 어울린다.

"굴? 좋지."

사케를 좋아하는 기모토가 싱글벙글 웃는다. 이 사람은 젊었을 때부터 잘생겨서 세계 어디를 가도 인기 있는 사진작가다.

"또 껍질째 살짝 구운 도미도 우리 주방장님이 추천하는데?"

"오오, 그것도 맛있겠다. 그럼 안주는 '오마카세'로 갈까?"

젊을 때부터 리더 격이었던 아카시마가 우리를 둘러보며 말했다.

"좋아"라고 내가 대답했다.

기모토는 "동의합니다"라고 장난스럽게 대답했다.

"그럼, 마실 것도 언제나처럼 생맥주부터 시작하는 걸로?"

고개를 살짝 기울인 마치코를 향해 우리 세 사람은 '응' 하고 목소리를 맞췄다.

그 모습이 우스웠는지 마치코는 "우후후, 어린애 같아"라고 웃으며 말을 이었다.

"오늘 밤은 날씨가 안 좋잖아. 그래서 손님이 적어. 나중에 맛있는 해산물 전골을 내올 테니 셋 다 천천히 놀다 가."

마치코는 그렇게 말하며 갸름한 눈매를 지그시 뜨고는 룸에서 나와 계단을 내려갔다.

생맥주와 기본안주는 곧바로 나왔다.

서빙은 마치코가 아닌 젊은 여성 종업원이 맡았다. 예전부터 부지런히 잘 움직이던 마치코도 우리와 마찬가지로 나이가 들었다. 그러니 몇 번이고 계단을 오르내리기 힘들 것이다.

"자, 그럼 이번 달에도 무사히 세 사람이 모일 수 있게 된 것에, 건배!"

아카시마가 주도하는 가운데, 우리는 잔을 쨍, 쨍, 부딪치며 서로를 격려했다.

아카시마와 기모토는 대학생처럼 꿀꺽꿀꺽 목을 울리더니 '푸하' 하고 행복한 소리를 냈다.

그 모습을 본 나도 잔에 입을 댔다.

시한부 선고를 받은 이후로는 아무래도 술을 마실 기분은 들지 않지만, 그래도 역시 맥주는 맛있다.

목을 축이고 마음이 진정된 우리는 늘 그렇듯이 서로의 근황을 이야기하기 시작했다.

먼저 말을 꺼낸 건 아카시마였다.

"사실은 말이야, 지난 3년 동안 주 수입원이었던 잡지가 갑자기 폐간이 되어서 그 자리를 메울 만한 일을 찾고 있어. 재미있는 일거리가 없나 모색 중이지."

대화 내용이 무거울 법도 한데, 천성이 밝은 아카시마가 말하니 낙천적인 대사처럼 들리기도 한다.

이 아카시마가 대형 출판사에서 정년퇴직하고 프리랜서 편집자가 된 것은 5년 전의 일이다. 그 후로는 과거에 근무했던 회사에서 조금씩 일을 받아 적당히 생계를 꾸려나가고 있다. 솔직히 그다지 실속이 있어 보이지는 않지만, 이 사람의 대단한 점은 어떤 일이든 반드시 어딘가에서 '재미'나 '흥밋거리'를 찾아내어 마지막에는 "재밌었어!"라고 웃으며 마무리하는 데 있다고 생각한다.

내가 보기에 아카시마는 '인생을 즐기는 천재'다.

이런 밝은 천재는 주변을 지루하게 만들지 않는다. 그러니 분명 새로운 일도 금방 찾을 수 있을 것이다.

한편 기모토는 이른바 '호기심 덩어리' 같은 사진작가로, 젊은 시절에는 세계의 오지를 자유롭게 돌아다니며 한 번도 본 적 없는 아름다운 풍경 사진을 마구 찍어댔다.

당시 그의 사진은 국내는 물론 해외에서도 인정받아 세계 각국에서 전시회가 열릴 정도였다. 사진집도 열 권은 넘을 것이다.

요즘 기모토는 '제2의 홋카이도 붐'이 한창이라고 한다.

"30대 때도 홋카이도에 빠져서 꽤 많이 찍으러 다녔는데, 지금 다시 찍어보니 예전과는 완전히 다른 북국의 표정이 담기더라고. 그게 재미있어서 말이야."

"역시 나이가 들면 보이는 것이 달라지나봐."

아카시마가 수긍하는 얼굴로 말한다.

"응. 정말 그런 것 같아. 렌즈가 비추는 대상이 변한 것 같거든."

"그래도 홋카이도 촬영은 추울 것 같은데……."

내가 허튼소리를 하자 기모토가 눈가에 주름을 만들었다.

"춥다 못해 이제는 '아프다'는 느낌이야. 사실 나는 그저께까지 오비히로에서 왓카나이까지 촬영하고 왔는데, 카메라를 들고 가만히 있으면 두꺼운 다운재킷을 입고 있어도 뼛속까지 얼어붙을 것 같더라고."

"그래도 좋은 사진 찍었겠지? 다음에 보여줘."

경기가 좋았을 때 수많은 사진집을 편집하여 히트시켰던 아카시마가 창작자다운 호기심 가득한 눈으로 기모토를 바라보았다.

"물론이지. 아직 인터넷에 올리지 않았으니 가까운 시일 내에 우리 사무소에서 같이 보자. 아오야마도 어때?"

갑자기 던져진 질문에 나는 약간 당황하여 "아, 응, 갈게"라고 대답했다. 어느새 나는 두 사람의 생기 넘치는 대화를 눈부시게 느끼며 멍하니 바라보았던 모양이다.

"실력 있는 사진작가와 천재 디자이너, 그리고 나, 이렇게 셋이서 오랜만에 팀을 이뤄 다시 한번 멋진 사진집을 만들어보고 싶네."

아카시마가 조금 멀리 시선을 보내면서 말했다.

"좋지. 우리 셋이서 열띠게 논쟁하던 때는 정말 재미있었지."

기모토가 뒤따라 말한다.

"맞아, 그랬지. 그때는 잠잘 시간도 없을 만큼 바빴지만, 정말 충실했어. 뭔가, 이유도 없이 즐거운 나날이었지……."

내가 그렇게 말하자 아카시마가 웃음을 터뜨렸다.

"아하하. 아오야마 씨, 은퇴한 왕년의 프로야구 선수처럼 말하지 마."

"어? 내가 그런 식으로 말했어?"

"응. 완전히 향수에 젖어 있었어."

기모토도 눈썹을 내리고 웃는다.

"그랬나? 미안."

"야야, 사과하지 마. 우리가 천하의 거장을 괴롭히는 것 같잖아."

아카시마의 농담에 기모토가 "그러니까"라며 눈을 가늘게 뜨고 남은 맥주를 다 마셨다.

그 모습을 보면서 나는 생각했다.

좋다. 이 두 사람은 아직 건강하구나.

하지만 두 사람의 건강한 모습을 볼수록, 나는 그들과 나 사이에 보이지 않는 간극을 느꼈다.

그 간극을 조금이라도 메우고 싶어서 나는 가벼운 농담을 던졌다.

"미안하지만 '거장'은 자제해줘. '할배'라고 불리는 것 같은 기분이 들거든."

"아하하. 괜찮잖아, 정말로 할배니까." 즐거운 듯이 말한 아카시마는 안주로 나온 고둥을 입에 던져 넣으며 계속했다. "기모토도 사진업계에서는 거장급이야. 정년퇴직한 나만 '초짜' 프리랜서로 돌아간 거지. 두 거장은 대선배로서 나를 귀여워해 줘야 해."

자학적인 대사를 내뱉을 때에도 아카시마는 진심으로 즐거워 보였다. 분명 이 사람은 소위 말하는 '자존감'이 높은 것 같다. 샐러리맨 시절에 노력해서 쌓아 올린 빛나는 실적들이 그대로 튼튼한 '마음의 척추'가 된 것이 틀림없다.

나와 기모토는 그 사실을 충분히 알고 있기에, 여기서 감히 고개를 저을 수 있는 것이다. "그건 무리야. 귀여운 구석이 없거든."

기모토가 딱 잘라 말했다. 하지만 눈은 웃고 있다.

"그래그래. 후배라면 먼저 선배를 세워줘야지."

말하면서 나도 자꾸 웃음이 나왔다.

"우와, 둘 다 엄격하네. 좀 더 상냥한 할아버지가 되자고."

일부러 애처로운 목소리를 낸 아카시마가 눈썹을 팔자 모양으로 내리고 장난을 쳤다. 그걸 본 나와 기모토가 웃음을 터뜨렸을 때, 두 명의 젊은 여성 종업원이 요리 접시를 가져왔다.

"와우, 오늘도 맛있어 보이는군."

갑자기 밝아진 표정으로 아카시마가 말했다.

채소 무침, 햄, 훈제 치즈와 메추리알, 오리고기. 그 외에도 색색의 전채요리와 화려하게 담긴 제철 생선회 모둠.

세 사람은 서로 얼굴을 마주 보고 말없이 환하게 웃었다.

이 친근한 분위기.

어른이 되어서야 얻은 소중한 친구들과의 시간.

이런 게 좋구나……하고 생각한 찰나,

또르르.

또다시 그 검은 돌이 가슴의 얕은 곳에서 굴렀다.

나는 두 사람이 눈치채지 않도록 천천히 깊게 숨을 들이마시고, 조용히, 길게, 썩어가는 공기를 내뱉었다.

생각해보면 한 달에 한 번 있는 이 '시그널 모임'에 참석할 수 있는 것도 어쩌면 앞으로 몇 번 안 남았을지도 모른다.

"난 시원한 사케로 할게. 저기, 아가씨, 적당히 드라이한 술로 추천해줘요."

기모토가 점원에게 말했다.

"아, 그럼 난 두 번째 추천 술로." 아카시마가 그렇게 말하고 나를 보았다. "이봐, 아오야마 씨도 빨리 맥주잔 비우라고."

"아, 응……."

시키는 대로 나는 약간 미지근해진 맥주를 마저 마셨다.

"그럼 나는 세 번째로 추천하는 걸로 부탁합니다."

"네, 알겠습니다. 그럼 차가운 사케를 '오마카세'로 세 종류 가져다드릴게요. 사장님께 골라달라고 하겠습니다."

"응, 고마워요."

의식적으로 웃는 얼굴을 만들면서, 나는 빈 맥주잔을 점원에게 건넸다.

그리고 우리는 마치코가 추천한 요리와 술을 즐기며 대화를 나눴다. 일 이야기. 노는 이야기. '좋은 시절'이었던 때의 무용담과 웃긴 이야기들. 그리고 앞으로의 이야기.

아카시마도, 기모토도, 하는 말의 절반은 농담인 유쾌한 사람들이지만, 일단 일 이야기가 시작되면 눈이 반짝반짝 빛나고, 가슴에 품은 열정을 감추지 못하는 타입이다.

오늘 밤에도 두 사람은 소년처럼 열정이 가득한 목소리로 이런 말을 한다.

"지금까지 백점 만점이라고 생각할 만한 작품은 하나도 만들지 못했지." "그러게. 평생에 한 번이라도 좋으니까, 내 모든 것을 쏟아부어 만족할 만한 작품을 완성하고 싶어." "하지만 말이야, 만족할 만한 작품을 만들었다고 생각해도, 어차피 더 높은 것, 더 나은 것을 원하게 될 거야." "응, 무슨 말인지 알아."

평소 같으면 나도 같은 텐션으로 대화에 끼어들었겠지만, 오늘 밤엔 두 사람이 유독 눈부시게 보여서 고개를 끄덕이는 것만으로도 힘에 부쳤다.

"아오야마 씨, 오늘은 말수가 적네. 술은 마시고 있어?"

이미 얼굴이 붉어진 기모토가 나를 보며 말했다.

"응? 마시고 있지. 그보다, 우리도 어느새 예순다섯 살이 되어버렸지만, 베테랑답게 노련한 솜씨로 젊은 친구들을 깜짝 놀라게 할 만한 일을 해야지."

나는 뻔한 말을 늘어놓으며 겉으로만 동조하는 모습을 보였다.

그런데도 순수하고 열정적인 아카시마는 나를 향해 엄지손가락을 치켜세우며, "응, 그래야지." 하고 깊이 고개를 끄덕여 주었다. "체력이 떨어진 만큼은 경험으로 커버해서, 지금까지 이상으로 더 좋은 것을 만들자고."

"그래. 우리 시대는 이제부터지."

내가 한마디 더 허무맹랑한 말을 했다.

"오우, 열심히 해보자고!"

기모토가 싱긋 웃었다.

그리고 셋이서 술이 담긴 잔을 서로 부딪치고 한 잔씩 마신 뒤, 서로 얼굴을 마주보며 약간 쑥스러운 듯 웃음을 나눴다.

노인네들의 유치한 청춘극이군.

상당히 민망하지만, 그래도 뭐, 이런 것도 나쁘지 않아, 라고 생각했을 때, 내 재킷 가슴주머니에서 스마트폰이 진동했다.

"전화네. 잠깐 받을게."

나는 두 사람에게 양해를 구하고 전화를 받았다.

"네, 아오야마입니다."

"아, 바쁘신 중에 죄송합니다. 아까 전화드렸던 동서문예사의 쓰야마라고 합니다."

그 이름을 듣는 순간, 나는 무심코 '앗' 하는 소리를 냈다.

"쓰야마 씨, 정말 죄송합니다. 제가 전화한다고 했는데."

사실은 저녁때 이 편집자에게 사무실로 연락이 왔는데, 그때는 도저히 손을 놓을 수 없는 상황이어서 저녁 7시쯤에 연락을 주겠다고 했었다. 그런데 나는 그 사실을 까맣게 잊은 채 '시그널 모임'에서 느긋하게 술을 마시고 있는 것이다.

"아니에요, 그건 신경쓰지 마세요. 혹시 지금도 많이 바쁘신가요?"

"아니, 괜찮아요. 다만 지금 식당이라서 주변이 좀 시끄러울 수도 있어요."

"그건 괜찮습니다. 목소리는 잘 들리고 있으니까요."

"그렇군요. 그런데 무슨……."

"저, 실은 아오야마 선생님께 북디자인을 또 부탁드리고 싶어서 연락드렸습니다."

쓰야마 씨와는 과거에 두 번 정도 일한 적이 있다. 성실하고 솔직하며 열심히 일하는 여성이라는 인상이 있지만, 그 외에는 특별한 점이 없는 사람이었던 것 같다.

"이번에도 소설인가요?"

"네. 스즈모토 마사미 선생님의 신작입니다."

스즈모토 마사미……, 아마 미스터리 작가였던 것 같다.

나는 술에 취한 뇌를 필사적으로 회전시켜 대답했다.

"스즈모토 씨 책은 아직 작업해본 적이 없는데……."

일단 적당히 대답하면서 생각했다.

어떻게 거절할까, 하고.

새로운 일은 받지 않는 방향으로 가자는 것이 시짱과의 약속이었다.

"네. 스즈모토 선생님도 그렇게 말씀하셨어요. 하지만 스즈모토 선생님도 저도 아오야마 선생님의 디자인을 정말 좋아하고, 이번 작품이 선생님 취향에 딱 맞을 것 같아서요."

"그렇군요."

"그래서 꼭 다시 한번 맡아주셨으면 하고……."

"소설이라……."

말하면서 나는 아카시마와 기모토를 바라보았다.

두 사람은 호기심 가득한 눈으로 이쪽을 보며 술을 홀짝홀짝 핥고 있다.

"이번 작품은 스즈모토 선생님의 최고 걸작입니다. 그래서 꼭 최고의 디자인으로 완성하고 싶어서요. 그렇다면 아오야마 선생님밖에 없다고 생각했습니다. 실은 스즈모토 선생님께서도 디자인 회의에 참석하고 싶다는데……."

최고 걸작. 최고의 디자인. 아오야마 선생님밖에 없다…….

"음……잠깐만요."

나는 쓰야마 씨에게 들리지 않도록 가볍게 심호흡을 했다.

그리고 마음을 가다듬었다.

어느새 이 젊은 편집자의 열의에 밀릴 뻔했던 것이다.

쓰야마 씨가 이런 타입이었나?

기억을 더듬어봤지만, 쓰야마가 이렇게 열정적으로 이야기하는 장면은 떠오르지 않는다.

문득 나는 아카시마와 기모토의 시선이 신경쓰였다.

바로 조금 전까지만 해도 우리 시대는 이제부터라는 둥, 열심히 해보자는 둥 유치한 대사를 주고받던 두 사람이 지금 나를 뚫어져라 쳐다보고 있다.

이 두 사람 앞에서 제의를 거절하기는 좀 망설여진다.

그렇게 생각한 나는 슬쩍 두 사람에게서 얼굴을 돌렸다.

"그럼 일단 그 원고를 사무실로 보내주실 수 있나요?"

"네. 바로 보내드리겠습니다."

"아니, 그렇게 서두르지 않아도 돼요. 일단 원고를 읽어보고, 할 수 있겠다 싶으면 맡아보겠습니다."

"정말요?"

나는 '네'라고 거짓말을 했다.

애초에 원고를 읽을 생각은 전혀 없었다.

"감사합니다. 그럼, 꼭 잘 부탁드리겠습니다. 바쁘신 중에 정말 감사합니다."

쓰야마는 취직 시험에 합격한 대학생처럼 들뜬 목소리로 두 번이나 감사 인사를 했다.

"그럼, 원고 읽고 나면 연락드리겠습니다."

"네. 감사합니다."

세 번째 감사 인사를 듣고 통화를 끝냈다.

스마트폰을 가슴 주머니에 다시 넣자 아카시마가 씩 웃으며 말했다.

"아오야마 씨, 여전히 잘 팔리네."

"뭐야, 하지 마, 그런 말."

"흐음, 원고를 읽고 나서 결정하는구나."

기모토도 씩 웃으면서 끼어든다.

"역시 거장답다. 하지만 아까도 말했지? 신입 편집자한텐 친절하게 대해줘야 해. 특히 여성한텐 말이야."

쓰야마 씨의 목소리가 새어나왔는지, 아카시마가 말하면서 술이 든 잔을 이쪽으로 들어올렸다.

기모토도 그를 따랐다.

어쩔 수 없이 나는 두 사람이 든 잔에 내 잔을 부딪치며 오늘 몇 번째인지 모를 건배를 했다.

사실은 친절하게 대해주고 싶어, 나도 말이야.

속으로 중얼거리는 나를 보며 아카시마가 말한다.

"좋아, 나도 기모토도 거장에게 지지 않도록 노력해야겠어."

"그래, 열심히 해보자고, 신입 군."

"왠지, 남의 입으로 들으면 화난단 말이야."

"아하하하. 신경쓰지 마, 신입 군."

시시한 말장난을 하는 두 사람을 눈부시게 바라보며, 나는 필사적으로 입꼬리를 올리고 있었다.

언젠가는…….

이 두 사람에게도, 마치코에게도, 알려야 할 때가 올 것이다.

<u>또르르.</u>

검은 돌이 움직이고, 내 머릿속에 시짱의 얼굴이 떠올랐다.

가장 먼저 알려야 하는데, 가장 알리고 싶지 않은 사람의 얼굴.

"후우……."

가볍게 한숨을 내쉬자, 곧바로 기모토가 장난스럽게 씩 웃는다.

"그렇게 한숨을 쉬면 행복이 달아나버려."

행복 따위, 달아나도 상관없어.

목숨만 있다면, 그런 건 언제든 되찾을 수 있으니까.

반사적으로 나는 그렇게 생각했다.

하지만 입에서 나온 대사는 마음과는 전혀 무관한 것이었다.

"어이쿠, 내쉰 숨을 다시 들이마셔야지."

나는 과장되게 숨을 들이마시는 시늉을 하며 장난을 쳤다.

그리고 그때, 문득 깨달았다.

오늘 밤, 이 가게에 온 이후로 나는 계속, 계속, 내 마음과 반대되는 말만 하고 있다는 것을.

어쩌면……, 내게 있어 '행복'은 한숨을 내쉰 순간이 아니라, 시한부 선고를 받았을 때 이미 사라져버렸는지도 모른다.

그런 생각을 하면서도, 나는 두 사람이 눈치채지 않도록 끈질기게, 필사적으로, 계속 미소를 지었다.

다음 날 오후.

나는 혼자 컴퓨터 모니터를 향해 중얼거렸다.

"좋아, 제시간에 맞췄어……."

어제 선언한 대로 《꿈의 날개》 디자인을 모두 끝내고, 클라이언트에게 데이터를 전송했다. 이로써 급한 건은 모두 완료했고, 한동안은 여유롭게 일할 수 있게 되었다.

나는 의자에 앉은 채로 기지개를 켰다. 그리고 창밖을 내다

보았다. 3월의 하늘은 마치 창호지를 붙여놓은 듯 흐렸다. 그래도 저 멀리 안개 낀 후지산의 실루엣이 희미하게 보인다.

책상 위에 놓인 컵을 들고 한 모금 마신다.

커피는 이미 식은 지 오래였지만, 갈증이 났던 목에는 시원하게 스며들었는지 '후우' 하는 한숨이 흘러나왔다.

컵을 책상에 다시 내려놓을 때, '또각' 하고 마른 소리가 났다.

그 소리는 사무실 천장까지 울렸다.

혼자 있는 사무실은 너무 조용해서 왠지 마음이 안정되지 않는다.

오늘 시짱은 오전에 외출했다. 대형 문구점에서 사무실 비품을 이것저것 구입하고, 그길로 클라이언트를 방문하여 담당자에게 색 견본을 전달한다. 그리고 오랜만에 사촌 언니를 만나 근처 카페에서 점심을 먹는다. 돌아오는 길에 슈퍼마켓에 들러 장을 본다. 이것이 오늘 시짱의 스케줄인 모양이다.

이 반나절에 걸친 계획도 시짱 말로는 '외출 일정을 하루에 모아서 일의 효율을 높인 결과'라고 한다. 아마도 시짱의 머릿속에는 각 장소 간의 거리와 이동수단인 버스와 지하철 노선도, 시간 배분까지 깔끔하게 정리되어 있을 것이다. 언제나 낭비 없고, 효율적이며, 실수가 없는 사람이니까.

참고로, 카페에서 함께 점심을 먹는 사촌 언니는 나도 몇 번 만난 적이 있는 마키코 씨다. 매우 조용한 사람으로, 나이는 나보다 한 살 아래였던 것 같다. 마키코 씨는 몇 년 전에 남편과 사별한 후, 도쿄의 아파트에서 혼자 살고 있다. 시짱은 이 외로운 사촌 언니를 평소에도 신경쓰는데, 오늘도 나가면서 "마키코 언니, 건강하면 좋겠네"라고 말했다. "그러게"라고 대답할 때의 내 표정이 조금 굳어 있었던 것 같다.

어쨌든 오늘 시짱이 돌아오는 건 저녁 이후가 될 것이다.

할 일이 없어진 나는 일단 주방에서 커피를 다시 내려 컴퓨터 앞으로 돌아왔다. 오랜만에 인터넷으로 영화라도 볼까 생각했을 때, 책상 구석에 놓아뒀던 스마트폰이 진동했다.

단말기를 보니 아카시마가 보낸 메시지였다.

〈어젯밤엔 수고했어. 나는 숙취로 머리가 무겁네.(웃음) 그나저나, 아오야마 씨, 어제는 좀 기운이 없어 보였는데, 괜찮아? 기모토 씨도 걱정하더라.〉

메시지를 읽은 나는 인정 많은 두 사람의 웃는 얼굴을 떠올렸다.

좋은 사람들이야, 진짜…….

스마트폰 화면에 나열된 글자들을 바라보며 나는 입가에 미소를 지었다.

이제 이 사람들에게는 거짓말하고 싶지 않다.

하지만 가장 먼저 알려야 할 사람은 따로 있다.

그렇게 생각한 나는 솔직한 답장을 보내기로 했다.

〈역시 들켰어?(웃음) 사실 좀 여러 가지 일이 있어서. 하지만 괜찮아. 조만간 두 사람한텐 얘기할 테니까. 걱정해줘서 고마워.〉

입력을 마치고 전송 버튼을 누르는 동시에 이번에는 사무실 인터폰이 울렸다.

"네네, 지금 가요……."

혼잣말을 하며 현관으로 가서 문을 열자, 낯익은 오토바이 배달기사가 서 있었고, 언제나처럼 상쾌한 미소로 "안녕하세요. 물건 배달 왔습니다"라고 말했다.

"네, 항상 수고 많으십니다."

나는 감사 인사를 하며 봉투를 받았다.

봉투는 묵직했다. 무슨 서류 같았다.

송장에 사인하면서 발신인을 확인하니 동서문예사의 쓰야마 나오라는 이름이 적혀 있었다.

아, 그렇지…….

생각났다. 이건 스즈모토 마사미의 원고다.

기사님에게 "감사합니다"라고 인사하고 문을 닫은 뒤, 책상으로 돌아왔다.

원고를 읽을 생각은 없지만, 아무래도 쓰야마 씨의 메모(또는 표지) 정도는 확인해야 예의일 것 같았다.

그렇게 생각한 나는 곧장 가위로 봉투를 뜯었다.

봉투 안에는 비닐봉지에 정성스럽게 포장된 원고 뭉치가 들어 있었다. 맨 위에 간단한 메모지가 붙어 있다. 거기 적힌 것은 지극히 일반적인 인사말과 의뢰하고 싶다는 내용이 담긴 짧은 문장이었지만, 글의 말미에 '이 원고는 반드시 스즈모토 선생님의 대표작이 될 것이라고 자부합니다'라고 쓰여 있었다.

어제의 전화에 이어, 이번에도 쓰야마 씨는 강단 있는 태도를 보였다. 그만큼 자신이 있는 모양이다.

나는 무심코 원고 뭉치를 내려다보았다.

첫 장에는 제목과 스즈모토의 이름만 적혀 있었다.

《사요나라, 도그마》스즈모토 마사미

어라, 도그마가 뭐였더라?

원고를 읽을 생각은 없지만, 왠지 단어의 의미가 궁금해진 나는 인터넷 검색을 해보았다.

그 결과, 도그마란 '교리, 교조'를 의미하는 단어로, 교회가 공인한 가르침을 뜻한다는 것을 알았다. 또 다른 의미로는 '독단적인 설'이라는 뜻도 있었다. 이쪽은 부정적인 의미로 사용되는 경우가 많다고 한다.

참고로 '교조주의=도그마티즘'이라는 용법으로 쓰이면, '사실이나 현실을 무시하고 원리원칙을 억지로 강요하는 태도'가 된다고 한다.

"그렇구나……."

나는 컴퓨터 모니터를 향해 중얼거렸다.

요컨대, 이 소설의 제목은 독단적이거나 획일적인 것들에 '작별'한다는 의미인 것이다. 그렇다면 예를 들어, '보이지 않는 사슬을 풀고 자유로워진다'든가, 그런 느낌의 이야기일까?

나는 다시 한번 원고 뭉치를 내려다보았다.

그러자 이유는 모르겠지만……그 제목이, 아니, 원고 뭉치 자체가 자아내는 분위기가 왠지 나에게 '무언가'를 호소하는 것 같은 느낌이 들었다.

말하자면, 나는 이 원고가 신경 쓰이는 것이다.

문득 어젯밤 쓰야마 씨의 열정적인 전화 목소리가 떠올랐다.

최고 걸작. 최고의 디자인. 아오야마 선생님밖에 없다…….

나는 지금 급한 업무에서 해방된 상태다.

시간 여유는 있다.

"그럼, 뭐, 시작 부분만이라도……."

스스로에게 변명하듯 중얼거린 나는 커피를 한 모금 마시고 나서 《사요나라, 도그마》라고 쓰인 원고의 첫 장을 넘겼다.

본문을 읽기 시작한 지 몇 분 후, 나는 '아, 이건 아닌데……'라고 생각했다.

바로 이야기의 뒷부분이 궁금해지기 시작했다.

거기서 몇 장을 더 넘겼을 때는 이미 두 손을 들고 항복한 상태였다.

당했다.

나는 완전히 이 이야기에 빠져들고 말았다.

어차피 시간은 있으니까.

마음속으로 다시 한번 스스로에게 핑계를 대고, 계속 읽어내려갔다.

마음을 온통 이야기 세계에 몰입시키고, 시간이라는 관념마저 놓아버리는 순간의 홀가분함.

원고를 읽고, 가끔 커피를 마시고, 원고를 읽고, 화장실에 가고, 원고를 읽고, 문득 후지산을 바라보고, 다시 원고를 읽고…….

문장의 리듬이 좋고 이야기 전개가 빠른 탓인지, 내 시선은 문자열에 달라붙어 떨어지지 않으려 했다. 다음, 그다음을, 조바심까지 느끼며 읽어나갔다.

이야기의 주인공은 소녀인데, 이름은 마이라고 했다.

마이는 불우한 인생에 휘둘리면서도 항상 당당하게 자신의 길을 필사적으로 걸어가려고 노력하는 무척 매력적인 여고생이다.

세상에서 '상식'으로 통용되는 불분명한 도리, 어른들의 불합리한 압력, 강자의 논리, 권력자의 횡포, 선량한 사람들의 침묵……그런 부조리에 맞서 마이는 자신의 '지성'과 '친절'과 '재치'와 '우정'과 '뛰어난 행동력'을 무기로 싸워나간다. 자기다운 미래를 쟁취하기 위해 애쓰는 것이다.

솔직히 예순다섯 살의 나조차도 가슴이 벅차오르는 이야기였다. 원고의 남은 부분이 적어질수록 다 읽어버리는 게 아깝다는 생각마저 들었다.

흔히들 '결국 인간은 혼자 태어나서 혼자 죽는 법'이라고 말하지만, 이 소설의 입장은 달랐다.

오히려 그 행간에는 '언제든, 무슨 일이 있어도, 너는 혼자가 아니다. 설령 소중한 사람을 만날 수 없는 날이 온다고 해도, 마음은 분명히 함께 있고, 〈기억〉은 너와 연결되어 있다'라는 따뜻한 메시지가 스며들어 있었다.

아니, 그뿐만이 아니다. 때 묻지 않은 순수한 마이의 말과 행동은 독자들에게 더 많은 것을 전달하고자 했다.

삶이란 시간이며, 누구나 매 순간 조금씩 남은 생명이 깎여 나가고 있다. 즉, 언젠가는 반드시 소중한 사람과 이별할 때가 온다는 것이다. 그때 느끼는 슬픔이 클수록 그 사람의 인생은 아름다웠다고 할 수 있다. 왜냐하면 그 사람은 타인과 마음을 깊이 나누고 행복하게 살았기에 이별이 더욱 슬퍼진 것이니까. 어차피 살아야 한다면 이별이 더 슬프도록 지금 눈앞에 있는 사람과의 시간을 소중히 여겨야 한다. 그 사실을 이해했다면 너는 도그마에 작별인사를 할 수 있을 것이다.

나는 마이의 언행에서 그런 메시지를 읽었다.

아마도 이 소설은 독자에게 보내는 순수한 러브레터일 것이다.

작가의 글은 읽는 이의 마음을 깊이, 아프게, 고통스러울 정도로 흔들면서도, 사랑으로 가득 차 있는 것처럼 느껴지게 한다.

마침내 마지막 한 줄을 읽어버렸다.

나는 혼자 떨리는 마음으로 창밖을 바라보았다.

익숙한 세계는 선명한 파인애플 색 저녁 하늘로 물들어 있었다.

"당했네……."

무의식적으로 중얼거린 나는 원고 뭉치를 원래대로 정리하고 책상 위에 조심스럽게 내려놓았다.

그리고 옆에 있는 티슈를 두 장 뽑아 구겨서 두 눈에 댔다.

그래, 나는 눈물이 많다.

한동안 마음의 떨림도 가라앉지 않을 것 같다.

"하아……."

촉촉한 한숨을 내쉬었을 때, 현관문이 열리는 소리가 들렸다.

시짱이 돌아온 것이다.

나는 급히 티슈 두 장을 더 뽑아 눈물로 젖은 얼굴을 닦았다.

"나 왔어."

시짱이 사무실 문을 열고 들어왔다.

"어서 와."

등을 돌린 채 대답하는 나에게 시짱이 의아한 목소리로 물었다.

"왜……그래?"

"어?" 하고 시치미를 뗀 나는 천천히 돌아보며 뭉친 티슈를 쓰레기통에 버렸다. "방금 눈에 뭐가 들어가서……."

얼떨결에 내뱉은 거짓말은 조금 먹먹한 목소리로 나와버렸다.

"괜찮아?"

"응. 괜찮아, 괜찮아. 하품하면서 눈물이랑 같이 흘려보냈으니까."

"……."

시짱은 잠시 동안 뭔가 말하고 싶은 듯한 표정을 지었지만, 결국은 침묵을 지키며 장바구니를 살며시 바닥에 내려놓았다.

나는 화제를 돌리고 싶어서 먼저 말을 걸었다.

"마키코 씨, 건강해 보였어?"

그제야 시짱의 표정이 돌아왔다.

"응. 꽤 건강해 보였어. 조금 외로워 보이긴 했지만."

"그래? 그럼 뭐, 다행이네……."

그렇게 대답한 나는 그 이후의 말을 이미 잃어버리고 말았다.

혼자가 된 사람은 역시 외로운 것이다.

시짱은 구입해온 사무용품을 선반에 척척 정리해서 넣기 시작했다. 잠시 동안 그 옆모습을 바라보던 나는 "도와줄게"라고 말하며 시짱 옆에 쪼그리고 앉았다.

"고마워."

시짱이 이쪽으로 얼굴을 돌렸을 때, 검게 염색한 단발머리가 흔들리며 희미하게 샴푸 향이 났다.

시짱의 냄새다.

나는 소설의 여운이 다시 밀려오지 않도록 사무용품을 꼼꼼하고 정성스럽게 정리하는 데 마음을 집중했다.

주말이다.

우리는 다쓰우라 별장에 가지 않고, 바다가 내려다보이는 한적한 묘지를 찾았다.

시짱의 부모님, 즉 나의 장인장모님이 잠들어 계신 '오야마 가의 묘'에 온 것이다.

특별히 오늘이 부모님 중 한 분의 기일은 아니다. 그저 왠지 모르게 시짱이 "오랜만에 성묘를 가고 싶은 기분이야"라고 말해서, 우리는 두 시간 반 정도 차를 몰고 왔다.

기일이 아니더라도 생각날 때 성묘를 하는 것. 그것이 시짱의 방식이었다. 물론 내 선조들이 잠들어 있는 '아오야마 가의 묘'에도 마찬가지로 방문하고 있다.

"아버지, 어머니, 깨끗이 닦아드릴게요."

수세미를 손에 든 시짱은 작은 목소리로 묘비를 향해 말을 걸면서 이끼와 먼지를 정성껏 닦아냈다.

그동안 나는 잡초를 뽑거나 쓰레기를 쓸어냈다.

이 묘에 오면 나는 어김없이 시짱의 어머니가 돌아가셨을 때의 장례식 장면을 떠올리게 된다.

그때는 우리가 결혼한 지 5년째 되던 해였다.

눈발이 흩날리는 회색빛 날에 그 장례식이 거행되었다. 시짱의 아버지와 여동생은 내내 손수건을 놓지 못하고 눈물을 흘렸다. 친척과 친구들도 영정을 보며 흐느껴 울었고, 눈물샘이 약한 나는 당연히 따라 울었다.

하지만 시짱은 달랐다. 상복을 단정하게 차려입고, 입술을 꾹 다문 채, 한 방울의 눈물도 흘리지 않았다. 아버지와 여동생의 구부정한 등을 몇 번이고 쓰다듬으며, 혼자서 장례식이 차질 없이 진행되도록 신경을 쓰고 있는 듯 보였다.

시짱이 울지 않은 이유를 나는 알고 있었다.

슬프지 않은 것은 아니었다. 시짱은 언제나 헌신적이고, 서툴 정도로 정이 많다. 그래서 마음이 무너질 것 같은 사람이 곁에 있으면, 자신이 울기보다 먼저 '상대를 보듬는 것'을 우선시했다.

원래라면 내가 시짱의 등을 어루만져줬어야 했다. 하지만 활처럼 곧게 펴진 그때의 시짱의 등은 그렇게 하지 못하게 했다. '의연하게 행동한다'는 말이 그토록 적절히 어울리는 장면을, 나는 이후에도 그 이전에도 본 적이 없는 것 같다.

만약 있다면, 그 장례식으로부터 10년 후, 시짱의 아버지 장례식 장면일 것이다. 그때도 역시 시짱은 울음을 터뜨릴 것 같은 여동생의 등을 계속해서 쓰다듬었다.

강하고, 다정하고, 용감하고, 우아해 보이지만, 하지만 그건 너무 슬픈 역할이잖아.

그때 시짱에게 하지 못했던 말이 문신처럼 내 가슴에 새겨져 있다. 그래서 이 묘지를 방문할 때마다 반드시 그 장례식 장면이 떠오른다.

그 후로 많은 시간이 흘러 시짱은 나이가 들었다. 가족의 등을 부드럽게 쓰다듬던 손등에는 주름과 검버섯이 생겼다. 그리고 지금, 시짱은 그 손으로 낡은 수세미를 들고 묘비를 열심히 닦고 있다.

잠시 후, 나는 빗자루를 잡은 손을 멈췄다.

뽑은 잡초도, 낙엽도, 쓰레기도 다 쓸어냈다.

이제 이 정도면 끝내도 되겠다고 생각했을 때, 부드러운 바람이 내 등에 닿았다. 무심코 뒤돌아보니 언덕 아래 펼쳐진 군청색 바다가 시야에 들어왔다.

눈을 가늘게 뜨고 숨을 깊이 들이마시며 폐를 씻어냈다.

나무 사이로 비탈길을 타고 올라오는 투명한 바닷바람이 약간은 차갑지만 듣기 좋은 파도 소리를 데리고 와주었다.

삐효로로로.

머리 위에서는 솔개의 노랫소리가 음표가 되어 내려온다.

그 노래에 이끌려 올려다본 3월의 하늘은 구름 한 점 없이 푸르고 광활했다.

높은 하늘. 천천히 선회하는 솔개의 실루엣.

"오늘, 정말 상쾌하다."

문득 시짱의 목소리가 들렸다.

"응. 성묘하기 좋은 날이야."

대답하면서 나는 묘비 쪽으로 고개를 돌렸다.

"어때? 깨끗해졌지?"

묘비 위에 살짝 손을 얹은 시짱이 미소 지었다.

"응, 깨끗해졌어."

그리고 우리는 꽃과 향을 올리고 묘비를 향해 눈을 감고 조용히 두 손을 모았다.

시짱은 그대로 1분 가까이 기도를 계속했다.

이윽고 눈을 뜬 시짱은 "왠지 마음이 개운해졌어"라고 말하며 나를 보더니 어딘가 안도한 듯한 표정을 지었다.

"나도 속이 후련해졌어."

"원래는······."

"응?"

"다쓰우라에서 이사 준비를 해야 하는데······, 여기 오자고 해서 미안해."

"뭐래? 괜찮아."

가끔은 '효율'과 무관한 일을 해도 괜찮다.

마음속으로 그렇게 생각하며 나는 가볍게 고개를 흔들었다. 그리고 문득 떠오른 말을 내뱉었다.

"아, 참."

"응?"

"마지막으로 한 권만 더, 소설 디자인을 맡고 싶은데. 괜찮을까?"

바닷바람이 불어와 묘지 주변의 나무들을 흔들어놓았다.

"물론이지."

고개를 끄덕인 시짱의 검게 염색한 머리카락도 살랑살랑 흔들렸다.

"그래. 그럼 해볼게."

"응, 파이팅."

시짱은 이유도 묻지 않고 그렇게 말하고는 깨끗해진 묘비 앞에서 살짝 미소 지었다. 그 모습이 왠지 모르게 덧없어 보여서, 나는 잠시 호흡을 잊었다.

몇 살이 되어도 한 송이 꽃 같은 사람이네.

그런 생각을 하며 '응' 하고 고개를 끄덕였더니 불현듯 코끝이 찡해져서, 나는 되도록 밝은 목소리로 "좋아. 그럼, 우리 그 해물덮밥 먹고 가자"라고 말하면서 다시 한번 군청색의 광활한 바다를 내려다보았다.

인생의 '전환점'은 언제나 예상치 못한 타이밍에 찾아오는 법이다.

그날 나는 중견 화장품 회사의 광고 포스터 색조 확인을 위해 점심 전에 사무실을 나와 도심 외곽에 있는 인쇄 공장에 틀어박혀 있었다. 고객사 담당자와 인쇄소의 프린팅 디렉터와 함께 포스터 색감을 조정하는 것이다.

세 시간 정도 걸려 마침내 만족스러운 색으로 인쇄된 교정지를 확인하고 나서, 나는 본인쇄에 '오케이' 사인을 보냈다. 이로써 참관은 끝났다.

공장에서 돌아오는 길에 고객사 담당자의 제안으로 회의를 겸해 가볍게 식사를 했다. 그 때문에 하라주쿠 사무실로 돌아왔을 때는 하늘이 파인애플 색으로 물들어 있었다.

"다녀왔어."

나는 평소처럼 인사를 건네며 사무실 문을 열고 안으로 들어섰다. "어서 와"라며 돌아본 시짱의 책상 위 컴퓨터 화면이 왜인지 까맣게 꺼져 있었다.

"어? 오늘은 벌써 마무리?"

이렇게 일찍 정리하다니 의외라고 생각하면서 나는 시짱 옆을 지나 창가에 있는 내 책상으로 향했다.

시짱은 질문에는 대답하지 않고,

"있잖아, 뎃짱."

하고 나를 불렀다.

"응?"

나는 돌아보지 않고 대답하며, 선 채로 내 컴퓨터의 전원 버튼을 눌렀다. 어깨에 메고 있던 가방을 바닥에 내려놓고, 재킷을 벗어 옆에 있는 옷걸이에 걸었다.

"뎃짱."

다시 한번 시짱이 나를 불렀다.

"응?"

이때서야 나는 시짱의 목소리가 평소와 달리 굳어 있다는 것을 알아차리고 돌아보았다.

"저기."

"응."

"아니라면, 미안해."

"……."

"혹시, 말이야……."

시짱답지 않게 우회적인 말투였다.

좋지 않은 예감이 내 가슴을 스쳐지나갔다.

"응."

"뎃짱, 나한테 뭔가 숨기는 게 있는 건 아닐까 싶어서."

숨기는 것…….

나는 무심코 꿀꺽 침을 삼켰다. 하지만 그대로 아무렇지 않은 얼굴로 대답했다.

"어, 숨기는 거라니, 예를 들면 어떤 거?"

"……."

시짱은 아무 말 없이 그저 의자에 앉은 채로 나를 똑바로 올려다보았다. 나는 말을 이어갔다.

"일에 관한 거?"

시짱은 말없이 고개를 저었다.

솔직히 이쯤에서 나는 이미 '뱀 앞의 개구리'였다. 묘한 긴장감에 몸이 굳어버렸다.

"저기, 질문의 의미를 잘 모르겠는데……."

"저번에……뎃짱, 병원에 검사받으러 갔었지?"

심장 박동이 한 박자 건너뛴 것 같다.

"어? 아, 응."

"근처 병원이랑 종합병원에도."

"……."

이번엔 내가 입을 다물 차례였다.

"그때 영수증, 나 아직 못 받았어."

"아, 맞다. 미안."

나는 황급히 가방에서 장지갑을 꺼내 병원 영수증을 뽑아냈다.

"있다. 이거네. 자, 여기."

웃으면서 시짱에게 영수증을 건넸다.

그러나 시짱은 받으려 하지 않았다. 두 손을 모아 허벅지에 올려놓은 채 가만히 나를 바라보았다.

"뎃짱."

"응……."

"검사 결과는 별다른 게 없다고, 건강하다고 말했었지?"

"응, 그런데……."

나는 시짱에게 내밀었던 영수증을 살며시 거두어들였다.

"그 말, 사실이야?"

고개를 살짝 기울인 시짱의 눈에 불안한 빛이 떠올랐다.

"……."

나는 예스라고도 노라고도 말하지 못하고, 그저 천천히 숨을 들이마셨다가 내뱉었다.

"역시……."

부자연스러운 내 모습에서 모든 걸 알아버린 듯했다.

시짱은 눈썹을 찌푸리며 한숨을 내쉬었다.

"미안해……."

나는 체념했다.

"사과할 필요 없으니까, 다 말해줘."

또르르.

내 가슴 얕은 곳에서 그 검은 돌멩이가 움직였다.

그 움직임이 어느 때보다 강한 위화감을 일으켜, 나는 두 손으로 가슴을 누르고 싶어졌다. 하지만 시짱 앞이라 어떻게든 참았다.

"저기……, 폐암이래." 나는 결론부터 말하기로 했다. "남은 수명은 6개월에서 1년 정도라고 했어."

그때까지 굳게 다물고 있던 시짱의 입술이 희미하게 벌어졌다.

그 입술에서 말은 나오지 않았다.

"이미 뇌를 포함해 여기저기 전이돼서, 수술을 해도 소용없대."

"……."

시짱은 마치 눈앞에서 사람이 죽어가는 것을 보는 듯한 표정으로 나를 바라보았다. 그리고 그대로 천천히 고개를 숙였다. 허벅지 위에 올려놓았던 두 손을 꽉 움켜쥐었다.

닫혀버린 작은 꽃.

견딜 수 없어진 나는 무의식적으로 다시 한번 "미안해"라고 말했다.

그리고 잠시 후, 시짱은 고개를 숙인 채 작은 목소리를 냈다.

"그런 느낌이 들었어."

"……."

"불길한 예감이랄까……."

"어쩌다?" 나는 궁금해서 물었다. "그런 예감이 들었어?"

시짱이 천천히 고개를 들었다. 그리고 "저거"라며 사무실 한 가운데 놓인 작업 테이블 위를 가리켰다.

그곳에 봉투에 담긴 원고 뭉치가 아무렇게나 놓여 있었다. 《사요나라, 도그마》 원고였다.

"읽었어, 나."

"어……언제?"

"오늘. 뎃짱이 없는 동안에 다 읽어버렸어."

시짱의 시선이 나를 떠나 원고로 향했다. 그 자세 그대로 시짱은 계속 말했다.

"이제 의뢰는 받지 않겠다고 했던 뎃짱의 마음을 바꾸게 한 소설이 어떤 내용인지 궁금해서 읽어봤는데……."

"그랬구나."

그런 거였구나, 하고 나는 가슴속으로 납득했다.

"그리고 말이야." 시짱의 시선이 다시 이쪽으로 돌아왔다. "요즘 뎃짱이 좀 이상하다고 생각하고 있었거든."

솔직히 나도 조금은 그런 느낌이 들었다.

관찰력과 분석력이 뛰어난 시짱이 꿰뚫어보고 있는 게 아닐까 하고.

"역시 나는 연기를 잘 못해."

나는 쓴웃음을 지으며 그렇게 말했다.

"……."

하지만 시짱은 웃어주지 않았다.

"설마 소설 내용으로 들통 날 줄은 몰랐어. 시짱은 독해력과 상상력이 너무 뛰어나."

두 사람 사이의 무거운 공기를 조금이라도 걷어내고 싶어서 나는 농담처럼 말했다.

하지만 시짱은 무표정한 얼굴로 고개를 저었다.

"누구든 알 수 있어."

"응?"

"왜냐하면, 그건 그런 소설이니까."

그런 소설……

확실히 그 말이 맞아서 나는 작게 두 번 고개를 끄덕였다.

"미안해, 정말……"

방금 전에 '사과하지 않아도 된다'고 했는데도 나는 또 사과를 하고 말았다.

하지만 어쨌든 이제 더 이상 숨길 일은 없어졌다.

이렇게 됐으니 내가 줄곧 시짱에게 묻고 싶었던 것을 물어볼까?

다시 마음을 가다듬으며 그렇게 생각한 순간.

"다쓰우라로 이사하는 것 말인데."

시짱이 약간 쉰 목소리로 말을 꺼냈다. 방금 내가 물어보려고 했던 바로 그 질문을.

"뎃짱, 솔직히 어떻게 할 생각이었어?"

"그야 물론 예정대로……"

"예정대로?"

"뭐, 여러 가지 잘 풀리면, 하지만……"

"……"

시짱은 눈썹을 찌푸린 채 아무 말도 하지 않았다.

침묵이 무겁게 느껴져 나는 말을 이어갔다.

"솔직히 이사가 잘 안 될 거라는 생각은 내 머릿속에 전혀 없었어. 오히려 이사한 다음이……좀, 역시, 걱정되긴 했지만."

"……."

"시짱."

"응?"

"다시 한번 물어볼게."

"응."

"이런 상황을 고려해서, 이사에 대해 어떻게 생각해?"

나는 직설적으로 질문했다.

그러자 시짱은 양손으로 가슴 부위를 움켜쥐었다. 마음을 가라앉히려는 듯 천천히 심호흡을 했다.

"괜찮아?"

내가 묻자, 시짱은 천천히 의자에서 일어났다. 2초 정도 나를 보다가 갑자기 몸을 돌렸다.

"어……."

"나, 잠깐, 혼자 생각하고 올게."

시짱은 그렇게 말하고 사무실 출입문을 향해 걸어갔다.

"엇? 잠깐……, 시짱."

내 목소리는 그 활처럼 아름다운 등에 튕겨나갔다.

사무실을 나간 시짱은 그대로 현관에서 신발을 신고 밖으로 나가버렸다.

혼자 사무실에 남겨진 나는 손에 들고 있던 병원 영수증을 바지 주머니에 밀어 넣었다. 그리고 내 책상으로 돌아왔다. 아론체어에 앉아 천장을 올려다보고 눈을 감았다.

째깍, 째깍, 째깍, 째깍, 째깍…….

벽에 걸린 시계의 초침 소리가 요란스럽게 들린다.

혼자라는 건 이런 거구나.

나는 찌릿찌릿 타는 듯이 아픈 가슴을 오른손으로 눌렀다. 그 얕은 곳을 굴러다니는 검은 돌멩이가 전보다 훨씬 더 커진 것 같다.

구원받고 싶은 마음이 간절하여, 창밖을 바라보았다.

"죽고 싶지……않은데……."

누구에게랄 것도 없이 나는 중얼거렸다.

방금 전까지만 해도 파인애플 색이었던 하늘이 어느새 칙칙한 보라색으로 변해 있었다.

시짱이 사무실 문을 열고 들어온 것은 밖으로 나간 지 15분쯤 지났을 때였다.

솔직히 예상했던 것보다 훨씬 빠른 귀가였다.

나는 아론체어를 빙 돌린 채, 아무런 인사도 하지 않는 시짱을 가만히 바라보았다.

시짱은 이쪽으로 성큼성큼 다가오더니 입을 열자마자 이렇게 말했다.

"밖이 너무 추웠어."

"어……."

"외투를 안 들고 나가서."

1초, 2초, 3초…….

나는 작게 웃음을 터뜨렸다.

"추워서 금방 돌아왔어?"

시짱은 조용히 입을 다문 채 고개를 끄덕였다.

"항상 냉정하게 생각하는 시짱치고는 드문 일이네."

"그것도 맞지만, 이번 일은 좀 다르지."

"뭐가?"

"밖에서 냉정하게 생각했기 때문에 빨리 돌아온 거야."

"무슨 뜻?"

"내가 감기라도 걸리면 뎃짱이랑 같이 있을 수 없잖아?"

"어……."

나는 웃음을 지우고 시짱을 올려다보았다.

"감기, 옮기면 안 돼. 그래서 냉큼 돌아왔어. 그리고 이사 말인데……."

"응."

"그만두는 게 좋을 것 같아. 나는 지금까지 그랬던 것처럼 평범하게 살고 싶으니까."

"정말, 괜찮아?"

다쓰우라에서의 생활을 그토록 기대했는데?

"응."

"왜?"

나는 어떻게든 그 이유만은 듣고 싶었다.

"왜냐하면……, 뎃짱이랑 함께 있는 시간을 최대한 오래, 의미 있게 보내기 위해서."

"어떤 식으로?"

내가 고개를 갸웃거리자, 시짱은 그 이유를 담담하게, 그러면서도 논리정연하게 설명해주었다.

말하자면, 무엇보다 내가 다녀야 할 병원이 근처에 있는 것이 좋고, 제대로 병원에 다니면서 남은 생을 1초라도 더 연장하길 바라기 때문이라고. 게다가 굳이 이사하지 않아도 다쓰우라에는 언제든지 갈 수 있고, 일을 맡지 않으면 계속 그곳에서 지낼 수도 있다고. 내가 운전을 못하게 되더라도 시짱이 운전하면 되고, 이사 준비를 하지 않는 만큼 두 사람의 시간을 마음대로 쓸 수 있기 때문이라고 했다.

"하지만 말이야." 시짱의 설명을 들은 후, 나는 다시 물었다. "그러면 지금까지처럼, 아무것도 변하지 않아. 그래도 괜찮아?"

시짱은 조금 표정을 누그러뜨렸다.

"괜찮아. 지금까지의 '일상'이 너무나 행복했으니까. 앞으로도 그렇게 지내고 싶어."

"……."

"그러니까 이사 같은 쓸데없는 일은 하지 말고, 한시라도 빨리 뎃짱과 함께 다쓰우라에 가서, 1초라도 더 오랜 시간을 평온하게 보내고 싶어. 그게 남은 시간을 보내는 방법으로서는……."

나는 여기서 시짱의 말에 끼어들었다.

"효율적이라는 거지?"

시짱은 조금 부끄러워하는 표정으로 "응." 하고 대답했다.

확실히 그렇겠지, 라고 생각했다.

"그걸 바깥의 추운 공기 속에서 15분 만에 생각해낸 거야?"

"뭐, 그렇지."

그래서 뭐? 하는 표정을 짓기에 나는 웃음을 터뜨렸다.

역시 시짱의 생각은 항상 정확하고 효율적이다. 그리고 그 효율성은 언제나 누군가를 향한 애정이나 친절함의 이면이다.

"시짱의 판단은 항상 옳아."

어깨의 짐을 조금 내려놓은 기분으로 그렇게 말했는데, 시짱은 가볍게 고개를 저었다.

"항상 옳지는 않아."

"그래? 항상은 아니구나. 아까도 외투를 갖고 나가는 걸 깜빡했고."

"그건 그렇지만……."

"음?"

"어이없이 큰 실수를 해버리기도 하고."

이때, 나는 비로소 깨달았다.

시짱의 표정이 점점 흐려지고 있다는 것을.

"어, 큰 실수라면, 어떤 거?"

"알아차리지 못했던 거."

"……."

"뎃짱의 몸에 이상이 있다는 걸……."

"어……."

"나, 항상 옆에 있었는데……."

시짱은 끝까지 말을 잇지 못하고 입술을 일그러뜨렸다.

"잠깐……, 시짱, 그건 아니야. 의사가 말하길, 폐암이라는 병은 대부분 무증상이라 본인조차 모르는 채로……."

나는 말문이 막혔다.

게다가 숨 쉬는 법조차 잊은 것 같았다.

"시, 짱……?"

나는 처음으로 보았다.

울고 있는 시짱을.

빨간 안경테 안쪽에서 뚝뚝 떨어지는 투명한 물방울. 시짱은 마치 어린 소녀처럼 어깨를 축 늘어뜨리고 고개를 숙인 채 울고 있었다.

나는 나도 모르게 의자에서 일어났다.

"시……."

이름을 부르려 하자, 시짱은 고개를 숙인 채 고개를 가로저었다.

"……싫어……."

"어……?"

"싫다고……."

시짱이 목구멍 깊은 곳에서 떨리는 목소리를 짜냈다.

나는 한 걸음, 두 걸음, 시짱에게 다가갔다.

그리고 그대로 꼭 안았다.

내 품속의 시짱이 몸을 부르르 떨더니, 그대로 둑이 터진 듯이 소리 내어 울기 시작했다.

"시짱……."

나도, 시짱도, 괜찮을 거야…….

그런 근거 없는 거짓말을 해도 똑똑한 시짱에게는 의미가 없다는 걸 나는 잘 알고 있다. 그래서 나는 아무 말도 하지 않고 그저 가만히 시짱을 안아주었다.

하지만 시짱이 흐느끼며,

"뎃짱이, 없는, 세상, 이라니……, 난 싫어……."

라고 말했을 때.

또르르.

내 안의 그 검은 돌이 지금까지와는 다른 장소로 움직인 것 같았다. 그리고 그것은 내 안에 막혀 있던 감정의 출구가 열린 순간이기도 했다.
"나도……, 싫어……."
시짱이 없는 세상 따위.
시짱을 남겨두고 혼자 사라지다니.
"정말 싫어……."
정신을 차리고 보니 어느새 나도 뺨을 적시고 있었다.
적어도 울음소리만은 억누르려고 했지만, 안 되었다. 품안에 있는 시짱의 가녀린 몸과 생생한 체온이 정말이지 '살아 있음'을 나에게 호소하는 것 같아, 나로서는 흐느낌을 멈출 수 없게 되어버렸다.
생각해보면, 이것은……눈물 많은 내가 시한부선고를 받고 나서 처음으로 흘리는 슬픔의 눈물이었다.
"뎃짱이랑 줄곧……, 같이, 있고 싶어……."
처음으로 내게 투정을 부리는 시짱의 목소리.
"나도 그래. 하지만……, 미안해."
나는 온몸으로 울며 참담함에 떨고 있었다.
하지만……, 순수하게 울면서 마음을 풀어낼수록 가슴속의 검은 돌멩이가 조금씩 녹아내리는 것 같기도 했다. 게다가 그 녹아내린 성분이 우리 가슴에 다시 스며들어, 눈물이 되어 뺨을 타고 흘러내렸다.

부모님 장례식에서도 울지 않고 참았던 시짱.

슬퍼하는 사람의 등을 계속 쓰다듬던, 그 의연하고 다정한 여성의 등을 지금 내 손이 감싸고 있다.

드디어, 내가…….

나이가 들어도 아름답게 활처럼 뻗은 애처로운 등을, 나는 천천히 쓰다듬었다.

내 등에 팔을 두른 시짱의 양손은 셔츠를 꼭 움켜쥔 채였다.

그거면 됐어.

가끔은 그런 역할도 괜찮아.

마음속으로 그렇게 말하면서 나는 시짱의 등을 계속 쓰다듬었다.

그리고 왜일까, 쓰다듬을수록 잔물결이 일던 내 마음마저도 조금씩 잔잔해지는 것 같았다.

어쩌면…….

지금, 이 순간, 나와 시짱은 눈에 보이지 않는 '도그마'와 작별을 고하고 있는 것은 아닐까.

이는 그것을 위한 의식이 아닐까.

멍하니 그런 생각을 하면서, 나는 내 품안에서 떨며 피어나는 '작은 꽃'의 존재를 애틋하게 바라보았다.

―――

금요일 저녁.

그 소설을 쓴 스즈모토 마사미 작가와 함께 편집자 쓰야마 씨가 사무실로 찾아왔다.

"안녕하세요, 어서 오세요."

시짱과 나는 현관까지 나가 두 사람의 슬리퍼를 준비했다.

"오랜만에 인사드립니다. 이번에도 잘 부탁드릴게요."

쓰야마 씨는 여전히 단정하고 상냥했지만, 처음 만나는 스즈모토는 달랐다.

"안녕하세요, 스즈모토입니다……."

라고 입안에서 중얼거리더니, 사무실을 이리저리 둘러보기 시작했다. 겉모습은 비교적 세련된 느낌의 미남이지만, 성격은 그 감성적인 작품에서 상상했던 인물과는 사뭇 다른 것 같아서, 그건 그것대로 또 흥미로웠다. 게다가 낯을 가리는 건지, 쓰야마 씨 외에는 별로 눈을 마주치지 않는 사람이었다.

뭐, 작가들에게 흔히 있는 예민한 성격이겠지. 오랫동안 이

일을 해온 시짱이나 나도 이런 사람들에게는 익숙하기 때문에 특별히 어렵다고 생각하지는 않았다.

"이쪽으로 오세요."

시짱이 사무실 중앙에 있는 작업 테이블로 두 사람을 안내했다. 그 테이블을 가운데 두고 네 사람이 둘러앉았다.

오늘은 디자인 콘셉트에 대해 논의할 예정이었다.

시짱이 인원수만큼 커피를 내려왔다.

회의가 시작되기 전에 내가 말했다.

"이번에는 아내가 제 어시스턴트로 참여하게 될 겁니다."

나는 시짱을 보며 말했다.

"잘 부탁드립니다."

시짱은 쓰야마와 스즈모토 쪽을 향해 정중하게 인사했다.

"저희도 잘 부탁드립니다."

대답한 것은 물론 쓰야마였다.

스즈모토는 아직 안정을 찾지 못하고 여전히 사무실 안을 두리번거렸다.

"스즈모토 작가님."

나는 그 소설가에게 말을 걸었다.

"네? 아, 네."

스즈모토는 놀란 듯이 나를 보았지만, 곧 그 시선을 아래로 내렸다. 상관하지 않고 나는 계속했다.

"작품 읽어봤는데, 정말 좋았습니다. 주인공 마이짱이 생기 발랄하고, 정말 사랑스러운 캐릭터예요. 제 아내도 단숨에 읽었답니다."

나는 직설적으로 칭찬했다. 거짓은 전혀 섞이지 않았다.

스즈모토는 뜻밖에 친근한 미소를 지으며, "그러셨군요. 감사합니다." 하고 뒷머리를 긁적였다.

"우후후. 선생님, 정말 기쁘네요."

마치 자신이 칭찬받은 것처럼 기쁜 표정을 지은 쓰야마가 스즈모토 대신 말을 이어갔다.

"이 작품은 미스터리가 많았던 선생님에게는 오랜만의 감동적인 작품이에요. 틀림없이 선생님의 대표작이 될 거라고 생각합니다. 아니, 반드시 그렇게 만들겠습니다. 그렇죠, 선생님?"

쓰야마가 친근하게 말을 걸자, 스즈모토는 미간에 주름을 잡으며 일부러 불쾌한 목소리를 냈다.

"이것 봐, 난 이제 쓰는 일을 끝냈으니, 앞으로는 자네한테 달렸다고."

"넵. 그거야 물론 알고 있습니다."

작가가 불쾌한 태도를 취해도 쓰야마는 오히려 밝은 목소리로 대답했다.

왠지 이 둘은 조금 재미있는 관계로 연결되어 있는 것 같다.

나는 오히려 유쾌한 기분이 들어서 편집자에게 물었다.

"그래서, 이번에 쓰야마 씨는 어떤 디자인으로 하고 싶으신가요?"

나의 이 한마디가 회의 시작의 신호탄이 되었다.

내 인생에서 처음이자 마지막이 될, 시짱과 콤비를 이룬 디자인 작업이 지금 막 시작된 것이다.

쓰야마는 이전과는 다른 사람처럼 열정적으로 말했다.

머릿속에 제본 이미지와 콘셉트, 책 홍보부터 판매 방법까지 많은 아이디어가 가득 차 있는 게 틀림없다. 그만큼 작품에 대한 애착이 강하다는 뜻이다.

이런 열정을 가지고 계속 일하는 편집자는 장래에 '실력자'로 성장하게 마련이다. 이 일을 수십 년 계속하다 보면 그런 것들이 손에 잡힐 듯이 알 수 있다.

회의 중 스즈모토는 말수는 적었지만, 때때로 그 재능의 한 단면을 엿볼 수 있는 아이디어를 내뱉었다. 그 말투가 또 쓰야마에게 돌직구를 날리는 것 같기도 해서 흥미로웠다.

시짱은 거의 입을 열지 않았지만, 모두의 의견을 경청하면서 꼼꼼히 노트에 적었다. 아마도 머릿속에서는 여러 각도에서의 분석이 시작되었을 것이다.

나는 누군가의 아이디어가 나올 때마다 복사 용지 뒷면에 연필로 러프한 디자인을 그려서 쓰야마와 스즈모토에게 완성

된 모습을 상상하게 했다.

이윽고 대략적인 디자인 방향이 정해지자 일러스트레이터 선정에 착수했다.

"일단 이 다섯 명 중에서 뽑으면 좋을 것 같아서 골라놨는데, 어떨까?"

말하면서 나는 노트북 화면에 다섯 명의 일러스트레이터 홈페이지를 띄웠다. 쓰야마와 스즈모토, 그리고 시짱이 내 뒤로 모여들어 함께 모니터를 들여다본다.

"먼저 이 사람인데, 대비가 강한 그림을 그리니까 서점에 진열했을 때 비교적 눈에 띄는 편이죠. 이런 터치도 괜찮다고 생각해요."

나는 모니터에 그림을 차례로 띄워갔다.

내 뒤에서 쓰야마와 스즈모토가 이러쿵저러쿵 말다툼을 하는 게 우스웠다.

"그럼, 다음 사람으로 넘어갈게요. 이 사람은 풍경을 그릴 때 색채 표현을 정말 잘하는 편이죠. 만약 이 사람에게 주인공을 그리게 한다면 뒷모습이 좋을 것 같아요. 얼굴을 드러내지 않는 편이 독자에게 소설에 대한 선입견을 주지 않는다는 점에서 좋으니까."

내 의견에 스즈모토가 동의해주었다.

"네. 확실히 얼굴은 안 나오면 좋겠어요."

그리고 나는 세 번째, 네 번째 일러스트레이터의 작품을 모니터에 차례차례 띄웠다. 쓰야마도 스즈모토도 어느 일러스트레이터의 어떤 그림 터치가 좋을지 쉽게 결정하지 못하는 눈치였다.

"자, 드디어 마지막 다섯 번째인데……."

사실 시짱과 나는 이 사람을 이미 찍어두었다. 거친 붓놀림 속에 묘한 고요함과 부드러움이 숨어 있는 그림이 그야말로 《사요나라, 도그마》의 세계관에 딱 들어맞았다.

"이 화가는 젊은 여성이고, 아직 실적은 많지 않지만, 재능은 인정할 만해요."

나는 그렇게 말하면서 한 장 한 장 작품을 모니터에 띄웠다.

"정말 그러네요. 뭐랄까, 그림이 뭔가를 호소하는 것 같은……."

쓰야마가 모니터를 뚫어져라 쳐다보며 말했다.

"그렇죠. 이런 그림은 서점에 진열했을 때 시선을 확 끌거든. 게다가 어딘지 모르게 품격이 있어 보이죠?"

"확실히 나쁘지 않네, 이 사람의 그림……."

중얼거리듯 말한 스즈모토도 모니터를 응시했다.

"아오야마 선생님, 이런 원석 같은 사람은 어떻게 찾아내시나요?"

쓰야마가 나를 보며 말했다.

"이 사람과는 우연한 기회에 만났어요."

"엇, 우연히 만나셨다고요?"

"네. 어느 작은 곳 끝에 아내와 자주 가는 카페가 있는데, 그 가게 안에 이 화가의 작품이 걸려 있었어요. 우리가 그림이 좋다고 이야기하고 있는데, 놀랍게도 바로 뒤 카운터 자리에 화가 본인이 있더라고요."

"이 미도리 씨라는 화가 말이지요?"

"응, 맞아요."

"그런 일이 있다니."

쓰야마가 눈을 동그랗게 떴다.

그때 오랜만에 시짱이 입을 열었다.

"이 미도리 씨는 아직 '소녀'라고 해도 좋을 만큼 귀여운 분이에요. 그렇지?"

마지막의 "그렇지?"는 나를 향하고 있었다.

"응. 처음엔 대학생인 줄 알았으니까. 그때 명함을 받고 나중에 홈페이지를 보고 나서, 이 사람은 진짜구나 하는 확신이 들었지."

"멋지다. 기적 같은 만남이네요."

말하면서 쓰야마가 모니터에서 고개를 들었다. 마음은 이미 정해졌다는 표정이다.

"스즈모토 선생님은 어느 화가가 마음에 드셨나요?"

쓰야마가 묻자 소설가는 당연한 걸 묻냐는 듯한 표정으로 대답했다.

"그야 이 사람밖에 없지."

"오케이. 그럼 미도리 씨로 결정이네. 우선 내가 연락해볼게요. 소설 삽화를 그릴 의향이 있는지, 스케줄이 비어 있는지, 그런 걸 확인해보겠습니다. 좋다고 하면 쓰야마 씨한테 연결해줄 테니까."

"네. 부탁드립니다."

고개를 꾸벅 숙인 쓰야마 옆에서 스즈모토도 가볍게 고개를 숙이듯 인사했다. 그 표정에는 분명 '만족'이라는 단어가 떠올라 있었다.

회의를 마치고 쓰야마와 스즈모토가 돌아가자 사무실 안은 순식간에 조용해졌다.

"어쩐지, 재미있는 두 사람이었네."

시쨩이 회상하며 살짝 웃었다.

"응. 작가가 조금 잘난 척을 하긴 했지만, 사실 그 두 사람……."

"정말 사이가 좋아."

"맞아 맞아."

"그 부부 개그 콤비 같은 관계, 둘이 서로 엄청 위해주는 것 같던데."

"응, 맞아."

우리는 그런 이야기를 하면서 오늘의 일을 마무리하려 했다. 시짱은 네 개의 빈 커피잔을 주방으로 옮기고, 나는 미도리 씨에게 메일을 쓰기 시작했다.

그 곳의 카페에서 만났을 때, 내가 디자이너라는 걸 알게 된 미도리 씨는 "일 주세요! 저는 뭐든지 그릴 수 있어요!"라고 말했으니, 아마 이 일도 기꺼이 받아줄 것 같다.

그런 확신을 가지고 나는 메일 보내기 버튼을 클릭했다.

마침 그때, 설거지를 끝낸 시짱이 돌아왔다. 그리고 "바로 갈까?"라며 고개를 살짝 기울였다.

"응, 가자. 지금 나, 배가 많이 고픈데, 고속도로 휴게소에서 뭐 좀 먹을까?"

"나는 라면 먹고 싶어."

"오오, 라면도 좋네……. 그나저나 짐은 다 챙겼지?"

"응. 점심시간에 차에 실어뒀어."

"어느새? 역시 편리한, 아니 효율적인 여자야."

"뭐야, 그게."

우리는 킥킥 웃으면서 사무실과 집의 전기를 모두 끄고 현관문을 나섰다. 그리고 엘리베이터를 타고 지하 주차장으로 내려갔다.

"오늘은 누가 운전할 거야?"

메르세데스를 향해 걸어가면서 시짱이 말했다.

"내가 할게. 힘이 넘칠 때 운전도 즐기고 싶으니까."

"그럼, 부탁해."

우리는 차에 올라탔다.

"자, 금요일 퇴근 후의 정례 행사를 시작하겠습니다."

나는 시동을 걸며 장난스럽게 말했다.

"네. 안전 운전으로, 쌩하니 달려주세요."

시짱이 장단을 맞췄다.

나는 빙그레 웃으며 조용히 액셀을 밟았다.

지하 주차장을 나와 해질녘의 하라주쿠를 달리기 시작했다.

"왠지 멋진 책이 만들어질 것 같아."

조수석에 앉은 시짱이 익숙한 거리 풍경을 바라보며 말했다.

"그렇게 될 거야……아니, 그렇게 하자."

반드시, 그렇게 할 것이다.

무엇보다《사요나라, 도그마》는 시짱과 나의 처음이자 마지막이 될 기념비적인 콤비 작품이니까.

"응, 그래야지."

"잘 부탁해, 신입 어시스턴트."

그렇게 말하면서 나는 가속 페달을 힘껏 밟았다.

우리의 애마는 엔진을 으르렁거리며 다쓰우라의 별장을 향해 가속하기 시작했다.

신호는 파란색이었다.

그 앞의 신호도, 또 그 앞의 신호도 모두 파란색으로 바뀌었다.

"뎃짱, 안전운전."

"걱정 마. 무리하지 않을 테니까."

"정말?"

"나, 아직 죽고 싶지 않거든."

그렇게 말하고 나는 조수석을 바라보았다.

시짱과 눈이 마주쳤고, 나는 싱긋 웃어주었다.

"정말, 남자는 몇 살이 되어도 어린애야."

"뭐, 그렇지. 부정하진 않을게."

또 앞의 신호등이 파란불로 바뀌었다.

좋아. 운이 좋군.

나는 결심했다.

다쓰우라에서 돌아오면 시그널 모임의 두 사람에게도 털어놓자.

그리고 이렇게 말하자.

《사요나라, 도그마》라는 책이 나오면 꼭 읽어달라고.

그 소설 속에도, 표지에도, 내가 있으니까.

또 가끔이라도 좋으니 시짱이 잘 지내는지 챙겨봐달라고.

"저기, 뎃짱……."

조수석에서 목소리가 들렸다.

"응?"

나는 일부러 정면을 보고 대답했다.

"괜찮아?"

"뭐가?"

"아니……."

울고 있잖아…….

시짱은 거기까지는 말하지 않았다. 그저 조수석에서 내 옆모습을 가만히 바라볼 뿐이었다.

"괜찮다고 하면 거짓말이 될까?"

"뎃짱……."

시짱이 걱정스러운 목소리를 냈다.

"저기……."

"……."

"한 가지, 시짱에게 투정 부려도 될까?"

"응? 좋아, 그런데……."

"나 말이야……, 역시." 거기서 나는 잠시 말을 멈추고 숨을 한번 들이마셨다. 그리고 그 숨을 내뱉으면서 말했다. "난 아직 죽고 싶지 않고, 죽는 게 무서워서."

"응……."

파란불이 노란불로 바뀌기 전에 액셀을 밟았다.

익숙한 거리가 뒤로 흘러간다.

현재가, 과거가 되어간다.

"그래서 가끔, 어른답지 않게 '죽기 싫다고~' 하면서, 투정 부릴지도 몰라."

"응……."

"부끄러운 모습을 보일지도……."

"괜찮아. 전부 다 괜찮아."

시짱의 목소리가 촉촉해졌다.

그 목소리 때문에 눈물이 많은 나는 더욱 시야가 흐려졌다.

눈을 깜빡일 때마다 눈물방울이 뺨을 타고 흘러내린다.

"하아……." 나는 깊이 한숨을 내쉬며 말을 이어갔다. "정말, 행복해, 나."

진심으로 그렇게 생각한다. 그래서 과거형으로 말하지 않았다.

정면에 고속도로 입구가 보이기 시작했다.

"나도 그래."

시짱도 과거형으로 말하지 않는다.

과거는 잊고, 미래는 하늘에 맡기고, 지금 이 순간만 최선을 다해 맛보면 된다.

　그 소설에는 그렇게 쓰여 있었다. 시짱도 분명 그 말을 기억하고 있을 것이다.

　메르세데스가 고속도로에 올랐다.

　나는 핸들을 가볍게 움직여 왼쪽 차선으로 붙었다.

　제대로 안전 운전을 할 생각이다. 그때.

　"자, 여기."

　조수석에서 손이 뻗어왔다. 그 손에 손수건이 있었다.

　"땡큐."

　나는 손수건을 받아 눈가에서 뺨까지 닦았다.

　손수건에서 시짱의 냄새가 났다.

　작은 꽃향기구나.

　그렇게 생각하며 손수건을 돌려주려는데…….

　"뎃짱."

　시짱이 나를 불렀다.

　"응?"

　"마음껏 달려도 좋아."

　나는 시짱을 보았다.

　눈에 눈물을 머금고 장난스러운 얼굴로 웃고 있다.

　나도 덩달아 웃음을 터뜨렸다.

　둘이 함께 울면서 웃었다.

"그럼, 젊은 시절을 떠올리며 마음껏 달려버릴까?"

그렇게 말한 나는 그대로 크게 숨을 들이마셨다.

"부아아아아아아아앙!"

하고 입으로는 말했지만, 가속페달은 밟지 않았다.

"좋아, 뎃짱, 가자앗!"

나의 작은 꽃은 눈앞에 펼쳐진 미래를 가리키며 밝은 웃음소리를 내주었다.

제**4**장

서점 점원

시라카와 코코미

점심으로 '매운맛' 즉석 카레를 먹었더니 이마에 땀이 송글송글 맺혔다.

"후우, 잘 먹었습니다……."

얼얼한 혀로 혼잣말을 중얼거린 나는 익숙한 원룸 아파트 창문을 활짝 열고 고개를 밖으로 내밀었다.

바람을 쐬고 싶어서였다.

2층에 있는 이 방의 창문으로 바로 앞의 작은 공원이 시야에 들어온다. 항상 많은 아이들로 북적이는 이 공원에도 비가 내린 지금은 한 명도 보이지 않았다. 하지만 광장 한가운데에는 약간 일그러진 하트 모양 물웅덩이가 있어, 그곳에 파란 하늘이 비쳐 반짝반짝 흔들렸다.

비가 올 때마다 마치 선물처럼 모습을 드러내는 이 일그러진 물 하트는 내가 이 방에 입주한 3년 전부터 형태나 크기가 거의 변하지 않았다. 아이들이 아무리 공원을 뛰어다녀도 왜 그런지 모양이 망가지지 않는다.

나는 하늘을 비추는 파란 하트를 내려다보며 땅에 젖은 이마를 살랑살랑 쓰다듬는 5월의 바람을 느끼고 있었다.

미지근하고 은은하게 달콤하며 물과 흙냄새가 섞여 있어 왠지 가슴을 설레게 하는 바람이라고 생각했을 때, 문득 내 안쪽에서 고향의 바람이 불어온 것 같은 느낌이 들었다.

나는 꿀꺽 하고 침을 삼켰다.

아주 많이 비슷했다.

비 온 뒤 공원을 스치는 바람과 고향의 강변을 가로지르는 강바람의 냄새와 감촉이.

안 돼…….

일단 진정하자.

그렇게 생각하며 나는 양손으로 가슴을 누르고 심호흡을 했다. 그런데도 내 머릿속 스크린에는 고향 풍경이 파노라마처럼 펼쳐진다.

꼭대기가 둥근 짙은 녹색의 산들. 그 산들 사이를 굽이굽이 흐르는 맑은 강. 그리고 그 강물을 모두 받아들이며 수평선까지 펼쳐지는 푸른 바다. 바람에 흔들리는 논의 벼이삭. 들판에서 피어오르는 연기 냄새. 강가의 아담한 마을. 녹슨 항구 마을에 부는 바닷바람. 노을. 잠자리. 구름. 반딧불이. 별이 빛나는 밤하늘…….

먼, 아주 먼 시골 마을.

그곳에 사는 사람들의 무심한 시선.

어린 내 마음을 짓밟고, 좁고 답답한 정신적인 감옥에 가둔 선량한 사람들.

자업자득이라는 말의 무게감.

그 시절의 나는 한시라도 빨리 그곳에서 벗어나고 싶어서, 대학 진학이라는 구실을 만들어 홀로 도시로 뛰쳐나왔다.

그로부터 3년 남짓한 시간이 흐른 지금, 나는 대학 4학년의 초여름을 맞이하고 있다. 그리고 혼자 사는 방에서 한가롭게 매운 카레를 먹으며 몸을 달구고 있다.

멀리서 구급차 사이렌 소리가 들려왔다.

괜찮아. 괜찮아.

그곳은 멀리 떨어져 있으니까…….

나는 주문처럼 몇 번이나 '괜찮아'라고 마음속으로 중얼거리며, 하트 모양의 파란 물웅덩이에서 시선을 떼고 천천히 하늘을 올려다보았다.

비 온 뒤의 하늘은 흐림 없이 파스텔 톤의 푸른빛으로 펼쳐져 있었다.

괜찮아. 괜찮아.

소란스러운 가슴을 달래기 위해, 나는 또 심호흡을 했다.

창문을 닫았다. 구급차 사이렌 소리와 그 아름다운 강의 냄새가 딱 사라졌다.

싸구려 침대에 누워 잠시 천장을 바라보았다.

하지만 곧 기분 전환을 하고 싶어서, 베개 옆에 두었던 스마트폰을 집어들었다. 누운 채로 화면을 조작하여 가라타 겐타로 군의 SNS 페이지를 열었다.

마음대로 '군'을 붙였지만, 나와 겐타로 군은 아는 사이가 아니다. 하지만 얼굴은 아는 정도라고 해도 될까……라고 생각한다.

사실은 내가 아르바이트하는 서점에 겐타로 군이 가끔 손님으로 모습을 보인다. 혼자서 불쑥 들르는 경우가 많지만, 또래 친구들과 함께 오기도 한다.

어서 오세요. 책 커버를 씌워드릴까요?

네, 부탁드립니다.

2000엔 받았습니다. 거스름돈은 240엔입니다.

감사합니다…….

구매해주셔서 감사합니다. 또 오세요.

지금까지 겐타로와 나눈 대화라고 하면 솔직히 이 정도다. 그쪽은 아마 내 얼굴을 제대로 기억하지 못할 것이다. 하지만 몇 번 시선이 마주친 적은 있다. 그러니 전혀 모르는 사이는 아니라고 생각하고 싶다.

내가 그의 이름을 알게 된 건 우연이었다.

그와 함께 매장을 찾은 한 남성이 "야, 가라타"라고 부르는 것을 계산대에서 우연히 들었다. 게다가 그 남자가 입고 있던 유니폼 등 쪽에 유명 미술대학교 이름이 프린트되어 있는 걸 발견했다.

그날 밤, 아르바이트에서 돌아온 나는 당장 '가라타'라는 성씨와 미대 이름을 함께 인터넷에 검색해보았다. 바로 그 미대에 다니고 있었다. 그 학교에 재학 중인 '가라타 겐타로'라는 학생의 SNS 계정이 뜬 것이다.

찾았다…….

나는 서서히 올라오는 흥분을 억누르며 혹시 모르니 얼굴이 나온 사진 몇 장을 확인했다.

응, 틀림없어. 그 사람이야.

마음이 들뜬 나는 망설임 없이 '팔로우' 버튼을 눌렀다.

겐타로의 페이지에는 지금까지 그가 그린 수많은 그림이 올라와 있었다. 드로잉이나 수채화일 때도 있지만, 주로 유화였다.

그가 그리는 유화는 붓 터치나 색감이 다소 거칠고 때로는 대담하기까지 하다. 하지만 가만히 바라보고 있으면 그림의 깊숙한 곳에서 섬세함과 덧없음, 그리고 부드러움이 흘러나와 마치 맑은 물처럼 내 마음에 스며든다. 이 감각은 내가 지금까지 경험해보지 못한 아주 신비로운 것이었다.

특히 나는 겐타로가 그린 바다, 강, 연못, 비, 논과 같은 '물'이 있는 풍경화에 강하게 끌렸다. 어느 작품이든 한숨이 나올 만큼 싱그럽고, 무심코 만져보고 싶어질 정도로 청량했다.

그가 그린 '물'을 처음 만났을 때, 반사적으로 눈물이 뺨을 타고 흘러내렸다. 원래 눈물이 많은 편이기도 하지만, 그때의 나는 이 세상 모든 것으로부터 존재를 용서받은 것 같은……, 아주 근원적인 안도감을 느꼈던 것 같다. 그때부터 나는 겐타로가 그리는 그림의 포로가 되고 말았다.

오늘도 새 작품이 업로드되었다.

나는 스마트폰을 양손에 들고 기쁜 마음으로 그의 그림에 빠져들었다. 전체를 바라보기도 하고, 확대해서 세세한 부분까지 꼼꼼히 감상했다.

이번 작품은 해질녘의 바다를 모티프로 그려진 그림이었다.

하늘은 석류처럼 붉고, 잔잔한 바다에도 그 붉음이 녹아들어 있다. 화면 중앙에서 바다를 향해 곧게 뻗은 하얀 방파제는 어딘지 모르게 신성한 느낌으로 그려졌고, 그 방파제 위를 젊은 남녀가 나란히 걷고 있다.

역시, 좋다.

나는 무의식중에 탄식했다.

저녁 하늘에 칠해진 농밀한 슬픔. 그 슬픔을 반짝반짝 반사하는 바다. 천국까지 이어질 것 같은 방파제의 장엄함. 황혼의 공기감에는 부드러움이 있지만, 자세히 들여다보면 숨 막힐 듯한 압박감도 느껴진다.

이 그림에 붙은 겐타로 군의 코멘트에 따르면 〈이 그림은 아직 미완성입니다〉라고 한다.

"이대로도 충분히 멋진데……."

나는 누구에게랄 것도 없이 중얼거리며, 늘 하던 대로 '좋아요' 버튼을 눌렀다. 아직은 댓글을 쓸 용기가 나지 않지만, 적어도 응원하는 마음은 전하고 싶었다. 참고로, 나는 SNS에서 내 프로필 사진으로 일러스트를 사용하고, 이름도 'cocomin'이라는 닉네임을 쓰고 있어서 겐타로는 절대 알 수 없을 것이다(아니, 애초에 현실의 나를 인식하지 못할 가능성이 높지만).

나는 다시 그림을 바라보았다.

스마트폰의 작은 화면으로도 가슴에 와닿는다. 만약 실제 그림과 대면할 수 있다면, 대체 어떤 기분이 들까…….

침대에 누운 그대로 살며시 눈을 감았다.

예쁘게 액자에 담긴 채 큰 벽에 걸린 겐타로의 작품과 마주한 자신을 상상하며 황홀해한다. 무심코 한숨을 내쉴 뻔한 그 순간, 전자음이 나를 현실로 끌어당겼다.

딩동.

초인종이다.

오늘은 대학에서 같은 세미나를 듣는 친구 후미노가 놀러오기로 되어 있었다.

"네~에."

대답하며 일어난 나는 스마트폰을 테이블 위에 살며시 놓고 현관으로 향했다.

잠금장치를 풀고 문을 열자, 언제나처럼 새끼고양이를 연상시키는 귀여운 미소를 띤 친구가 서 있다.

오른손을 이마에 딱 붙이고 경례 포즈를 취하고 있다.

"기다리게 해드려서 죄송하옵니다."

애니메이션, 만화, 심해 생물, 언더그라운드 문화 등을 좋아하는 이른바 오타쿠 성향인 후미노는 원래 소극적인 성격이라 이런 장난기 섞인 모습을 보이는 상대는 아마도 대학에서는 나뿐일 것이다. 그 사실이 조금은 기쁘기도 하다.

"기다리기는커녕 약속 시간보다 일찍 왔잖아."

"음음음. 그러네."

우스꽝스러운 목소리 그대로, 후미노는 손목시계를 보았다.

"그나저나 후미노, 쇼핑하고 온 거야?"

"오는 길에 슈퍼가 있으니까, 겸사겸사. 자, 조금만 기다려."

후미노는 왼손에 들고 있던 비닐봉지를 내게 떠맡기고는, 부츠를 벗기 위해 끈을 풀기 시작했다.

오늘 밤은 기쁘게도 요리를 잘하는 후미노가 저녁을 만들어 주기로 했다.

"무슨 재료 사왔어?"

"으음, 라자냐랑 바삭한 마늘을 얹은 샐러드 재료, 등등."

부츠를 벗은 후미노가 내 방으로 들어서면서 덤덤히 말했다.

"코코미."

"응?"

"너, 울었지?"

후미노는 새끼고양이 같은 동그란 눈으로 나를 바라보았다.

"어……뭐야, 갑자기."

"눈이 부었잖아. 토우 닮았네."

"토우라니……."

"코코미의 토우 같은 얼굴도 어찌 보면 귀엽기도 하지만."

"……."

"부정하지 않는 걸 보니, 역시 울었구나?"

후미노는 그렇게 말하더니 돌연 화제를 바꿨다.

"식재료 좀 줘봐. 냉장고에 넣을게."

"어? 아, 응."

나는 슈퍼마켓 봉투를 후미노에게 돌려주었다. 후미노는 마치 자기 집인 양 주방으로 들어가 식재료를 부지런히 냉장고에 넣기 시작했다. 넣으면서 다시 화제를 돌렸다.

"혹시 사랑하는 겐타로 군한테 차인 거야?"

"뭔 소리야. 그 사람한테 이성적인 호감이 있는 게 아니라고 몇 번이나 말했잖아. 아니, 아직 제대로 대화 한번 못해봤다고."

"흠흠. 그럼 제대로 대화할 기회가 있다면?"

"아니라니까. 나는 그 사람의 그림에 반한 것뿐이야."

나는 '그림'이라는 단어를 강조하며 말했다.

"우후후. 발끈하는 코코미도 귀엽네."

냉장고 앞에 쪼그리고 앉은 후미노가 뒤쪽에 있는 나를 돌아보며 장난스럽게 미소 지었다.

귀여운 건 너라고, 정말.

나는 한숨을 내쉬며 후미노를 내려다보았다.

윤기 나는 긴 검은 머리. 앞머리는 눈썹 위에서 싹둑. 어려 보이는 하얀 얼굴. 자그맣고 가녀린 몸매에 여성스러운 옷차림. 그런 외모 때문에 후미노는 같은 세미나 학생들(특히 남자)에게 '공주님'이라고 불리며 마스코트처럼 사랑받고 있다.

솔직히 말하면 후미노도 나도 타인에게 자기주장을 잘 하지 않는 이른바 음성적인 캐릭터에 속하지만 둘의 존재감은 확연히 달랐다. 간단히 말해서 나는 단순히 '음'이고, 후미노는 '음 속의 양'이라고 할 수 있는 존재다.

나도 옛날에는(초등학교 3학년, 그때까지는) '양'에 속했었는데……

"코코미. 이것 봐."

후미노가 악의 없는 미소를 지으며 나를 바라보았다.

"응?"

"슈퍼에 엄청 귀여운 병에 담긴 진저에일이 있어서 사왔어. 코코미도 마시지?"

말하면서 냉장고 문을 닫은 후미노가 일어섰다. 오른손에 옅은 갈색의 진저에일 병을 들고 있다.

"응, 마실래."

나는 두 사람 몫의 유리잔과 병따개를 준비해서 후미노와 함께 작은 테이블 앞에 앉았다. 진저에일을 잔에 따르고, 마치 술이라도 마시는 것처럼 건배를 한 뒤 목을 축였다.

"음……생강이 신선한 게, 진짜 맛있다."

내가 말하자 후미노도 "응, 이거 괜찮다"라고 고개를 끄덕이며 아기고양이 같은 눈을 가늘게 뜨더니 또 화제를 돌렸다.

"그래서 코코미, 울었던 이유는?"

"또 그 얘기로 돌아갔네." 나는 과장스럽게 한숨을 쉬는 척하며 말했다. "아침에 읽은 소설이 너무 감동적이어서 울었어."

"정말? 그게 다야?"

"너한테 거짓말해서 뭐하겠어?"

나는 쓴웃음을 지었다.

"그렇구나, 책 읽다가 엉엉 울었구나. 역시 눈물샘 느슨한 육체노동자네."

"그 육체노동의 세계로 날 끌어들인 게 누구였더라?"

"헤헤, 정말 죄송합니다."

혀를 쏙 내미는 이런 뻔한 제스처도 후미노가 하면 조금도 밉지 않은 게 신기하다. 약간 부럽기도 하다.

"후미노 때문에 내 팔뚝이 근육으로 두툼해진 것 같은데."

"아하하. 그건 웃기다."

"야, 가해자가 웃지 마라. 난 청순하고 단아한 문학소녀를 목표로 했었는데."

우리는 같은 문학부 국문학과 4학년생으로, 당연히 책을 매우 좋아하는 부류다. 그 좋아하는 책을 파는 일(서점 아르바이트)을 먼저 시작한 건 사실 후미노였다. 그런데 후미노는 3개월도 채 못 버티고 포기했다. 서점 일은 육체노동이 많아서 후미노의 가녀린 몸이 견디지 못한 것이다. 마침 그때 나는 무심코 후미노에게 이런 말을 내뱉고 말았다.

"책으로 둘러싸인 서점 아르바이트, 재미있어 보이고 좋을 것 같아……."

이 말을 들은 후미노는 마침 잘됐다는 듯이, 나를 자기가 일하던 서점으로 데려가 대타로 밀어 넣고, 자신은 한 달 후 순조롭게 그만두었다.

그 당시엔 이 '배신자'라며 후미노에게 (농담으로) 욕을 퍼부었지만, 지금 생각하면 감사할 따름이다. 서점 일이 적성에 맞았고, 덕분에 겐타로 군도 만날 수 있었으니까.

"아, 참, 후미노, 근대문학사 리포트 썼어?"

진저에일을 한잔 더 따르면서 내가 물었다. 그러자 후미노는 동그란 눈을 더욱 크게 떴다.

"근대문학사?"

"응. 나는 중간까지 썼는데, 후반부에서 막혔거든."

"어……저기. 어쩌지…….."

후미노는 갑자기 당황하더니, 뭉크의 '절규'처럼 양손으로 자기 얼굴을 감쌌다.

"저, 저는 리포트가 있다는 것조차 잊고 있었습니다."

"헐, 무슨 말이야. 거짓말이지?"

"아니요. 저는 제 인생을 통틀어 단 한 번도 거짓말을 해본 적이 없습니다."

후미노는 태연하게 거짓말을 하며 혀를 내밀었다.

"제출일, 모레야."

"큰일이다. 코코미, 부탁이야. 리포트 좀 베끼게 해줘. 중간까지만이라도 좋으니까."

"으흑, 난 후미노만 믿고 있었는데."

그렇게 허둥지둥 분주해지기 시작한 우리는 그날 밤샘을 하더라도 함께 리포트를 완성하기로 했다.

요리 솜씨가 좋은 후미노가 만들어준 라자냐와 샐러드는 내가 예상했던 것보다 세 배는 더 맛있었다.

배부른 우리는 차례로 샤워를 하고 각자 편한 옷으로 갈아입은 뒤, 작은 테이블에 마주 앉았다. 그렇게 공동 전선을 펴고 리포트 작성에 착수했다.

"있잖아, 서론 부분만 코코미 문장 베껴도 돼?"

곧바로 후미노가 후미노다운 말을 하기 시작했다.

"당연히 안 되지."

"에이, 괜찮아. 그 교수님 항상 멍청하니까. 표현은 제대로 바꿀게."

"이런 경우엔 '제대로'라는 말이 어울리지 않지. 그건 그렇고, 내용은 비슷해도 되지만 절대 들키지 않도록 해줘."

"쳇, 이 도깨비 녀석, 언젠가 퇴치해주마."

"네가 무슨 모모타로야?"

시시한 대화를 주고받으면서, 우리는 꾸준히 글을 이어갔다. 나는 컴퓨터로, 후미노는 스마트폰으로 입력하고 있다.

어제까지만 해도 얼마나 지루한 과제인가 싶었는데, 후미노와 함께 이런저런 이야기를 나누면서 하다 보니 이것도 나름대로 '작은 행복'이 아닐까 하는 생각마저 들었다.

"으음, 들키지 않게 베끼는 것도 꽤 어려운 일이구나……."

코에 윗입술을 붙인 '우스꽝스러운 표정'으로 스마트폰 화면을 내려다보는 후미노. 그런 그녀를 바라보면서 나는 약간 감상에 젖은 듯 평온한 기분이 되었다.

새삼스럽게 후미노라는 존재의 크기를 실감했던 것이다.

초, 중학생 시절, 의외로 후미노는 반에서 따돌림을 당했다고 한다. "코코미한테만 말하는 거지만……." 하고 울먹이며 고백했던 회색빛 과거는 들으면 들을수록 잔인하고 가혹했다.

지금까지 후미노는 상처받고, 상처받고, 계속 상처받으면서 지금의 상냥한 후미노가 된 것이다. 그리고 후미노는 지금 내 마음의 반창고가 되어주고 있다. 진통 효과까지 겸비한 고퀄리티 반창고다.

"저기, 코코미."

문득 후미노가 고개를 들었다.

"응?"

"문호들이 쓴 작품은 역시 성장 배경에 따른 영향이 큰 것 같네."

내가 쓴 리포트와 관련 자료를 읽고 그렇게 생각한 모양이다.

"음, 그런 것 같아."

"뭐랄까, 사람은 각자 태어날 때부터 축복받기도 하고, 반대로 불행하기도 하지만, 그래도 그런 환경이 있었기에 작가가 되고, 게다가 그 성장 배경이 작품에 짙게 반영되기도 하는 거잖아?"

"응……."

후미노는 대체 무슨 말을 하고 싶은 걸까?

내 마음을 읽었는지, 동그란 눈이 똑바로 나를 응시했다.

"코코미는 말이야."

"응?"

"가족이나 고향 얘기를 별로 안 하더라."

"……."

이렇게 나오다니. 후미노의 말이 내 심장을 순간적으로 꽉 움켜쥐는 것 같다.

"내가 들은 바로는……바다와 산이 있는 시골에서 왔고, 가족은 전통 있는 온천 여관을 운영하고 있고, 하지만 멀어서 거의 안 간다고."

"응."

"외동이지?"

"뭐." 잠시 망설임이 있었지만, 나는 '응' 하고 고개를 끄덕였다. 거짓말은, 아니다.

"부모님이 여관 일을 도와달라거나, 물려받으라고 하시지 않아?"

"그런 건, 없는 것 같아."

실제로 가업을 이으라는 말을 들은 기억은 없다. 하지만 언젠가는 어머니처럼 '여사장'이 될 수 있지 않을까 생각했던 적은 있다. 초등학교 3학년이었던, 그때까지는 말이다.

후미노의 똑바로 쳐다보는 시선.

그게 조금 아팠기에, 나는 말했다.

"좀, 목이 말라서 홍차 끓일게. 후미노도 마실 거지?"

그렇게 말하면서 일어났다.

"아, 응, 마실래. 내 건 설탕 넣어줘."

"오케이."

이것으로 대화의 흐름이 바뀌었나 싶었지만 후미노의 호기심은 계속 유지되었다.

"저기, 코코미 부모님은 어떤 분이셔?"

주방에 서 있는 나에게 후미노가 질문을 던졌다.

"어떤이라니, 뭐, 보통 사람이지."

"보통?"

"응. 보통 시골 사람이란 뜻."

나는 후미노에게서 시선을 떼고, 홍차를 준비하면서 적당히 대답했다.

"연락은 자주 안 해?"

"우리 집은, 잘 안 하는 편인가?"

"왜?"

연락을 하지 않는 이유…….

후미노에게 거짓말하는 것이 왠지 싫어서, 나는 최대한 표정을 바꾸지 않고 홍차를 끓이면서 담담하게 대답했다.

"나, 부모님이랑 사이가 별로 안 좋아서."

"……."

갑자기 후미노가 입을 다무는 바람에, 나는 고개를 들고 덧붙였다.

"아, 그래도 절연을 했다든가 그런 건 아니니까. 그냥, 뭐랄까……잘 안 맞는다고 해야 하나, 그런 느낌. 그래서 지금처럼 약간 거리를 두고 사는 게 서로한테 편한 것 같아."

"흠흠, 그렇구나."

두 번 고개를 끄덕인 후미노는 약간 걱정스러운 눈으로 나를 바라보았다.

후미노는 내 인생에서 처음으로 생긴 '절친'이다. 하지만 지금 내가 말할 수 있는 건 여기까지였다.

문득 둘 사이에 작은 침묵이 내려앉았다.

나는 말없이 컵에 홍차를 따랐다.

다 따랐을 때 후미노가 혼잣말처럼 말했다.

"살다 보면 이런저런 일이 생기지."

다정한 후미노는 짐작한 것 같았다.

나는 그 다정함에 기대어, 아무 대답 없이 두 사람 분의 홍차를 테이블로 가져갔다.

"자, 준비됐습니다."

"와아, 좋은 향기. 나, 얼그레이 정말 좋아해."

홍차 향을 맡은 후미노가 눈을 가늘게 떴다.

"나도 좋아해."

그로부터 잠시 동안, 우리는 과제에서 벗어나 홍차와 가벼운 대화를 즐겼다.

그러던 중 후미노가 문득 놀란 표정을 지었다.

"뭐야, 무슨 일이야?" 하고 내가 물었다.

"잊고 있었어. 아니, 생각났어."

"아니, 뭐가?"

"저기, 사실은 말이야."

라고 말하면서 후미노는 들고 있던 홍차 컵을 테이블에 내려놓고 새삼스럽게 나를 바라보았다.

"나, 드디어……."

이번에는 내가 놀랄 차례였다.

"앗, 혹시, 연락받았어?"

"네. 가까스로 받았습니다. 꿈에도 그리던 '합격 통보'를요."

"와아, 잘됐네. 축하해."

나는 진심으로 축하의 말을 건넸다. 하지만 말하면서도 가슴 한구석에 작은 회색빛 안개가 피어오르기 시작했음을 느꼈다.

"어느 회사?"

"음, 그……, 면접관이 좀 징그러웠던 건축업체요."

"아……."

성희롱에 가까운 질문을 했던 면접관이 있었다고 후미노가 전에 말했던 게 생각났다.

"사실은 별로 가고 싶지 않은 회사지만……."

"그래도 떨어지는 것보단 훨씬 낫잖아."

"뭐, 그렇지. 일단은 조금 안심이 되긴 했어. 하지만 나도 아직 멀었으니까, 코코미도 함께 힘내자."

"그래. 나도 계속 노력해야지. 하아……."

스스로 용기를 북돋으려 했는데, 나도 모르게 작은 한숨을 내뱉고 말았다.

4학년이 기업으로부터 합격 통보를 받는 시기는 6월이 가장 많다고 한다. 하지만 주위를 둘러보면 5월인 지금 시점에 이미 채용이 확정된 동기들이 꽤 있다.

멋지게 정장을 차려입고 2차, 3차, 4차, 그리고 임원 면접까지 달려가는 경쟁자들의 뒷모습. 반면에 나는 지금까지 1차 면접에서 번번이 탈락하는 '완패'가 대부분이었다. 솔직히 2차까지 올라간다면 그것만으로도 다행인 수준이다.

내가 다니는 대학은 일류는 아니더라도 이류에는 속할 것이고, 성적은 상위 20퍼센트 안에는 든다. 물론 정장을 입을 때는 단정함을 의식하고 있고, 주변과 비교해서 특별히 뒤떨어진다고 생각하지 않는다(미인은 아니지만).

그렇다면 결국 기업 측에서는 내 지성이 아니라 인성에 문제가 있다고 판단하여 불합격시킨 것이겠지. 그렇게 생각하니 왠지 우울해질 것 같다. 아니, 이미 우울한 것인지도 모르지만……

"야, 좀, 그렇게 우울한 표정 짓지 마."

후미노에게 지적받고 깜짝 놀랐다.

"엇? 아, 미안."

"괜찮아. 코코미는 우수하니까, 결국엔 꼭 원하는 회사에 합격할 수 있을 거야."

후미노가 환하게 웃으며 다시 한번 반창고가 되어주었다.

"응……"

솔직히 말하면, 나는 가고 싶은 회사가 아니어도 상관없다고 생각한다. 어디든 붙기만 하면 그걸로 충분하다. 아무튼 도쿄에서 취직하여 '고향으로 돌아간다'는 선택지를 없애는 것. 그게 최우선이다. 부모님과 한 지붕 아래 사는 것이 숨 막히고, 그 동네의 모든 것이 버거웠다. 거기서 겨우 도망쳐나와 이제야 비로소 마음 편히 지낼 수 있는 나날을 손에 넣었으니까.

"아아, 빨리 취직하고 싶다……."

마음속 깊은 곳에서 솟아오른 진심을 나는 무의식적으로 중얼거렸다.

그러고 보니, 반년 전쯤 어머니로부터 전화가 왔을 때, 나는 솔직하게 말했다. "도쿄에서 취직할 생각이에요"라고. 그러자 어머니는 언제나처럼 담담한 어조로 "흠, 좋지 뭐"라고 말했다. 이때 나는 놓치지 않았다. 어머니 목소리에 안도의 울림이 있다는 것을. 즉 어머니는 앞으로도 나와 떨어져 살 수 있다는 것에 안도했던 것이다. 전화 상대가 아버지였다 해도 분명 어머니와 같은 반응을 보였을 것이다.

"저기 코코미."

"응?"

"아직 5월인데, 그렇게 심각한 표정 짓지 마."

위로하듯 말하며 후미노가 웃음을 터뜨렸다.

"내 표정이 그렇게 심각했어?"

"심각하니까 말했겠지?"

"그렇구나······."

"봐, 또 그러네."

"아하하. 어쨌든, 면접 이미지 트레이닝을 더 해야겠어."

"코코미는 면접에 그리 강한 것 같진 않더라."

"엄청 서툴러. 상대방이 나를 평가한다고 생각하면 너무 긴장하게 돼."

생각해보면 내가 면접을 어려워하는 건 당연하다. 불과 3년 전까지만 해도 사람이 적은 시골 구석에서 거의 은둔 상태로 살았으니까.

"누구든 긴장하는 건 당연하지."

"후미노도 긴장해?"

"합니다, 당연히. 매번 심장이 벌렁벌렁해요."

"그렇구나……."

"그래도 어쨌든 웃는 얼굴만큼은 잊지 않으려고 노력해. 사람이란 말이야, 웃는 표정을 짓는 것만으로도 어느 정도 긴장이 풀린대. 그리고 웃는 얼굴은 상대방에게 전염된다더라. 그래서 우선 내가 먼저 웃고, 상대방도 웃게 만들고, 그 웃는 사람을 상대로 면접을 보는 거지. 상대가 웃고 있으면 나도 긴장이 풀리잖아."

"그거, 정말 좋은 얘기라고 생각하는데……."

"그런데?"

"전에도 들었어."

들었기 때문에, 나는 매일 아침 거울 앞에서 몰래 '미소 연습'을 한다. 내가 생각해도 정말 애처롭고 슬퍼지지만.

"어? 이미 했었나, 이 얘기."

"응. 게다가 이번이 세 번째."

"나, 건망증인가?"

"아하하. 그럴지도 모르지. 그래도……."

"……."

"고마워. 여러 번 말해줘서. 그리고 정말 축하해."

다시 한번 마음을 솔직하게 말로 표현했더니, 왠지 모르게 눈 안쪽이 뜨끈해지기 시작했다. 나는 눈물샘이 너무 느슨하다.

"왜 갑자기 코코미가 눈물이 그렁그렁해? 좀, 울지 마."

"아하하. 왜 이러지? 나도 모르겠네."

정말 모르겠다. 모르겠지만, 눈물이 난다.

내 감정을 내가 이해하지 못하는 건 스무 살이 넘어도 흔히 있는 일인 것 같다.

손가락으로 눈가를 닦는 나를 보며 후미노가 농담조로 말했다.

"너, 그냥 토우에서 슈퍼 토우로 변신하고 싶냐?"

"토우는 괜찮은데, 슈퍼까지는 싫어……."

울먹이듯 말한 나는 천천히 일어나 창가에 놓아둔 책을 집어들고 후미노에게 건넸다.

"자, 이거."

"어, 뭐야?"

"나를 토우로 만든 소설."

"오오, 이거구나. 샘플본이네. 옛날 생각 난다."

"그렇지?"

샘플본이란 출판사가 책을 정식으로 출간하기 전에 영업용으로 소량만 찍어내는 '견본' 도서를 말한다. 표지도 띠지도 없고, 표지 인쇄도 본판과 다른 경우가 많다. 출판사는 이 샘플본을 유망한 서점에 배포하여 서점 직원들이 출간 전에 읽어볼 수 있게 한다. 그렇게 읽은 서점 직원이 감동을 받거나 잘 팔릴 거라고 판단하면, 정식 출간됐을 때 그 서점 진열대의 잘 보이는 곳에 크게 전시되는 것이다.

"제목이 《사요나라, 도그마》네."

"응."

"그런데 코코미를 울리다니, 죄 많은 책이구나."

후미노는 누가 봐도 관심 있는 것 같은 표정으로 책장을 획획 넘겼다.

"샘플본이라도 괜찮다면 빌려줄 수 있는데?"

"아니야. 코코미가 울 정도로 좋은 책이니, 출간되면 직접 사서 읽을게."

"이미 나왔어. 며칠 전부터 서점에 진열돼 있지."

"아, 그렇구나."

"나도 한 권 사서 서점에 놔뒀어."

"왜 집에 안 가져오고?"

"내일 이 책 저자가 방문한다고 해서."

"아앗, 정말? 책에 사인하러 오는 거야?"

"응, 맞아."

"오오, 기대된다."

"그렇지?"

"아, 그런데 대형 서점도 아니고 문학 코너가 넓은 것도 아닌데 일부러 저자가 오다니 흔치 않은 일이네."

"아, 나도 그 생각 했었는데, 우리 서점이 이 책의 담당 편집자한테 '추억의 장소'래. 점장님이 그러시더라."

"추억의, 장소?"

후미노가 고개를 갸웃거린다.

"응. 저자와 편집자가 의기투합한 기념이 어쩌고저쩌고 하던데……."

"흐음……."

"뭐, 자세한 것까진 못 들었지만, 어쨌든 저자가 오면 나도 사인을 받아볼까 해서 한 권만 따로 빼놨어. 후미노 것도 사인 받을까?"

"응, 받아!"

"오케이."

"신난다. 토우가 될 정도로 감동한 소설의 저자를 만날 수 있다니, 코코미, 잘됐네. 비하인드 스토리라든가 여러 가지 물어볼 수 있잖아."

"응. 뭐, 그래도 긴장될 것 같긴 한데."

"그러니까, 그럴 때일수록."

"웃는 얼굴이죠."

"정답! 잘했어요. 후후."

후미노는 그야말로 모범이 될 만한 애교 넘치는 미소를 지으며 컵 바닥에 남아 있던 홍차를 행복한 듯이 다 마셔버렸다.

새벽까지 이어져서야 우리는 가까스로 리포트를 완성할 수 있었다.

철야가 힘든 후미노는 "끝났다……." 하고 영혼이 빠져나간 것 같은 목소리를 내더니 그대로 털썩 하고 바닥에 드러누웠다……싶었는데, 10초도 안 되어 새근새근 숨소리가 났다.

나는 반으로 접은 방석을 후미노 머리 밑에 살며시 밀어 넣고, 이불을 덮어주었다.

"자, 그럼."

중얼거린 나는 양치질을 하고 간단한 스킨케어를 한 뒤 침대에 기어들어갔다.

리모컨으로 방의 조명을 껐다.

장시간 머리를 너무 많이 써서인지 아직 눈이 말똥말똥해서 스마트폰을 손에 들었다. 제일 먼저 열어본 것은 물론 겐타로의 SNS 페이지다. 역시나 아직 '그림' 업데이트는 없었지만, 짧은 글이 올라와 있다.

곧바로 그 글을 눈으로 좇아갔다.

그리고 다음 순간.

어, 거짓말…….

가슴속으로 중얼거린 나는 그 짧은 글을 세 번 반복해서 읽었다.

역시 나는 화가가 될 수 없으려나?

사람(人)의 꿈(夢)은 허무하다(儚)더니…….

이 두 줄만 적혀 있었다.

게시 시간을 확인한다.

4시 37분이다.

현재 시각은 오전 4시 38분.

불과 1분 전에 올렸다.

겐타로 군은 지금 분명 깨어 있을 것이다.

이 SNS를 보고 있을 것이다.

나는 생각에 잠겼다. 두 줄의 글을 바라보며.

지금 그는 틀림없이 혼자서 미래를 생각하며 우울한 감정과 싸우고 있겠지.

어두컴컴한 방 안에서 무릎을 껴안고 앉아 있는 겐타로의 모습이 제멋대로 내 뇌리에 떠올랐다.

뭔가, 내가 해줄 수 있는 건 없을까?

생각해봐도 아무것도 떠오르지 않는다.

애초에 그에게 나는 '남'이다.

서점 직원과 손님.

계산대를 사이에 둔 두 사람의 거리는 가까운 듯 멀다.

SNS에서도 나는 그저 팔로워일 뿐이다. 이 게시물에 '좋아요'를 누를 수도 없다.

나는 스마트폰을 베개 옆에 두고 칠흑 같은 천장을 올려다보며 한참을 멍하니 생각에 잠겼다.

이윽고 눈을 감았다.

눈꺼풀 안쪽에 겐타로 군의 그림이 어른거리기 시작했다.

석류처럼 붉은 하늘과 바다. 신성하게 빛나는 방파제. 그 위를 걷는 젊은 남녀의 뒷모습.

새근……새근……, 후미노의 숨소리가 어두운 방을 떠돈다.

나는 잠을 한순간도 이루지 못하고 뒤척거렸다.

창밖에서 참새의 지저귐이 들릴 때쯤, 마침내 등에서부터 푹신푹신 이불 속으로 빨려들어가 의식과 함께 잠의 세계로 가라앉았다.

오늘은 오후부터 아르바이트였는데, 비가 내리기 시작한 탓인지 손님이 적었다.

　이럴 때일수록 나는 전부터 신경 쓰이던 문학 코너의 진열대 정리를 하면서 점장님한테 부탁받은 대로 상품 진열에 열중했다.

　그때, 뒤에서 어깨를 톡 치는 사람이 있었다.

　"시라카와 씨, 방금 스즈모토 선생님 오셨대."

　"어……."

　뒤돌아보니 파트타임 대선배 아주머니가 뒷문 쪽을 가리켰다.

　"아, 네. 바로 가겠습니다."

　나는 빙그르 뒤돌아 빠른 걸음으로 직원 전용 공간을 향해 나아갔다.

　사무실과 창고가 뒤섞인 듯 어수선한 공간이지만, 그래도 손님들을 위한 작은 응접실이 한 군데 마련되어 있다.

　그 응접실 앞에 선 나는 손으로 머리를 정돈하고, 블라우스와 앞치마 밑단을 잡아당겨 주름을 펴고, 한 번 헛기침을 했다. 그리고 문을 살짝 노크했다.

　"네에."

　안에서 요다 점장의 굵은 목소리가 들려서 살며시 문을 밀었다.

　"실례하겠습니다."

그렇게 말하며 안으로 들어가니, 웃는 얼굴의 젊은 여성과 수염이 덥수룩한 중년 남성이 테이블 앞에 앉아 점장님과 이야기를 나누고 있었다.

"저, 처음 뵙겠습니다. 문학 코너를 담당하는 시라카와입니다."

내가 인사를 하는 것과 거의 동시에 젊은 여성이 일어나 명함을 건넸다. 나도 서둘러 앞치마 주머니에서 명함을 꺼내 교환했다.

동서문예사, 출판부, 제1편집부, 쓰야마 나오.

명함에는 이렇게 적혀 있었다.

"스즈모토 선생님 담당 편집자, 쓰야마입니다. 잘 부탁드립니다."

"아, 네. 잘 부탁드립니다."

쓰야마 씨에게 인사를 하고 곧 수염이 덥수룩한 중년 남성 쪽을 바라보았다.

그러자 나보다 먼저 남자가 입을 열었다.

"예."

너무나 짧은 인사말에 당황한 나는,

"엇? 아, 안녕하세요. 잘 부탁드리겠습니다."

라며 머뭇거렸다.

이 사람이 《사요나라, 도그마》를 쓴 스즈모토 마사미 선생님인가…….

인간미 넘치는 작품 분위기와는 이미지가 많이 다른 것 같지만, 그래도 자세히 보니 옷차림도 세련되고, 눈가 주름도 부드러워 보이고, 소설가다운 기운이 느껴지는 것 같기도 한데, 기분 탓일까.

"사실은 여기 시라카와 씨가 샘플본을 읽고 선생님 작품에 큰 감명을 받았다고 해요. 그래서 눈에 잘 띄도록 평대 진열로 진행하고 싶다고 제게 강력히 요청했어요."

점장이 스즈모토 선생을 향해 말했다.

물론 나는 작품을 읽었고, 감동도 받았다. 점장님께 "잘 팔릴 것 같아요"라고 말하긴 했지만 강요를 한 적은 결코 없다.

점장님이 이렇게 이야기를 부풀리는 사람이었나…….

점장의 의외의 모습에 작은 놀라움을 느끼고 있을 때, 스즈모토 선생이 눈을 가늘게 뜨고 나를 보았다.

"샘플본을 읽었다고."

"아, 네."

"감상을 듣고 싶은데."

진짜 소설가가 나에게 말을 걸고 있다. 게다가 아주 친근한 느낌으로 의견을 물어본다…….

어릴 때부터 독서를 좋아했던 나에게 소설가란 그야말로 구름 위의 사람이었고, 정말로 존재하는 걸까 의문을 품은 적도 있을 정도다.

"어, 음……."

완전히 당황한 나는 목소리가 떨리지 않도록 마음을 다잡으며 대답했다.

"주인공 마이 씨의 올곧고 용기 있는 행동에 여러 번 전율을 느꼈습니다."

"응."

"게다가 초반부터 위기에 빠지는 등 속도감 있는 전개에 한 번 읽기 시작하면 책을 놓을 수 없었고, 그 후로 마지막까지 몇 번이고 눈물을 흘리면서 마이 씨를 응원했습니다."

하고 싶은 말의 1퍼센트도 다 하지 못했지만, 그래도 어쨌든 저자에게 직접 감상을 전할 수 있었다.

"주인공을 응원해줬다니 기쁘네." 스즈모토 선생은 그렇게 말하며 팔짱을 꼈다. "그럼, 다 읽었을 때의 기분은 어땠는지."

"최고였습니다. 책을 다 읽고 덮자마자 무심코 책을 가슴에 대고 한숨을 쉬었어요. 왠지 저도 조금은 미래에 대한 희망을 가질 수 있을 것 같아서, 아, 도전해볼까, 그런 생각이 들었습니다."

묘하게 들떠 있는 내가 말하자, 이번에는 쓰야마 씨가 입을 열었다.

"선생님, 좋으시겠어요. 역시 시라카와 씨는 최고의 독자네요."

"응." 하고 스즈모토 선생이 고개를 끄덕인다.

"아뇨, 그렇게까지……, 제가 무슨."

부끄러움과 송구스러움이 뒤섞여 나는 어깨를 움츠렸다. 그리고 문득 중요한 것을 떠올렸다.

"아, 저기……친구랑 제가 구입한 책에 각각 사인을 해주실 수……."

내 책과 후미노의 책이다.

"물론이죠."

쓰야마 씨가 재빨리 대답해주었다.

옆에 앉아 있던 스즈모토 선생이 눈썹을 찌푸리며 말했다.

"왜 자네가 대답하나?"

"아니, 선생님이 싫다고 하실 리가 없잖아요."

스즈모토 선생은 쓴웃음을 지으며 작게 한숨을 내쉬었다. 그리고 "사인은 물론 하겠지만 말이야. 그래서, 책은? 어디 있어?"라며 고개를 갸웃거렸다.

나는 미리 응접실 구석에 놓아두었던 두 권의 책을 꺼내어 선생 앞에 조심스럽게 놓았다. 책 옆에 후미노와 내 이름을 적은 종이를 곁들였다.

"시라카와 코코미와 마쓰다 후미노입니다. 풀네임으로 부탁드려도 될까요?"

"응, 그러지."

스즈모토 선생은 커버가 씌워진 표지를 넘겨 속표지에 우리 이름과 사인, 그리고 오늘 날짜까지 적어주었다.

"자, 고마워요."

사인이 들어간 페이지를 펼친 채로 스즈모토 선생이 책을 건네주었다.

"저야말로 감사드립니다."

나는 사인을 받은 기쁨에 들떠서 나도 모르게 입을 열었다.

"사실 저는 이 책의 표지도 너무 좋아요. 일러스트도 디자인도 정말 세련되고 멋져서 저희 집 책장에 표지가 보이게끔 장식하려고 해요."

스즈모토 선생과 쓰야마 씨가 서로 얼굴을 마주 보고 환하게 웃는다.

그리고 쓰야마 씨가 말했다.

"선생님, 아오야마 선생님한테도 전해드려야겠네요."

"응. 최대한 빨리 전달해."

"네."

"아오야마 선생님?"

하고 나는 고개를 갸웃거렸다.

"이 책 디자인을 해주신 분이에요."

쓰야마 씨가 그렇게 말하자, 이어서 점장이 설명을 덧붙인다.

"이 업계에서는 유명한 거장급 디자이너 선생님이셔."

"그렇군요. 정말 아름다운 책이에요."

그렇게 말했을 때, 문득 나는 깨달았다.

지금, 나, 긴장하고 있지 않아…….

아마도 스즈모토 선생과 쓰야마 씨가 웃으면서 이야기해주니 마음이 편안해지기 시작한 것 같다.

어젯밤 후미노의 말이 떠올랐다.

미소의 효과.

나는 의식적으로 입꼬리를 살짝 올렸다.

매일 아침 거울 앞에서 연습하던 이상적인 미소를 지어보았다.

그리고 말했다.

"주인공 마이의 모델은 실존 인물인가요?"

스즈모토 선생은 왠지 조금 쑥스러운 표정을 지으며 "글쎄"라고 대답했다.

"그분은 어떤 분인가요?"

"아하하. 그건 비밀이야."

"어……정말 궁금하지만, 잘 알겠습니다."

나는 입꼬리를 올린 채 진심으로 아쉬워했다. 그리고 더 용기를 내어 질문을 이어갔다.

"저기, 선생님."

"응?"

"어떻게 하면 그렇게 감동적인 이야기를 쓸 수 있나요?"

"갑자기 어려운 질문을 하네……."

스즈모토 선생은 미소 띤 얼굴로 눈썹을 찌푸렸다. 그러자 쓰야마 씨가 대신 대답해주었다.

"전에 스즈모토 선생님께서 말씀하신 바로는, 누구에게나 마음속에 있는 미묘한 감정이나 가슴이 아플 정도의 슬픔 같은, 받아들이고 싶지 않은 감정을 솔직하게 '자기 안에 있다'라고 인정하고, 느끼고, 그것을 있는 그대로 이야기에 담아내는 것이 중요하다고 하셨어요. 그렇죠, 선생님?"

"그러니까 말이야, 시라카와 씨는 나한테 질문했는데 왜 자네가 장황하게 대답하는 거야?"

"에헤헤. 죄송합니다."

꾸지람을 들었는데도 불구하고 쓰야마 씨는 혀를 내밀며 웃었다.

이 두 사람, 어쩐지 부부 개그 콤비 같아. 소설가와 담당 편집자는 이렇게까지 친밀한 관계가 되는 건가? 아니면 이 두 사람이 특별한 걸까?

조금 부럽다고 생각하면서 나는 앞치마 주머니에 준비해두었던 수첩을 펴고 말을 이어갔다.

"소설 후반부에서 마이가 말했던, '내 인생은 비를 피하는 곳이 아니야. 폭우 속으로 뛰어들어 흠뻑 젖는 것을 즐기면서 마음껏 노는 곳이야. 너도 사실은 그러고 싶은 거잖아?'라는 대사에 전율이 흘렀어요. 이 수첩에도 메모해두었답니다."

지금 다시 읽어도 소름이 돋는다. 마치 나를 보고 말한 것 같은, 그런 기분이 드는 것이다.

"기쁘네. 그 대사는 나도 마음에 들어요."

말하면서 스즈모토 선생이 내 쪽으로 주먹을 내밀었다.

어……하고 순간 당황했지만, 나는 입꼬리를 한 번 더 올리며 그 주먹에 내 주먹을 살짝 부딪쳤다.

'작가'와 '판매자'가 한 팀이 되었다는 증거로서의 주먹 인사 같아서, 내 가슴 안쪽에 살짝 불꽃이 켜진 것 같은 느낌이 들었다.

"자, 시라카와 씨, 이 정도로 괜찮을까?"

점장이 나를 보고 말했다.

"네? 아, 네. 죄송합니다. 제가 말을 너무 많이 했네요."

"아뇨, 아뇨. 멋진 감상을 들어서 힘이 났어요."

쓰야마 씨가 그렇게 말하자 예상대로 스즈모토 선생이 반응했다.

"그러니까, 왜 자네가 대답하는 거야."

역시 좋은 콤비다.

그 후, 자연스럽게 선생의 사인 작업이 시작되었다.

수량은 스무 권.

먼저 쓰야마 씨가 책 표지를 펼쳐 선생님께 건네고, 선생이 사인을 하고 점장에게 건넨다. 점장은 잉크가 묻지 않도록 간지를 끼워 나에게 건네준다. 나는 받은 책을 차곡차곡 쌓아간다.

한 권, 또 한 권씩 스즈모토 선생님의 마음이 담긴 사인본이 완성되어간다. 나는 그 모습을 바라보며 《사요나라, 도그마》의 내용을 되새겼다.

이 소설을 읽을 때, 나는 나 자신과 고향의 관계를 겹쳐보았다. 본가에서 '비를 피하는 것'이 아니라 스스로 도시로 뛰어든 나를 이 소설이 긍정해준다고 느꼈던 것이다. 하지만 곰곰이 생각해보면 그 반대도 마찬가지여서, 본가에서 도망쳐 나온 지금의 생활이야말로 '비를 피하는 것'이라고 볼 수 있다면, 나에게 이 소설의 의미는 순식간에 정반대가 되어버린다. 《사요나라, 도그마》는 독자에 따라 다양한 느낌과 해석이 가능한 소설인 것이다. 어떤 식으로 읽더라도 결과적으로는 변하지 않는 보편적인 메시지가 마음 깊숙이 스며든다.

당신은 연결되어 있으니 괜찮아요. 그러니 안심하고 과감하게 당신답게 살아가세요.

그런 관용으로 가득 찬 메시지다.

스즈모토 선생이 이 책에 담은 마음은 틀림없이 많은 사람의 심금을 울릴 것이다. 나는 그저 아르바이트 직원일 뿐이지만, 베스트셀러라는 예감에 가슴이 설렐 정도였다. 아니, 예감이라기보다 확신에 가깝다.

사인 작업이 끝나고 스즈모토 선생과 쓰야마 씨가 돌아갔다.
두 사람을 가게 밖까지 배웅한 점장과 나는 다시 응접실로 들어왔다. 테이블 위에는 방금 사인이 끝난 책이 산처럼 쌓여 있다.
"오늘 시라카와 씨, 대응을 잘하더라."
점장이 나를 보고 말했다.
"앗, 그랬나요?"
그랬을 거라는 건 내가 가장 잘 알고 있지만, 나는 부끄러움을 감추려고 그렇게 대답했다.
"응, 정말 좋았어. 계속 방긋방긋 웃고 있었잖아. 스즈모토 선생님도 완전 마음에 들어 하시는 것 같더라."
"아니, 그렇게까지는……."
"시라카와 씨의 감상을 듣는 동안, 선생님, 엄청 기쁜 표정이셨어."

"그랬다면 다행이에요. 하지만 뭔가 말을 너무 많이 했나 싶어서 조금 반성하고 있었거든요."

"아하하. 그건 괜찮아. 그리고 이 스무 권 말인데."

점장은 테이블 위에 쌓여 있는 사인본을 보았다.

"아, 네."

"입구 오른쪽 신간 평대에 열 권, 나머지는 국내문학 서가에 표지가 보이도록 진열하는 걸로 갈까?"

"네. 그렇게 진열해두겠습니다."

"응. 부탁해."

"아, 그리고 점장님."

"응?"

"쓰야마 씨한테 받은 패널 외에 제가 POP를 만들어도 될까요?"

"오오, 의욕이 넘치는구나. 물론 좋지."

"감사합니다."

"그럼, 나머지는 잘 부탁해."

"네."

점장이 응접실에서 나갔다.

사인이 담긴 20권의 《사요나라, 도그마》 더미를 바라보았다.

나는 '후웃' 하고 결의에 찬 숨을 내쉬었다.

어쨌든 멋진 POP를 만들어야지.

아름답고, 그리고 센스 있게.

무엇보다 이 책과 만나길 바라는 사람은 재능 덩어리 미대생이니까. 촌스러운 POP로는 눈에 띄지 않거나, 눈에 띄어도 그냥 무시당할지도 모른다.

'타인'인 내가 해줄 수 있는 일.

드디어 찾았다.

수요일은 아침부터 거센 비바람이 몰아치면서 세상은 온통 비로 뒤덮였다.

그런 와중에도 나는 한 시간뿐인 수업을 위해 성실하게 학교에 갔다가 점심 전에 귀가했다.

"정말, 얼마나 더 내릴 거야……."

현관에서 흠뻑 젖은 신발을 벗으며 나는 혼자 중얼거렸다. 접이식 우산이 지켜준 건 허리부터 위쪽만이고, 하반신은 짜면 물이 뚝뚝 떨어질 정도였다.

어두컴컴한 방에 들어가 불을 켰다.

젖은 옷이 피부에 달라붙어 재빨리 실내복으로 갈아입었다.

출창의 차광 커튼을 열자 눈앞의 유리창이 쏴쏴쏴쏴쏴아 하는 소리를 냈다. 폭력적인 비가 쏟아져내리는 것이다.

이 정도면 '폭풍'이지…….

그렇게 생각했을 때 인터폰이 울렸다.

"네."

"안녕하세요. 택배입니다."

이 궂은 날씨에 정말 힘든 일이구나, 하고 생각하면서 나는 한아름 정도 크기의 골판지 상자를 받았다.

운송장 의뢰인란을 보니 아버지 이름이 적혀 있었다. 하지만 필체는 어머니였다.

상자는 흠뻑 젖었고, 현관에서 방으로 옮기는 동안 물방울이 뚝뚝 떨어졌다.

이런 이런, 하고 생각하면서 나는 젖은 바닥과 상자를 수건으로 닦았다.

상자 안의 내용물은 대충 예상이 갔다.

그래도 일단 테이프를 떼어내고 안을 확인했다.

레토르트와 통조림 같은 식품들. 특별히 맛있지도 않은 고향의 명과. 비타민제와 건강식품류. 본가의 온천 여관에서 기념품으로 팔고 있는 '온천 입욕제'가 잔뜩 들어 있었다.

정확히 예상대로였다. 매번 이런 패턴이다. 너무 많은 '입욕제'는 목욕을 좋아하는 후미노에게 나눠줘야겠다고 생각했다.

과묵하고 고지식한 아버지는 옛날부터 입버릇처럼 이렇게 말했다.

"우리 온천은 만병통치약이어서, 매일 몸을 담그면 병에 걸리지 않아."

그 말을 들은 어머니도 해맑은 얼굴로 이렇게 덧붙였다.

"맞아. 제대로 성분 조사도 했으니까."

하지만 안타깝게도 아버지는 오래전부터 기관지가 약해서 천식 증세가 있고, 위궤양으로 입원한 적도 있다. 어머니 역시 고혈압에다 쉽게 피로해지고 자주 감기에 걸린다. 자궁근종 수술을 받은 적도 있다.

온천 여관의 사장 부부가 그러니 설득력이 없지.

나는 그렇게 생각했지만 반박하고 언쟁을 벌이는 게 귀찮아서 항상 '흐음' 하고 적당히 넘어갔다.

TV 드라마에서는 혼자 사는 아들에게 본가로부터 묵직한 박스가 배송되면, 보통 고향 밭에서 수확한 채소나 손수 뜬 목도리 같은 게 들어 있고, 게다가 흙 묻은 어머니 편지가 있어서 그걸 읽고 그리움에 눈물을 흘리는 장면이 나오는데, 우리 집은 그런 감각이 전혀 없다. 오히려 개봉한 박스 안에서 낯설고 어색한 냄새가 풍겨나올 정도다.

좁은 시골에서 생활하는 부모님은 유난히 체면을 중요하게 여기는 분들이다. '우리는 멀리 있는 딸에게 충분히 관심을 기울이고 있어요'라는 일종의 대외적인 홍보 수단으로서 가끔 나에게 여러 가지 물품을 보내는 건 아닐까 하는 생각이 들 때가 있다. 그런 생각을 하는 나 자신이 불쌍하다는 자각도 있다.

만약 가족에게 사랑받으며 자란 후미노에게 그런 말을 했다면, 분명 "그건 비뚤어진 생각이야"라고 나무랄 것이다. 하지만 사실상 우리 집에는 그런 면이 있으니 어쩔 수 없는 일이다.

솔직한 심정을 말하자면, 혼자 살고 있는 입장에서는 내 생활을 전혀 모르는 어머니가 적당히 챙겨 보내는 물건보다는 차라리 돈을 송금해주는 편이 훨씬 더 유용하고 도움이 되고 고맙다. 물건을 잘 받았다며 감사 인사 정도는 해야 한다는 것도 알고 있는데…….

나는 마지못해 스마트폰에 손을 뻗었다. 방 한가운데에 털썩 주저앉아, 두 번 심호흡을 한 뒤 어머니 번호로 전화를 걸었다.

한 번, 두 번, 세 번……. 이대로 안 받아도 괜찮아. 음성사서함에 고맙다는 말만 녹음해놓을 테니까. 마음속으로 그렇게 생각했다.

"네, 여보세요."

다섯 번째 벨 소리에 어머니 목소리가 들렸다.

"아, 저예요. 코코미."

"아아."

낮은 목소리로, 아아……라니 뭐야?

이렇게 냉담한 대답은 항상 있는 일인데도, 매번 내 마음속은 욱신거리게 아파온다.

"음, 방금 여러 가지 들어 있는 택배가 도착해서, 감사 인사라도 드려야겠다고 생각해서 전화했어요."

"굳이……인사 안 해도 되는데."

그렇지? 내 목소리는 듣고 싶지 않지?

"응, 그래도 감사합니다."

"네네."

잠깐의 침묵이 흘렀다.

"아, 저기……." 나는 당황해서 입을 열었다. "아버지께도 감사하다고 전해주세요."

"응. 전할게."

"어……." 나는 더 이상 할 말을 찾을 수 없었다. "그럼, 아무튼, 그렇다고요."

"응, 또 봐. 건강 조심해."

"응. 어머니랑 아버지도요."

"네네."

"그럼."

그렇게 통화를 마쳤다.

나는 '후우' 하고 무거운 한숨을 내쉬었다.

스마트폰을 조심스럽게 테이블에 내려놓는다.

조금 전 통화로 3일 치 정도의 마음이 닳아버린 느낌이다.

저녁부터는 서점 아르바이트였다.

낮부터 빗줄기는 여전했지만 바람이 많이 잦아들어 비에 젖지 않고 출근할 수 있어서 다행이다.

하지만 아까 어머니와의 통화 이후로 마음이 가라앉은 채로 일에 집중하기가 힘들었다. 계산대에 서 있어도 부주의한 실수를 하고, 잡지에 부록을 끼워 고무줄로 고정하는 단순 작업을 할 때도 실수로 손가락이 미끄러져 몇 번이나 고무줄로 내 손을 때렸다. 가장 아팠던 건 포장된 책을 꺼내려다 종이 모서리에 손가락 끝을 베었을 때였다.

"아야."

라고 말한 몇 초 후, 손가락 끝에 불룩하게 피가 솟아올라 마치 검붉은 무당벌레가 앉은 것 같은 모양새가 되었다.

마침 근처를 지나가던 파트타임 아주머니가 "아아, 가끔 그렇게 돼. 종이에 베이면 제법 아프다니까"라고 말하며 구급상자에서 반창고를 꺼내 손가락에 감아주었다.

"정말 감사해요."

따뜻한 마음으로 감사 인사를 건넸을 때, 나는 문득 전화로 어머니에게 말한 '감사합니다'를 떠올렸다.

같은 감사 인사를 하더라도 마음속에 긴장감이 있는 것과 없는 것은 이렇게나 가슴 따뜻함에 차이가 나는구나.

    파트타임 아주머니가 가고 난 뒤, 나는 혼자 반창고에 묻은 핏빛을 가만히 바라보았다.

    창고에서 작업을 끝낸 후 정신을 가다듬고 계산대에 섰다.

    계산대가 있는 곳에서는 내가 담당하는 문학 코너 진열대가 보인다. 즉, 며칠 전 내가 밤을 새워가며 공들여 만든 《사요나라, 도그마》의 POP도 살짝 보이는 것이다.

    그리고 지금, 바로 그 POP 앞에 여성 고객이 서 있다. 잠시 후 천천히 책 한 권을 집어들고 이쪽을 향해 걸어온다.

    해냈다! 나는 속으로 주먹을 불끈 쥐었다.

    자, 이리 오세요.

    책을 들고 다가오는 여성을 보며 입꼬리를 올리고 있을 때……

    나도 모르게 소리를 지를 뻔했다.

    문학 코너 진열대 뒤로 사람 그림자가 지나가는 것 같았기 때문이다.

    나는 그 그림자의 진행 방향을 주시했다.

    그러자 예상대로 모습을 드러냈다.

    겐타로 군이.

    그를 보았을 때, 내 심장이 꽉 조여오는 것 같아서 숨을 쉬기가 힘들었다.

오늘의 겐타로는 이발을 해서인지 평소보다 어려 보였다.

그래서인지 더욱…….

"저기요, 계산, 좀 해주세요."

바로 앞에서 여성의 목소리가 들렸다.

"앗, 네, 죄, 죄송합니다."

아까 《사요나라, 도그마》를 손에 들었던 여성이 한눈파는 내 앞에 서 있었다.

나는 황급히 계산을 했다.

"기다리게 해드려 죄송합니다. 감사합니다."

의아한 표정의 그 여성 손님이 사라지자, 나는 다시 겐타로의 모습을 찾았다.

그러고 보니 오늘은 수요일이다. 겐타로가 매장에 올 확률이 가장 높은 날 아닌가.

아까 매장 왼쪽 끝에 있다가 오른쪽으로 걸어갔으니…….

마음속으로 중얼거리며 눈만 이리저리 굴리는데, 다시 내 심장이 존재감을 드러냈다.

근처 진열대 뒤에서 겐타로의 모습이 나타났다.

낡은 모스그린 파카에 찢어진 청바지. 큼지막한 가죽 가방을 대각선으로 멨다.

겐타로는 느긋하게 평대를 내려다보거나 서가를 바라보면서 천천히 내 앞을 지나쳐 문학 서적이 진열된 통로로 들어갔다.

내가 만든 POP에 그가 조금씩 다가가고 있다.

제발 봐줘. 부탁이야.

《사요나라, 도그마》는 정말 멋진 소설이야.

네가 꼭 읽어줬으면 좋겠어.

이발을 한 덕분에 동안이 된 겐타로의 옆모습을 바라보며, 나는 마음으로 말을 걸었다.

그리고 다음 순간……, 나는 자그맣게 한숨을 내쉬었다.

겐타로는 POP 앞을 그냥 지나쳐 그대로 매장을 나가버렸다.

얼마 후, 아르바이트 시간이 끝났다.

돌아가는 길에 나는 내가 만든 POP 앞에 서서 《사요나라, 도그마》를 손에 들고 계산대로 가져갔다. 계산대에는 아까 반창고를 감아준 파트타임 아주머니가 서 있다.

"어머, 시라카와 씨, 이거 사려고?"

아주머니는 의아한 표정을 지었다.

이분은 내가 샘플본을 읽고 POP를 만들었다는 것도, 스즈모토 선생에게 친필 사인을 받은 것도 알고 있다.

"네. 독서를 좋아하는 지인한테 선물하려고요."

나는 슬쩍 거짓말을 했다.

그리고 동시에 생각했다.

그래. 정말로 누군가에게 선물하면 되잖아.

"좋지, 책 선물." 아주머니는 조금도 의심하지 않고 미소 지으며 익숙한 손놀림으로 계산을 해주었다. "혹시 남자친구한테 주는 거야?"

"아니에요. 저, 남자친구 없어요."

"우후후. 그렇구나. 커버 씌워줄까?"

"음, 그냥 이대로 괜찮습니다."

대금을 지불하고 책을 받았다. 그리고 "먼저 가보겠습니다"라고 인사하고 뒤돌아섰다.

서점 출구를 향해 걸어간다.

샘플본, 사인본, 그리고 세 번째가 되는 이 책······.

이유는 모르지만, 이 세 번째 《사요나라, 도그마》가 가장 애처롭고 무척 사랑스러운 한 권처럼 느껴졌다. 걸으면서 나는 피가 배어나온 반창고로 책 제목 부근을 살짝 쓰다듬었다.

기적이라고 해야 할 순간이 찾아온 것은 그다음 주 수요일이었다. 점장의 요청으로 서가에 책을 보충하고 있을 때, 뒤에서 누군가가 말을 걸어왔다.

"저기요, 잠깐, 괜찮으세요?"

젊은 남성 목소리였다.

"네."

하고 돌아본 순간, 나는 속으로 '악!' 하고 비명을 질렀다. 놀랍게도, 겐타로가 바로 내 눈앞에 서 있었다.

"어, 네, 무슨 일이신가요?"

나는 무의식적으로 한 걸음 뒤로 물러서며 대답했다. 그리고 물러나면서 겐타로와 손을 잡고 있는 어린 소녀의 존재를 알아차렸다.

"이 아이 말인데요, 아무래도 엄마를 잃어버린 것 같아서요."

"아, 미아?"

소녀의 얼굴을 보니, 과연 볼에 눈물 흘린 자국이 있었다. 나는 바닥에 무릎을 꿇고 소녀와 눈높이를 맞췄다.

"엄마 어디 계신지 알아?"

하지만 소녀는 아무 말도 하지 않고 그저 슬픈 표정으로 고개를 저었다.

거무스름한 피부에 쌍꺼풀 없는 눈. 머리는 단발이고 앞머리가 눈에 닿을 정도로 자랐다. 입고 있는 옷은 어딘가 허름해 보이고, 밑단이 짧아 발목이 다 드러나 있다.

"제가 아까 이 아이한테 물어봤는데요……."

키가 큰 겐타로가 쪼그려 앉은 나를 내려다보며 이야기하기 시작했다.

"엄마가 여기서 그림책 읽고 있으라고 하셨대요. 그리고 어머니는 쇼핑을 갔는데, 기다려도 안 오신다고……. 그렇지?"

마지막의 "그렇지?"는 소녀에게 한 말이었다.

소녀는 나와 겐타로를 차례로 바라보며 "응." 하고 작은 목소리로 대답했다.

아이를 두고 쇼핑이라니……, 도대체 정신이 있는 걸까? 이 서점은 대형 쇼핑몰 안에 있는 게 아니다. 역에서 1분 정도 떨어진 곳에 있는 2층짜리 단독 건물이다. 이렇게 어린 아이를 두고 가다니…….

"그렇구나. 하지만 이제 걱정하지 않아도 괜찮아. 이름이 뭐니?"

나는 소녀의 머리를 가볍게 쓰다듬으며 물었다.

"치사……."

바싹 말라 하얗게 된 작은 입술이 조용히 중얼거렸다.

"치사짱? 예쁜 이름이네. 몇 살이야?"

"네 살……."

치사는 작은 오른손 엄지손가락을 접어 '4'를 만들어 내게 보여주었다.

"엄마랑 헤어진 지 얼마나 됐을까?"

한 가지 더 물어보았다. 하지만 질문이 어려웠는지 치사는 고개를 갸웃거리며 곤란한 표정을 지었다.

"내가 왔을 때 이미 혼자 있었으니까, 적어도 15분 이상은 됐을 거예요."

겐타로가 말하자 나는 반사적으로 대답했다.

"어, 그렇게 오래전부터 와 있었어요?"

무의식중에 이상한 말을 해버렸다. 겐타로가 왔다는 사실을 15분 동안이나 알아채지 못한 게 의외여서, 그만……

"네? 제가요?"

겐타로는 자신의 얼굴을 가리키며 의아한 표정을 지었다.

"어? 아, 아니에요."

"이 아이 말씀이시죠?"

"네, 그렇죠. 물론."

당황하는 나를 내려다보며 잠시 의아한 표정을 짓던 겐타로는 그대로 쪼그리고 앉아 치사와 눈높이를 맞췄다. 즉, 나와도 얼굴이 가까워졌다.

역시, 이 얼굴. 보면 볼수록……

"치사짱, 자, 초콜릿 줄게."

겐타로는 대각선으로 멘 가방 안에 손을 넣더니 여러 가지 색으로 코팅된 알록달록한 초콜릿 상자를 꺼내어 치사에게 보여주었다.

"어떤 색이 좋아?"

겐타로 군이 환하게 웃으며 말했다.

"음……노란색."

"또?"

"빨간색."

"오케이. 노란색과 빨간색이 있나……오, 있다. 자, 여기."

젠타로의 긴 손가락으로 집은 노란색과 빨간색 초콜릿이 치사의 작은 손 위에 놓였다.

"감사합니다."

제대로 감사 인사를 한 뒤, 치사는 두 개를 연달아 입에 넣었다. 다음 순간, 젠타로가 화들짝 놀란 얼굴로 나를 바라보았다.

"앗, 죄송합니다. 매장 내에는 음식물 반입이 금지되어 있지요?"

"네? 아아, 뭐, 그렇긴 하지만, 이건 비밀로 하죠."

"다행이다."

젠타로가 나와 치사를 차례로 보며 미소 지었다. 그리고 계속 말을 이었다.

"음? 이거, 마음에 들어?"

젠타로는 자기 가방에 달린 구슬 모양의 열쇠고리를 잡고 말했다.

치사가 고개를 끄덕였다. 그러자 젠타로는 그 열쇠고리를 가방에서 분리하여 치사에게 건넸다.

"무지개색으로 빛나서 예쁘지?"

"응."

"이건 전복이라는 조개껍질을 깎아서 만든 거야."

"우와."

하고 소리 낸 건 나였다.

치사는 무지개색으로 빛나는 열쇠고리를 손에 들고 흥미롭게 바라보았다.

"갖고 싶으면, 그거, 줄게."

"어?"

"어?"

이번에는 나와 치사의 목소리가 겹쳤다.

"그 열쇠고리 말이야, 오빠가 어렸을 때 엄마한테 받은 거야. 그러니까 그걸 가지고 있으면 분명 치사짱 엄마도 돌아올 거야."

부드럽게 웃으며 그렇게 말한 겐타로가 천천히 일어섰다.

그리고 위에서 나를 내려다보며 말했다.

"그럼, 이제 저는 가도……."

괜찮겠죠? 라는 의미다.

나도 일어섰다.

"아, 네. 뭔가 죄송합니다. 수고 끼쳐드렸네요."

"아니에요. 전혀요."

겐타로는 치사의 머리에 살짝 손을 얹고 "그럼 안녕. 바이바이"라고 말했다. 치사도 "바이바이." 하고 대답했다. 지금까지 중 가장 또렷한 목소리로.

"그럼, 나는 이만."

"정말 감사합니다."

겐타로는 뒤돌아서 큰 보폭으로 매장 밖을 향해 걸어갔다. 치사와 나는 그 뒷모습을 나란히 서서 배웅했다.

자, 이 아이를 어떻게 해야 할까.

점장이나 파트타임 직원 누군가에게 맡길까. 아니, 그전에, 일단 그림책 코너로 데려가자. 어쩌면 그곳에 엄마가 돌아와 있을지도 모른다.

그렇게 생각한 나는 치사의 손을 잡고 매장 안쪽에 있는 아동도서 코너로 걸어갔다.

"치사짱은 어떤 그림책을 읽고 있었어?"

"미밋치 그림책."

"아, 판다 토끼 미밋치 말이구나. 그 캐릭터, 귀엽지 않니? 언니도 좋아해."

내가 그렇게 말했을 때, 조금 떨어진 곳에서 성인 여성의 목소리가 들렸다.

"이 녀석, 치사. 너, 어디 갔었니?"

여자치고는 낮고 허스키한 목소리였다.

"아, 엄마······."

중얼거린 치사는 엄마 쪽으로 달려가지도 않고 내 손을 꼭 잡고 있었다.

딸한텐 수수한 옷을 입혀놓고, 이 엄마는 꽤나 화려하게 차려입고 있다.

"이 아이가 무슨 폐라도 끼쳤나요?"

인사도 없이 엄마는 나를 향해 그렇게 말했다.

"아, 아니요. 폐라기보다는, 일단······."

그렇게 말하려는 나에게 엄마는 눈으로 뭔가를 호소했다. 아니, 무언의 압력을 가한 것이다.

"저기, 치사짱이 혼자 울고 있는 걸 발견하신 손님이 방금 저에게 데려다주셨어요."

눈빛에 움찔하면서도 어떻게든 거기까지 말할 수 있었다.

"잠깐 쇼핑 갔다 온 것뿐인데?" 미간을 찡그린 엄마가 목소리를 내리깔고 명령조로 말한다. "치사, 이리 와."

내 손을 놓은 치사는 겁먹은 듯 엄마 옆에 섰다. 아마 혼날 거라고 생각한 모양이다.

나는 알아차리지 못하도록 살짝 한숨을 쉬었다. 이렇게 독한 엄마도 흔치 않기에, 화가 나기 전에 어이가 없었다.

마음속으로 이런 이런, 하고 중얼거리는데, 갑자기 치사가 다가와 내 앞치마를 살짝 잡았다. 그리고 짧은 상의 주머니에서 무언가를 꺼내 나에게 내밀었다.

"이거, 오빠한테 주고 싶어요."

오빠…….

그 말에 나는 순간 숨을 멈추고 굳어버렸다.

"이게 뭐야?"

치사에게 물으며 손으로 받았다.

"금메달."

"아……." 그렇구나, 그건 종이접기로 만든 금메달이었다. "치사짱이 만든 거야?"

"응."

"잘 만들었네."

내가 치사를 보고 미소 지었을 때,

"오빠라니, 누구 말이야?"

의아한 표정의 엄마가 옆에서 끼어들었다.

나는 아무 대답도 하지 않았다. 그것이 내가 할 수 있는 최소한의 저항이었다.

"이거 준 오빠……."

치사는 조개껍질 열쇠고리를 엄마에게 보여주었다.

"정말, 넌 그런 걸 왜 받니? 빨리 이 사람한테 돌려줘."

엄마는 치사의 손에서 조개껍질 열쇠고리를 빼앗더니 이쪽으로 내밀었다.

"이것도 함께 그 오빠라는 사람한테 전해주세요."

"어, 하지만 그건 치사짱에게."

"됐어요."

엄마는 강한 어투로 말을 끊으며 열쇠고리를 내 가슴팍에 들이댔다. 나는 받지 않을 수 없었다.

"자, 이제 가자."

엄마는 금방이라도 울 것 같은 치사의 손목을 약간 거칠게 잡더니 그대로 매장 출구를 향해 걸어갔다. 끌려가는 모습의 치사가 반쯤 울상이 된 얼굴로 뒤를 돌아보았다. 그리고 애처롭게 바이바이 하며 손을 흔들어주었다.

멀어져가는 모녀를 보며 나도 가볍게 손을 흔들었다. 치사를 위해 지은 미소가 어색하게 굳어 있는 것을 나 자신도 잘 알고 있었다.

곧 두 사람은 진열대 모퉁이를 돌아 보이지 않게 되었다.

나는 '하아' 하고 크게 숨을 내쉬었다. 상당히 긴장한 탓인지 자신도 모르게 숨을 멈추고 있었던 것 같다.

나는 살짝 멍한 상태로 내 오른손을 바라보았다.

종이접기 금메달과 조개껍질 열쇠고리.

둘 다 천장의 조명을 받아 왠지 애처롭게 빛났다.

치사를 만난 그날부터 내 업무용 앞치마 주머니에는 종이접기로 만든 금메달이 들어 있다. 언제 겐타로가 매장에 오더라도 건네줄 수 있도록.

하지만 기대했던 다음 수요일, 겐타로는 오지 않았다.

그가 불쑥 나타난 것은 이례적으로 목요일 밤이었다.

서가를 살펴보는 겐타로의 모습을 본 나는 달려가고 싶은 마음을 참으며 빠른 걸음으로 다가가, 놀라지 않도록 작은 목소리로 "안녕하세요"라고 말을 걸었다.

그래도 살짝 놀란 겐타로는 "어?" 하고 주춤하며 나를 보더니, "아아, 저번에"라고 말하며 동그랗게 떴던 눈을 조금 가늘게 만들었다.

"지난번에 감사했습니다. 마침 일이 끝나서 퇴근 준비하러 가려던 참에 보이시기에."

"아, 그때 저도 고마웠습니다."

"저기, 사실은 그때 치사짱이 맡겨놓고 간 물건이 있어서요."

나는 말하면서 앞치마 주머니에 손을 넣어 종이접기로 만든 금메달을 꺼냈다.

"치사짱이 이걸 겐……, 오빠한테 전해달라고."

위험했다. 하마터면 그의 이름을 입에 올릴 뻔했다. 게다가 그 뒤에 '오빠'라고 말해버려서 금메달을 내민 손이 떨릴 지경이었다.

"어? 이걸 저에게요?"

"네. 감사 인사를 하고 싶었던 것 같아요."

"호오. 뭐지? 이게." 한 손으로 받은 겐타로는 "금메달인가?"라며 고개를 갸웃거렸다.

"네. 금메달이라고 했어요. 치사짱이 만들었다고 하네요."

"그렇구나. 뭔가, 쑥스럽지만 기쁘네요, 이런 거."

뒤통수에 손을 얹고 무척 쑥스러워하는 겐타로를 보고 있자니 나도 모르게 부끄러워졌다.

원래는 그 무지개색으로 빛나는 조개껍질 열쇠고리도 돌려줘야 하는데……. 그렇게 생각하면서도 나는 말하지 못했다.

지금 그 열쇠고리는 내 지갑 안에 있다. 왠지 나에게 특별한 '부적' 같은 느낌이 들어서 떠나보내고 싶지 않았던 것이다.

그런 사정을 전혀 모르는 겐타로는 종이접기 금메달을 가방 주머니에 소중히 넣었다.

그리고 눈이 마주쳤다. 이렇게 가까운 거리에서 그를 본 건 처음이다.

하지만 우리는 서점 직원과 손님일 뿐이다.

이제 특별히 할 말도 없다.

"음, 그럼, 감사했습니다."

겐타로는 과거형으로 말했다. 그래서 나도 마음은 무척 아쉽지만 "아, 네. 감사합니다"라고 가볍게 고개 숙여 인사했다.

그리고 천천히 뒤돌아서 열쇠고리를 착복한 죄책감에 아리는 가슴을 안고 직원 전용 공간으로 들어갔다.

"후우……."

어쨌든 금메달은 전달했으니 됐다고 치자.

그렇게 스스로에게 다짐하며 앞치마를 벗고 사복으로 갈아입었다. 그리고 주변 사람들에게 "수고하셨습니다"라고 인사하고 홀로 천천히 귀갓길에 올랐다.

―――

가게에서 역으로 향하는 길은 퇴근하는 지친 직장인들로 가득했다. 나는 살짝 멍한 상태로 그 인파에 휩쓸려갔다.

역 바로 근처에 있는 셀프서비스 카페 앞을 지나다가 무심코 유리창 너머 가게 안을 흘끗 쳐다보았다.

그 순간, 내 발이 딱 멈춰 섰다.

겐타로 군…….

가슴속으로 소리를 지른 순간, 등에 쿵 하고 충격이 왔다.

내가 갑자기 멈춰 서는 바람에 뒤에서 걸어오던 중년의 샐러리맨이 부딪힌 것이다.

"쯧……, 위험하게."

그는 비틀거리는 나를 노려보며, 혀를 끌끌 차고 지나갔다.

"죄, 죄송합니다."

일단 그의 등에 대고 작은 목소리로 사과했지만, 내 시선은 곧 카페 안으로 되돌아갔다. 그리고 사람들 흐름을 거스르며 카페 입구로 돌아와서 곧장 가게 안으로 들어갔다.

겐타로가 혼자 책을 읽고 있었다.

나는 서둘러 계산대에 줄을 서서 아이스커피를 사들고, 그가 책에서 고개를 들었을 때 시야에 들어오기 쉬운 2인용 테이블 자리를 골라 앉았다. 부자연스러울 정도로 가깝지도 않고, 눈에 띄지 않을 정도로 멀지도 않은, 비스듬히 앞쪽에 위치한 자리였다.

알아봐줘. 나, 여기 있어.

그런 생각을 하며 그를 뚫어지게 바라보았더니, 마치 그 염원이 전달된 듯 겐타로가 고개를 들어 나를 똑바로 쳐다보았다. 그리고 '어라?' 하는 표정을 지었다.

이런 식으로 눈이 마주친 건, 좀 위험했을지도 모른다. 어떻게 봐도 내가 그를 의식하고 있었다는 게 뻔히 티가 났다.

하지만 겐타로는 아주 자연스럽게 미소를 지으며 가볍게 목례를 해주었다. 나도 반사적으로 고개를 꾸벅 숙였다.

고개를 들었을 때, 내 얼굴이 달아오른 것을 느낄 수 있었다. 틀림없이 귀까지 새빨개졌을 것이다. 지금 당장 부채로 얼굴을 식히고 싶다고 생각했을 때, 겐타로가 가방과 책과 컵을 들고 일어섰다. 그리고 천천히 이쪽으로 다가왔다.

"저기……."

겐타로가 입을 열려고 할 때, 나도 무심코 말을 꺼내버렸다.

"뭔가, 우연이네요."

"어? 아, 그러네요. 지금 마침 책을 다 읽고 고개를 들었더니."

"우연히 저와 눈이 마주쳤어요."

"네. 혹시, 여기……."

겐타로가 내 맞은편 자리를 가리켰다.

"네, 앉으세요."

나는 내 얼굴이 빨개진 것을 확신하면서도, 괜찮은 척 여유를 부리며 고개를 끄덕였다.

내 앞에 겐타로가 앉아서 이쪽을 바라본다.

"시라카와 씨, 맞죠?"

"에?" 갑작스러운 사태에 나는 더욱 어찌할 바를 몰랐다.

"네, 맞는데요……."

"지난번에 앞치마에 붙어 있던 이름표를 어쩌다 봤는데, 아아, 지인이랑 같은 성씨구나, 하고 생각했던 기억이 있어서요."

"아, 그렇군요."

어쩌다 본 거구나…….

"저는 가라타 겐타로라고 합니다."

"가라타, 겐타로……씨."

당연히 나는 모르는 척했다. 하지만 마음속으로는 말이 넘쳐났다. 난 알고 있었어. 꽤 오래전부터. SNS에서 팔로우하고 있고, 몇 번이나 '좋아요'도 눌렀어.

"저, 학교랑 집이 여기서 가까워서, 학교 끝나고 돌아가는 길에 시라카와 씨의 서점에 자주 들렀어요."

"그러셨군요. 저기, 젠……, 가라타 씨는 이 카페에 자주 오시나요?"

무심코 이름을 부를 뻔한 나를 보고, 젠타로가 살짝 웃었다.

"이 가게에는 자주 와요. 그보다, 저는 고등학교 때까지 거의 젠타로라고 불리는 경우가 더 많았기 때문에, 가라타라고 부르기 어려우면 이름으로 불러주셔도 괜찮습니다."

엇, 정말? 진짜 괜찮아?

"어, 네, 그럼."

단순한 나는 가슴이 너무 설레서 웃음이 새어나오고 입가가 씰룩거렸다. 게다가 기분이 들떠서 이런 말까지 해버렸다.

"제 이름은 코코미라고 하는데요……."

"코코미 씨. 마음 심(心)에 아름다울 미(美)인가요?"

"네."

"좋은 이름이네요. 그럼, 저도 이름으로 불러도 될까요?"

"아, 네."

우와, 이게 뭐지. 서로 부르는 호칭을 정하다니, 첫 데이트

같잖아.

나는 스스로에게 '중학생이냐'고 핀잔을 주고 싶을 만큼 설렜지만, 대화를 이어가면서 차츰 마음을 차분하게 가라앉힐 수 있었다. 겐타로 군이 줄곧 자연스러운 분위기를 만들어준 덕분에, 나도 어깨에 힘이 풀렸다.

겐타로는 일 년 재수해서 미대에 입학하여 현재 3학년이라고 했다. 즉, 바로 입학하여 4학년이 된 나하고는 동갑이었다. 둘 다 지방 출신에, 혼자 살고 있고, 취미가 '독서'라는 것도 같았다. 고양이보다는 강아지를 좋아하고, 산보다는 바다를 좋아한다. 야구보다는 축구 보는 걸 좋아하지만, 고등학교 시절에 활동했던 동아리는 농구부. 게다가 둘 다 부리더를 맡았다는 이력까지 똑같았다.

공통점이 너무 많아서, 도중에 겐타로가 웃으면서 말했다.

"설마 부리더는 거짓말이죠?"

"어, 저, 거짓말은 안 해요."

"진짜요? 그럼, 혈액형은?"

"나는 AB형이요."

"헐! 나도 AB형인데."

"아앗. AB형은 흔하지 않은데."

"그니까요."

"설마, 생일은 다르겠죠?"

"그건 당연히 다르겠죠. 언제예요?"

"나는 4월 9일."

"우와, 아깝다."

"왜?"

"나는 5월 9일이거든요."

"9일은 똑같네!"

"우와, 신기하다."

공통점 찾기로 신이 난 우리는 금세 친해졌다. 번거로운 존댓말은 버리고, 서로를 '겐타로 군' '코코미 짱'이라고 부르기로 했다.

거기서 더 나아가, 각자의 대학 생활이나 친한 친구들, 좋아하는 음식과 여행 추억 등 다양한 이야기를 나누었다. 나는 굳이 《사요나라, 도그마》에 대해서는 언급하지 않았지만, 어쨌든 말을 주고받는 동안 우리는 그저 웃는 얼굴로 서로를 바라보았다.

설마, 이렇게 멋진 날이 올 줄이야…….

나는 마치 구름 위에 있는 듯 꿈같은 기분을 만끽하고 있어서, 눈앞에 놓인 아이스커피를 마시는 것조차 잊었다.

하지만 치사짱과 독한 엄마 이야기를 계기로, 내 부모님과 고향의 온천 여관 이야기로 넘어가면서 조금은 분위기가 바뀌는 걸 느꼈다. 간단히 말해, 내 말투가 어색해진 것이다.

그리고 역시, 우리 세대이다 보니 취업에 대한 이야기도 피해갈 수 없었다.

나는 여태껏 합격통지를 단 한 군데도 받지 못한 현실을 솔직하게 이야기했다. 왜냐하면 겐타로가 지금 화가의 꿈을 포기하려 한다는 걸 알고 있기 때문이다. 나 혼자만 몰래 상대 처지를 알고 있는 것이 왠지 불공평하고 미안한 마음이 들었기 때문이다.

"코코미는 어떤 회사에 지원하고 있어?"

"으음……업종에 구애받지 않고, 가능성 있는 곳이라면 모두 다 지원하고 있어."

"그렇구나. 하고 싶은 일이라든지, 그런 건 없어?"

"응. 딱히……. 여기서 취직할 수만 있다면 어떤 회사든 상관없는 걸지도 몰라."

"그 말은, 고향에 돌아가고 싶지 않다는 뜻인가?"

겐타로가 직구를 던졌다. 하지만 나는 그 공만큼은 받고 싶지 않아서 화제를 돌렸다.

"글쎄, 그럴지도 모르지. 그보다 겐타로 군의 고향은 어느 지역이야?"

"아, 우리 집은……."

겐타로도 눈치챘는지 그 후로는 더 이상 내 고향 이야기가 화제에 오르지 않았다. 물론 나도 겐타로의 장래에 대해서는 건드리지 않도록 조심했다. 우리는 그저 두 사람이 웃을 수 있는 이야기만 조심스럽게 골라가며 대화의 캐치볼을 계속했다.

얼마 후, 카페에 '반딧불이의 빛'이 흐르기 시작했다.

우리는 서로 얼굴을 마주보고, 순간 어리둥절했다.

"어? 벌써 폐점시간인가?" 하고 내가 말했다.

"지금 몇 시지?" 겐타로가 시계를 바라보며 말했다. 그리고 눈을 동그랗게 뜬 채 고개를 들었다. "10시 45분이야……."

"헐. 벌써 시간이 그렇게 됐어?"

어쩐지 우리는 이 카페에서 세 시간 이상 이야기를 나눈 모양이다. 혹시나 하고 주위를 둘러보니, 예상대로 자리에 있는 건 우리뿐이었다.

아직, 너무도, 할 말이 많이 남았는데…….

그렇게 생각하면서도, 역시 쫓겨날 때까지 버틸 수는 없기에, 우리는 서둘러 가게를 나왔다. 나란히 역의 개찰구까지 걸어가서, 헤어지기 전에 서로의 연락처를 교환했다.

"그럼, 또 봐."

겐타로가 얼굴 옆에서 가볍게 손을 흔들었다.

나도 같은 동작으로 대답했다.

"응, 다음에 봐."

또 다음이 있는 모양이다.

나는 겐타로와 친해진 기쁨과 이별의 아쉬움을 한꺼번에 느끼며 개찰구 안으로 들어갔다.

조금 걷다가 뒤돌아보고 싶었지만……, 관뒀다.

겐타로의 모습이 보이지 않으면 지금의 이 기분이 망가질 것 같았기 때문이다.

계단을 올라 승강장에 서서, 익숙한 거리 풍경을 바라보았다.

살랑거리는 5월의 미지근한 밤바람이 내 옷깃을 어루만진다.

전철은 아직 당분간은 올 것 같지 않다.

나는 가방에서 지갑을 꺼내, 일곱 색으로 빛나는 조개껍질 열쇠고리를 집어들었다.

역시, 돌려주지 못했네, 이거…….

마음속으로 중얼거렸을 때, 치사짱의 목소리가 귓가에 울리는 것 같았다.

오빠.

그 목소리를 통째로 삼켜버리듯이, 내 고향을 흐르는 강물 소리가 덮쳐왔다.

"후우……."

조금 숨이 막힌 나는 열쇠고리를 지갑에 도로 집어넣었다.

다음주 금요일 오후 2시가 조금 지난 시각.

집에서 느긋하게 독서를 하고 있던 내게, 또 하나의 '불합격' 통보가 날아왔다.

내 입장에서는 '보험'으로 생각하고 지원한 회사였기에, 솔직히 정신적인 타격도 꽤 컸다.

이럴 때일수록 후미노랑 밥이라도 먹으면서 기운을 얻어야지. 그렇게 생각한 바로 그 순간, 후미노의 메시지가 마침 도착했다.

〈제1지망 회사, 드디어 임원 면접까지 갔어. 왠지 될 것 같은 느낌이 드네. 므흐흐♪〉

후미노의 메시지를 읽었을 때, 나는 축축한 한숨을 내쉬고 말았다.

비교해도 소용없다는 걸 알면서도…….

아무래도 나는 이 나이가 되어서도 내 마음을 전혀 컨트롤하지 못하는 모양이다. 뭐, 어느 정도는 알고 있었지만…….

〈대단해! 잘됐다. 축하해. 후미노라면 임원 면접도 분명 통과할 거야. 나도 열심히 해야지!〉

마음 한편이 싸늘해진 채로 답장을 입력해 후미노에게 보냈다. 이어서 다른 사람에게 보내는 메시지를 입력하기 시작했다.

〈안녕하세요, 코코미예요. 저번에 겐타로 군한테 전달하지 못한 게 있는데, 조만간 시간 되시나요?〉

기도하는 마음으로 전송하자, 바로 읽음 표시가 뜨고 답장도 왔다.

〈오늘 저녁부터 한가한데, 너무 갑자기인가?〉

〈괜찮아. 나도 마침 시간 되거든.〉

문장 끝에 '!'를 붙이고 싶은 걸 참으면서 바로 답장을 보냈다. 그리고 지금……

나는 파인애플 색 석양이 비치는 공원 벤치에 앉아 있다. 옆에는 약속 시간에 딱 맞춰 도착한 겐타로가 막 앉은 참이었다.

"미안, 코코미, 기다렸어?"

"아니. 나도 방금 왔어."

마치 데이트의 시작을 알리는 듯한 대화를 나눴지만, 역시 오늘은 지난주처럼 텐션이 올라가지는 않았다.

"그래? 다행이다."

"응."

이 공원은 내가 아르바이트하는 서점에서 역을 사이에 두고 반대편에 있는, 많은 시민들이 찾는 휴식처다. 겐타로 집에서는 걸어서 3분 정도라고 한다.

"그래서, 나한테 전달하지 못한 거라니?"

겐타로는 앉자마자 본론으로 들어갔다.

"아, 응. 저기, 이건데."

나는 가방에서 지갑을 꺼내고, 지갑에서 그 조개껍질 열쇠고리를 집어들었다.

"엇……어떻게, 이걸?"

겐타로는 눈썹을 치켜세우고 나를 바라보았다.

"그 치사짱의 어머니가 말이야, 오빠라는 사람한테 돌려주라면서 치사짱한테서 빼앗아서 나한테 떠맡긴 거야."

"우와, 너무하다……."

겐타로는 치사의 마음을 헤아리는 건지 눈썹 사이에 주름을 잡으며 작게 한숨을 내쉬었다.

"나, 저번에 돌려주는 걸 깜빡했어. 미안해."

말하면서 열쇠고리를 내밀었다.

사실은 깜빡한 게 아니라 일부러 돌려주지 않은 거고, 게다가 나는 어떻게든 겐타로 군을 만나고 싶어서 그 구실로 열쇠고리를 이용한 것이다.

나는 거짓말쟁이에 속이 시커먼 여자라고 생각한다. 노련한 면접관들은 그 점을 쉽게 간파했는지도 모른다.

"코코미가 사과할 필요 없어."

그렇게 말하며 받아든 겐타로는 "뭐랄까……." 하고 중얼거리며, 원래대로 자신의 가방에 다시 달았다. 그리고 열쇠고리를 바라보며 담담하게 말을 꺼냈다.

"이 굽은 구슬 모양 조개 말이야."

"응."

"사실은, 우리 어머니가 깎아서 만든 거야."

"어, 그래? 손재주가 좋으시네."

"액세서리 같은 걸 직접 만드는 게 취미였어. 뭐, 지금은 저 위에 계시지만."

겐타로는 파인애플 빛으로 물든 하늘을 가리켰다.

"어……뭔가."

"아, 괜찮아, 괜찮아, 신경쓰지 마. 돌아가신 게 내가 초등학교 6학년 때라서, 이미 오래전 일이고."

"……."

"이 열쇠고리, 내가 학교에서 안 좋은 일이 있어서 엄청 우울해하고 있을 때 어머니가 주셨거든. 조개껍질이 무지개색으로 반짝반짝 빛나는 게 너무 예뻐서, 그래서 뭔가 기운이 좀 났달까."

"응……."

"치사짱을 만났을 때, 문득 그때의 기억이 떠올라서, 그래서 치사짱에게 주고 싶었던 거야."

"그랬구나."

나는 한숨처럼 말했다. 점점 더 자기혐오에 빠질 것 같았다.

돌아가신 어머니에게 받은 소중한 유품을 엄마 잃은 소녀를 위해 선물한 그와, 그걸 우연히 손에 넣은 걸 기회로 여기며 몰래 가로챈 나. 이 둘 사이에 놓인 것은, 서점의 계산대와는 비교도 안 되는 다른 물건이었다. 어쨌든, 크나큰 무언가라고 생각한다.

"겐타로 군."

"응?"

"나, 하나 더, 주고 싶은 게 있는데."

"어, 뭔데?"

겐타로가 고개를 갸웃거릴 때, 우리가 앉아 있는 벤치 앞을 초등학교 6학년 정도의 남자아이 몇 명이 떠들며 지나갔다.

겐타로는 바로 저 아이들 나이쯤에 어머니를 잃었다.

그렇게 생각하니, 더더욱 이 책을 선물하고 싶어졌다.

"소설인데."

나는 가방에서 책 한 권을 꺼냈다.

가장 안쓰럽고, 무척이나 사랑스러운, 세 번째 《사요나라, 도그마》다.

"우와, 좋다. 고마워."

겐타로는 받은 책의 표지를 가만히 내려다보았다. 그러다가 뭔가 의미심장한 표정으로 나를 바라보았다.

"코코미, 있잖아."

"응?"

"좀, 깊은 이야기를 해도 될까?"

"어? 아, 응……."

갑자기, 뭘까?

나는 다소 긴장한 채 겐타로의 시선을 받았다.

"얼마 전 커피숍에서 긴 이야기를 나눴었지?"

"응."

"그때 코코미한테서 본가 이야기를 조금 들었는데, 그런데 코코미, 중간에 화제를 돌렸지?"

"……."

예상치 못한 전개에, 나는 숨이 멎을 것 같았다.

"그 모습을 보면서 나는 왠지 모르게 생각했어. 혹시 코코미는 지금 비를 피하는 중인 게 아닐까 하는 생각이 들었어."

"어……."

어떻게, 그걸?

"만약 그렇다면, 코코미가 고향으로 돌아간다는 건, 비에 젖은 삶도 즐기겠다는 뜻이 아닐까 싶어. 왠지, 나는 그런 생각이 들었어."

내 머리가 마치 몽둥이로 맞은 것처럼 멍해져서 생각을 포기하고 있었다.

하지만 지금, 서서히 확신이 생겨나기 시작했다.

"겐타로 군, 혹시, 그 책……."

"응. 코코미랑 카페에서 우연히 만났을 때, 마침 다 읽은 책이 이 소설이었어."

"거짓말!"

"아하하. 거짓말 아니야. 그때 다 읽은 직후였기 때문에 용기를 내서, 기죽지 않고 코코미한테 말을 걸 수 있었던 거야."

"그랬……구나."

"그래서 지금 이 책을 선물받고, 솔직히 좀 놀랐어. 좋아하는 책까지 똑같구나 싶어서."

그로부터 몇 초 동안, 우리는 아무 말도 하지 않고, 그저 서로의 눈동자를 바라보았던 것 같다.

침묵을 깬 건 내 입술이었다.

"저기, 겐타로 군이 그 책을 산 건."

"물론, 코코미 서점에서 샀어."

"언제?"

"음, 언제였더라……. 코코미랑 카페에서 만나기 며칠 전이었던 것 같은데."

그렇다면, 내가 비번인 날에 산 것이다.

"살 때, POP 봤어?"

무심코 물어보고 말았다.

"POP?"

"응……."

"봤어. 아니, 그 POP가 눈에 띄어서, 줄거리도 안 읽고 표지만 보고 샀지."

그랬구나…….

나는 감격에 겨워 목소리를 삼켰다.

"그건 왜 물어봐?"

"음……, 그 POP를 만든 게 나거든."

"엣, 진짜?"

"응."

"대단하잖아. 카피 문구도 디자인도 최고라고 생각했어."

"정말?"

"당연히 정말이지."

"다행이다. 그거, 정말 열심히 만들었거든."

게다가, 너 한 사람을 위해 만든 거야.

"사실은 나, 그 책을 한 권 더 사서 선물하려고 생각했거든. 그런데 이렇게 한 권을 받게 됐네."

"어, 그래?"

"응. 그러면 코코미한테 받은 이 책은 내 것으로 하고, 전에 내가 산 책을 선물용으로 쓰면 되겠다."

"응……." 나는 고개를 작게 끄덕이며 물었다. "그건 그렇고, 겐타로 군은 그 소설을 읽고 어땠어?"

누군가에게 선물하고 싶을 정도면, 마음에 들었던 건 분명하다. 게다가 용기를 내어 나에게 말을 건네는 계기가 됐다는 건, 한 걸음 내딛을 수 있는 힘을 얻었다는 뜻인지도 모른다.

"나는 여러 가지로 깊이 생각하면서 읽었는데……, 어쨌든,

나는 혼자가 아니라고 생각하게 됐달까. 그리고 아까도 인용했지만, 정말 마음에 든 구절이 있었는데, 그게 마음의 에너지가 된 것 같은 느낌."

"그 구절, 이거지?" 나는 가방에서 수첩을 꺼냈다. 그리고 메모해둔 페이지를 펴서 낭독했다. "내 인생은 비를 피하는 곳이 아니야. 폭우 속으로 뛰어들어 흠뻑 젖는 것을 즐기면서 마음껏 노는 곳이야. 너도 사실은 그러고 싶은 거잖아?"

"맞아, 그 구절!"

"주인공 마이짱의 대사."

"그래. 그 부분 읽으면서 소름 돋았어."

"알아. 나도 소름 돋았어. 그래서 메모한 거야."

"코코미는 책을 읽으면 매번 수첩에 메모하는 거야?"

"응. 자주 메모해. 마음에 들었던 글은 계속 기억하고 싶어서."

"그렇구나. 뭔가, 기특하다, 그런 습관을 가지고 있다니."

나는 겐타로의 말투가 우스워서 피식 웃고 말았다.

"어, 왜 웃어?"

"아니, 기특하다니까, 좀 위에서 내려다보는 느낌이어서. 물론 기쁘지만."

"엇, 그런 식으로 말하려던 건 아닌데."

"알지만, 그래도 동갑인데 말이야……."

거기서 나는 한 번 심호흡을 깊게 하고 나서 말을 이었다.

"오빠, 같아서."

"……오빠?"

"응……."

고개를 끄덕인 채로 나는 천천히 고개를 숙여버렸다.

"어……잠깐, 코코미?"

겐타로는 그런 나를 옆에서 들여다보았다.

나는 가방에서 손수건을 꺼내어 눈가에 댔다.

"미안……, 내가 뭔가 안 좋은 말을 했나?"

"아니."

나는 고개를 저으며 얼굴을 들었다. 그리고 곤혹스러운 표정의 겐타로에게, 매일 아침 거울을 향해 연습하는 미소를 보여줬다. 울면서 웃는 웃음이지만.

"겐타로 군, 사실은, 우리 오빠랑 닮았어."

"엉?"

"지금은, 저쪽에 있는 사람이지만 말이야."

나는 겐타로를 따라 하늘을 가리켰다.

하늘은 아까보다 더 따스해져서 잘 익은 오렌지 빛으로 펼쳐져 있었다.

"오빠가 돌아가셨다는……?"

"응……."

천천히 고개를 끄덕인 나는 하늘의 오빠와 꼭 닮은 사람에게 나와 오빠의 이야기를 시작했다.

"내가 초등학교 3학년 때 일인데……."

그것은 아직 후미노에게조차 말하지 못한, 내 가슴속에 새겨진 부정적인 문신이었다.

어지러울 정도로 무더웠던 여름방학의 어느 날…….

동네 강에서 헤엄치며 놀던 나는 실수로 물을 먹고 숨을 쉴 수 없게 되어 강에 깊이 빠져버렸다. 가라앉으려는 나를 발견한 건 세 살 많은 오빠였다. 오빠는 나를 구하려고 급히 강에 뛰어들었지만 함께 급류에 휩쓸려버렸다. 그 후, 나는 자연스레 얕은 물가로 떠내려가서 살아났지만, 나를 구하려 했던 오빠는 훨씬 하류에서 익사체로 발견되었다.

그 '사건'은 지역 신문과 TV 뉴스에 올랐고, 내가 사는 시골 마을에서는 모두가 아는 공공연한 비보가 되었다.

그 이후로 나는 언제 터질지 모르는 '폭탄' 같은 존재였다. 어디에 가든 동네 사람들이 동정 어린 시선을 보내고, 미안할 정도로 배려받았지만, 내가 등을 돌리면 뒤에서 수군거리기 일쑤였다.

오빠를 잃은 어머니는 마음에 상처를 입어 갑자기 눈물을 뚝뚝 흘리곤 했다.

조용하던 아버지는 더욱 말이 없는 사람이 되었다.

그로부터 몇 년이 지나도 집 안에는 오빠의 장례식 때 공기가 계속 맴돌았다.

부모님은 단 한 번도 나를 원망하지 않았다. 동네 사람들보다 더 나를 다루기 어려운 존재로 취급했다. 나는 죄책감에 짓눌려 몇 번이고 울면서 부모님께 사죄했다. 하지만 그럴수록 그분들은 나를 더욱 어려운 존재로 만들어갔다.

나는 설 자리를 잃었다.

마음도, 몸도, 제자리를 찾지 못하게 되었다.

학교에 갈 때를 제외하고는 거의 방에서 나오지 않았다. 가족을 포함하여 되도록 사람을 만나지 않으려 애썼다. 물론 내 방도 '내 자리'라고 생각되지 않았기에, 나는 소설이나 만화를 보며 '이야기 세계' 속에서 지내는 길을 선택했다.

그러다 대학생이 된 것을 계기로, 나는 나를 '폭탄'처럼 취급하는 세상으로부터 도망쳤다.

멀리 떨어진 도시에 살게 된 나는 오랜만에 본연의 내 모습을 떠올리기 시작했다.

그런데 그런 내 눈앞에 나타난 사람이……

"나였던 거구나……"

"응."

나는 고개를 끄덕이며 말을 이어갔다.

"겐타로를 처음 본 건 우리 서점에 손님으로 왔을 때인데,

나, 정말 놀라서 돌처럼 굳어버렸어."

"그렇게 많이 닮았어?"

"응. 오빠가 그 모습 그대로 어른이 되었다면, 틀림없이 이런 모습으로 자랐을 것 같은……."

"그렇구나. 오빠가 이런 얼굴이었구나."

감격에 찬 목소리로 말한 겐타로가 자신의 뺨에서 턱 부근을 손으로 쓸어내렸다.

"그래서 나, 계속 겐타로 군이 신경 쓰여서 어쩔 줄 모르겠더라."

거기까지는 말할 수 있었다. 하지만 어떻게 이름을 알게 되었는지, SNS 팔로워라는 것, 그림의 팬이라는 것, 화가가 되길 바라며 《사요나라, 도그마》를 읽게 하려 했다는 것, 그런 것들에 대해서는 입을 다물기로 했다. 말하면 스토커처럼 보일지도 모르니까.

"저기, 코코미."

"응?"

"아까 잠깐 했던 이야기, 계속해도 될까?"

겐타로가 조금 진지한 표정으로 말했다.

"아까 했던 이야기?"

"코코미의 본가 이야기 말이야."

솔직히 내키지는 않았다. 하지만, 오늘은 여기까지 말했으니.

"응."

나는 고개를 끄덕이며 자세를 바로잡았다.

"어쩌면, 말이야."

"응."

"코코미도 부모님을 어려운 존재로 만들었던 건 아닐까 하는 생각이 들었어."

"어······."

전혀 예상치 못한 말에, 나는 아무 대답도 하지 못하고 그저 멍하니 겐타로를 바라보았다.

"부모님도 코코미도 서로가 서로를 민감한 존재로 만들었는지도 몰라."

"······."

"돌아가신 오빠는 목숨을 걸고 동생을 구하려고 할 정도였으니까, 분명 정의감이 강하고 다정한 사람이었을 거 아니야?"

"응······."

그건 틀림없다고 생각해. 동네에서도 평판이 좋았던, 자랑스러운 오빠였으니까.

"그렇다면 분명 그런 오빠를 키운 부모님도 마음이 따뜻한 분이실 거야. 자식을 보면 부모를 안다고 하잖아."

"······."

"잠깐 생각해봐. 예를 들어, 힘들어하는 사람을 보고 그 사람을 조심스러운 존재로 대하는 건, 미숙하긴 해도 다정한 사람이 하는 행동이지 않을까?"

사람을 '폭탄'처럼 대하는 것이 다정한 사람의 행동이라고?

나는 멍한 머리로 생각하면서도, 겐타로의 말에 귀 기울였다.

"그러니까 말이야, 부모님도 코코미도 다정한 사람이기 때문에 더 이상 상대방이 상처받지 않길 바라고, 하지만 자기 마음도 너무 아프니까 완벽하게 상대를 배려할 수 없어서, 그래서 이렇게……뭐랄까, 서로 멀어져버린 게 아닐까 하고. 나는 그렇게 느꼈어."

"……"

나는 아무 말도 하지 않고, 아니, 할 수 없어서, 겐타로의 갈색 눈동자를 바라보고만 있었다. 내 두 눈에서 눈물이 뚝뚝 떨어졌다. 뺨을 타고 흘러내린 물방울이 무릎 위에 올려둔 손등 위에 닿았다.

"그러니까, 분명 다정한 사람이야, 모두가."

오빠가 살아 있다면……, 이런 시선과 목소리로, 내게 말해줬을지도 모르겠다.

겐타로의 손이 천천히 움직여 내 등에 닿았다.

그리고 그대로 쓰다듬어주었다.

이제, 참을 수 없어.

나는 소리를 내며 흐느껴 울어버렸다.

"코코미, 마음이 진정되면 말이야, 부모님께 전화해볼래? 지금 취업 활동이 잘 안 되고 있다든가, 평범하고 솔직하게 마음을 전해보는 거야."

울면서 나는 생각했다.

오빠 같은 이 사람이 말하는 거라면, 그것도 괜찮을지도 모르겠다고.

하지만 역시 겐타로 앞에서 전화하는 건 무리다.

"지금은……좀……. 그래도……언젠가는……."

너무 울어서 제대로 말을 할 수가 없었다.

그런 내 마음을 겐타로는 헤아려주었다.

"그래, 지금 당장 마음가짐이나 태도를 바꾸라고 해도 무리겠지?"

나는 울면서 두 번, 고개를 끄덕였다.

등을 쓰다듬어주던 큰 손이 살며시 떨어졌다.

겐타로는 그 손으로 자기 가방에 달린 열쇠고리를 집어들고, 나를 향해 고개를 살짝 기울였다.

"이거, 괜찮다면, 가질래?"

무지개 빛으로 빛나야 할 구슬이 붉게 빛나 보였다. 저녁 하늘이 잘 익은 감처럼 빨갛게 물든 탓이다.

"갖고 싶지만……, 그거, 겐타로의……엄마가……."

"아, 그건 괜찮아. 내가 가지고 있는 것보다 코코미한테 선물하는 게, 저쪽에 계신 분도 더 기뻐하실 것 같아. 게다가 본가에 가면 비슷한 물건이 아직 몇 개 더 있기도 하고."

겐타로가 붉은 하늘을 가리키며 말했다.

그리고 가방에서 열쇠고리를 떼어 이쪽으로 내밀었다.

"자, 여기. 나, 너무 잘난 척했나?"

갑자기 장난스러워진 겐타로가 우스워서, 나는 울면서 '아하하……' 하고 웃으며 눈물 섞인 목소리로 말을 이었다.

"응, 좀 과했어."

"에엣. 진짜야? 그래도, 줄래."

겐타로가 내 왼손을 잡고 손을 벌리게 했다. 그리고 손바닥 위에 열쇠고리를 살며시 올려놓았다.

"받는 게 부담스럽다면, 잠시 빌린다고 생각하면 돼. 필요 없어지면 돌려줘."

환하게 웃는 얼굴이 역시 오빠를 닮아서, 나는 이때야 비로소 마음 깊이 인정할 수 있었다.

나, 역시 정말 좋아해. 이 사람을…….

만약 앞으로도 이 사람과 함께 있을 수 있다면, 나는 정말로 고향과의 거리를 좁힐 수 있을지도 모르겠다. 그런 생각이 들었다.

"그럼, 이거, 빌리는 거다."

나는 촉촉한 목소리로 그렇게 말했다.

"응."

저녁노을에 물든 겐타로의 새빨간 미소.

아직도 울면서 웃고 있는 나.

그래도 조금씩 마음이 진정되었기 때문에 나는 화제를 바꿔보기로 했다. 조금 신경 쓰이던 것을 물어볼 마음이 생긴 것이다.

"있잖아."

"응?"

겐타로가 살짝 눈썹을 치켜올리며 고개를 기울였다.

"누구한테 선물하는 거야?"

"선물?"

"응. 겐타로 군이 직접 산 《사요나라, 도그마》 말이야."

"아아, 그 책? 그건……."

"……."

나는 손수건으로 눈물을 닦으며 겐타로를 바라보았다.

"바닷가 어촌 마을에 사는, 조금 외로워 보이는 사람에게 줄 생각이야."

혹시, 여자야?

고향에 두고 온 여자친구?

"저기, 그 사람은."

"응, 고향에 두고 온 여자친구."

"……"

나는 침을 꼴깍 삼켰다.

가슴의 아픔을 있는 그대로 느끼며 생각했다.

뭐, 당연히 그렇겠지. 이렇게 상냥한 사람이니까, 여자친구가 당연히 있겠지.

아아, 눈물이 짭짤하네, 라고 생각했을 때, 겐타로가 이어서 말했다.

"라면 좋았을 텐데."

엥……?

"나, 지금, 여자친구 없어."

장난스럽게 말한 겐타로가 살짝 혀를 내밀었다.

"아하하, 뭐야 그게."

조그맣게 웃었더니, 왜일까, 내 마음속에, 아주 오래전부터 깊이 뿌리박혀 있던 도그마 같은 것이 스르륵 흩어지기 시작한 것 같았다.

그래서 나도 말했다.

"없어."

"뭐가?"

"나도, 남자친구, 없다고."

그러고 나서, 우리는 족히 3초 정도는 서로를 응시했던 것 같다.

겐타로가 키득키득 웃기 시작했다.

"그래? 그럼, 둘 다 프리구나. 그런 점까지 닮았네, 우리."

"응, 너무 닮아서······."

그 뒤의 말을 삼킨 나는 왼손을 꼭 쥐었다. 손 안에 그 열쇠 고리가 있다.

그리고 솔직하게 생각했다.

이제, 이거, 돌려주지 않을 거야, 라고.

나는 겐타로를 바라보며 미소 지었다.

매일 아침, 거울 앞에서 열심히 연습하고 있는, 지금 나에게 가장 잘 어울리는 미소. 그랬더니 후미노 말대로 겐타로 군도 똑같이 웃어주었다.

우선 내가 웃는 얼굴을 보이면, 상대도 웃는 얼굴이 되고······.

"열쇠고리, 안 돌려줄지도 몰라."

"괜찮아."

빙그레 웃는 겐타로의 아득히 먼 뒤쪽에서 밤하늘에 가장 먼저 떠오른 별이 반짝반짝 빛나기 시작했다.

제5장

독자

가라타 가즈나리

나는 하늘과 바다를 좋아한다. 너무나.

그 이유 중 하나는 단순히 둘 다 '넓어서'인 것 같다.

하늘과 바다가 만나는 수평선 부근을 그저 멍하니 바라보기만 해도, 내 마음까지 어느새 내면에서부터 넓어져 일종의 여유를 느낄 수 있는 것이 좋다.

두 번째 이유는 수평선 위에서 하늘과 바다가 나뉘는 그 대비가 좋아서다.

맑은 날의 수평선은 밝고 청량한 블루의 투톤 컬러로, 거기서 불어오는 바람까지 맑은 푸른빛으로 물든 것 같다. 그 바람으로 심호흡을 하면, 폐도 마음도 씻은 듯이 상쾌해진다.

예전에 이 바닷가 마을에 한 달 정도 머물렀던 도시의 젊은 여성이 한여름 바다색에 감동해 이렇게 말했다고 한다.

블루토파즈 빛깔 바다.

이 표현을 지인에게서 들었을 때, 나는 마음속으로 박수를 보냈다. 투명감이라든가, 순도 높은 광택이라든가, 정말이지 보석 그대로의 색이라고 생각했기 때문이다.

장마가 끝난 첫날인 지금, 내 눈앞에 펼쳐진 바다는 그야말로 블루토파즈를 한가득 깔아놓은 것처럼 반짝였다.

수평선에는 우람한 뭉게구름이 솟아오르고, 높은 하늘에서는 솔개가 소리 없이 천천히 선회하고 있다.

나는 콘크리트 제방에 걸터앉아 편의점에서 사온 참치 주먹밥을 먹는 중이다. 눈앞은 활처럼 커브를 그리며 뻗은 하얀 모래사장. 뒤쪽은 아스팔트 도로다.

주먹밥을 다 먹은 후 치즈와 콘이 들어간 야채빵을 먹기 시작했다.

혼자 살게 되면서부터 음식에 대한 집착이 거의 사라졌다. 그래서 점심은 항상 간단하게 편의점에서 해결한다.

때때로 페트병에 든 차를 마시고, 멍하니 바다를 바라보다가, 또 빵을 씹는다. 나는 그 행위를 느긋하게 반복했다.

오늘은 아침부터 오프쇼어가 불었다. 육지에서 바다로 부는 바람이다.

이 바람은 먼 바다에서 밀려오는 파도를 정면으로 세게 밀어붙여 아름다운 'C'자 모양을 만들어낸다. 즉, 서핑하기에 완벽한 튜브 모양의 파도를 만들어내는 것이다.

빵을 먹으며 바다를 바라보니, 초콜릿색으로 그을린 키 큰 서퍼가 큰 파도의 경사면을 미끄러지듯 내려오며 바닥에서 스릴 넘치는 호를 그렸다. 그리고 파도 꼭대기를 향해 단숨에 올라가 역광의 하늘로 날아오른다. 서핑보드 꼬리에 찢어진 파도가 무수히 많은 물방울로 흩날리며 마치 보석을 뿌린 것처럼 반짝반짝 빛났다. 공중으로 날아오른 서핑보드는 재빨리 180도 방향을 틀어 파도의 꼭대기에 착지했다가, 다시 투명한 경사면을 미끄러져 내려와 하얗게 부서지는 파도와 함께 유유히 해안으로 다가왔다.

역시 잘하네, 저 녀석…….

그 서퍼는 근처에서 카페를 운영하는 나오토라는 청년이다. 삼시세끼 밥보다 서핑을 더 좋아해서, 파도가 좋으면 가만히 있질 못하고 냉큼 가게를 닫고 바다로 뛰쳐나갈 정도로 푹 빠져 있다.

나도 한때(30년 전 이야기지만) 파도타기를 즐기던 시기가 있었다. 바다 바로 앞에 산다는 이점을 살려서 매일같이 바다로 나가 열심히 연습했지만, 안타깝게도 나오토처럼 실력이 늘지 않았다. 평범했다. 재능이 없었나 보다.

지금, 재능 넘치는 나오토가 다시 먼 바다를 향해 패들링을 시작한다. 나는 시선을 돌리고 빵을 씹었다.

두 마리 갈매기가 소리도 없이 바다 위를 스르륵 가로질러 갔다.

하얀 모래사장에는 이미 몇 개의 비치파라솔이 피어 있었다.

높은 하늘에서 똑바로 내리쬐는 태양.

멀리서 들려오는 매미들의 절규.

올해도 드디어 본격적인 여름이 찾아왔다.

내 직장은 바로 뒤편 도로를 건넌 곳에 있는 개인 미용실이다. 손님용 의자가 두 개밖에 없는 아주아주 작은 가게지만, 20년 넘게 꿋꿋이 영업을 이어오며 최대한 절약하면서 살아온 덕분에 어떻게든 외아들을 성인으로 키워 도시에 있는 대학에 보내는 것까지는 현재진행형으로 해내고 있다. 아무래도 용돈까지는 지원해줄 수 없지만, 그건 뭐, 아들이 아르바이트라도 해서 충당하는 수밖에 없다.

빵을 다 먹었다.

꿀꺽꿀꺽 차를 마시면, 이것으로 점심은 끝이다.

"잘 먹었습니다."

블루토파즈 색 바다를 향해 중얼거렸을 때, 뒤에서 상쾌한 오프쇼어가 불어와 새하얀 티셔츠 끝자락이 나풀거린다.

바다에서는 나오토 외에 다른 서퍼가 오버헤드급 파도에 도전했다. 하지만 테이크오프 타이밍이 너무 늦었다. 파도 경사면을 미끄러지기 시작하자마자 균형을 잃고 화려하게 와이프아웃. 그대로 투명한 블루 빛깔 튜브에 빨려들어가고 말았다. 그는 지금 물속에서 뒤엉켜, 마치 세탁기 속에 있는 듯한 감각을 느끼고 있을 것이다. 예전에 나도 질리도록 같은 경험을 많이 해봤기에 누구보다 잘 안다.

자, 이제…….

나는 콘크리트 제방 위에서 일어났다.

두 팔을 푸른 하늘을 향해 뻗고 힘껏 기지개를 켰다.

이마에 살짝 맺힌 땀을 손등으로 닦아내며 발걸음을 돌렸다. 길 건너편에 하늘색 페인트로 칠해진 작은 미용실 'Blue Horizon'이 보인다.

푸른 수평선.

가게 이름은 10년 전에 암으로 '하늘의 사람'이 된 아내 레미가 대대적인 리모델링을 할 때 붙여줬다.

"우리 가게의 가장 큰 장점은 역시 전망이 좋다는 거잖아."

그렇게 말하며 웃던 레미의 자신만만한 얼굴이 지금도 선명하게 기억난다.

"가장 큰 장점은 내 실력 아니었어?"

내가 농담 반 진담 반으로 투덜거리자 레미는 웃음을 터뜨렸다.

"아하하하. 뭐, 실력 있는 매는 발톱을 감춘다는 말이 있잖아. 아, 가즈나리 군은 발톱이 아니라 가위를 감추는 거네."

주변을 환하게 밝히던 레미의 목소리를 떠올리며, 나는 도로를 가로질러 아무도 없는 가게 안으로 들어갔다.

시원한 에어컨 바람에 감싸인 나는 '후우' 하고 숨을 돌리고 점심때 나온 쓰레기를 버렸다.

그리고 오후 일정을 확인하기 위해 예약 수첩을 열었다. 너덜너덜해진 그 대학노트에는 두 명의 손님 이름이 적혀 있다.

첫 번째 손님은 근처에 있는 다쓰우라 역 앞 상가에서 오래전부터 장난감 가게를 운영하는 60대의 요네다 미요코 씨. 그리고 두 번째 이름을 봤을 때, 왠지 머릿속에 옅은 분홍빛으로 물든 유나기(저녁때 해풍과 육지 바람이 교체할 무렵, 일시 무풍 상태가 되어 잔잔해지는 현상-역주)의 바다 풍경이 펼쳐졌다.

그 여성이 풍기는 차분하고 단아한 분위기와, 고요한 저녁 바다를 떠도는 공기가 서로 닮은 건지도 모른다.

유나기 씨.

마음에 쏙 드는 애칭을 그녀에게 붙여주고, 나는 혼자 만족스러워하며 수첩을 덮었다.

벽에 걸린 시계를 보았다.

요네다 씨가 오기까지는 아직 시간이 충분하다.

나는 계산대 옆에 놓아둔 안경을 쓰고, 읽다 만 문고본을 손에 들고는, 두 개의 손님 의자 중 오른쪽에 앉았다. 그러고 나서 큰 창문이 있는 쪽으로 의자를 살짝 돌렸다. 창문 너머로 푸른 수평선이 펼쳐져 있다. 이 유리창은 이른바 '매직미러'라서 밖에서는 안을 볼 수 없다. 그래서 손님들은 편안하게 바다와 하늘을 바라보며 여유롭게 휴식을 취한다.

나는 책갈피를 끼워둔 문고본 페이지를 펼쳤다.

활자를 따라가기 시작하자, 마음이 조금씩 이야기 세계로 빠져들어갔다.

15분쯤 지났을까, 소설 주인공인 20대 여성이 강아지 한 마리를 데리고 아침 해변을 산책하러 나가는 장면에 이르렀을 때, 나는 문득 활자에서 시선을 떼고 얼굴을 들었다. 그리고 그대로 창밖 수평선을 바라보았다.

오랜만에 강아지라도 키울까…….

어차피 혼자 살고 있다. 누구한테 피해를 주는 것도 아니다.

"나쁘지 않겠지. 강아지랑 함께하는 생활도."

수평선을 향해 중얼거렸는데, 그 목소리가 에어컨 소리에 묻히는 것을 느끼고 나는 쓴웃음을 지었다.

아들이 도시로 나가고 50대에 홀아비가 되니 혼잣말이 늘었구나, 하고 나 자신을 돌아보게 된다.

책을 읽으려면 돋보기가 필요하고, 음식에 대한 집착이 없어지고, 하루에도 몇 번씩 혼잣말을 중얼거리고, 이제는 강아지를 키워볼까 고민하기도 하고…….

아니야, 그다음은 생각하지 말자.

나는 다시 마음을 가다듬으며 문고본에 시선을 두고 활자를 따라간다.

이야기 속에서는 젊은 여성이 강아지를 데리고 눈부신 여름 아침의 해변을 걷다가 한 서퍼를 만나게 된다.

만남은 크든 작든 인생을 움직인다. 언제나 인생의 모험은 만남에서 시작되는 법이다.

나는 페이지를 넘겼다.

행간에서 불어오는 바닷바람에 세피아 빛의 아련함을 느끼며 소설 세계로 빠져들었다.

"수고하셨습니다. 뒷모습은 이런 느낌입니다."

백미러를 머리 뒤쪽에 맞추며 그렇게 말한 후, 나는 정면 거울을 슬쩍 보았다.

손님의 표정을 확인하는 것이다.

오랫동안 미용사로 일하다 보면 이 한순간의 표정으로 손님이 마음에 들었는지 아닌지 알 수 있다.

"너무 좋아요. 감사합니다."

살짝 가늘게 뜬 눈, 부드러운 볼.

괜찮다. 유나기 씨의 말은 진심이다.

"여름답게 가벼워졌네요."

나도 진심을 말했다.

이 사람의 실제 나이는 모르고, 물어보지도 못했지만, 커트 후의 유나기 씨는 훨씬 젊어져서 40대로도 통할 것처럼 보였다. 등까지 내려왔던 긴 머리를 과감하게 15센티 이상 잘라서, 턱 높이의 단발로 마무리했다.

"덕분에 뭔가 개운해졌어요. 여러 가지로."

유나기 씨는 고개를 오른쪽으로 돌리기도 하고 왼쪽으로 돌리기도 하면서 정면 거울에 비친 자신의 모습을 체크했다. 고개를 흔들 때마다 짧아진 머리카락이 사르르 사르르 흔들렸다.

"여러 가지가 개운해지셨나요?"

나는 무심코 불필요한 질문을 던져버렸다.

유나기 씨도 자신이 쓸데없는 말을 했다고 생각한 것인지, 당황한 표정으로 "어? 아, 죄송해요. 별로 중요한 내용은 아니에요"라고 머뭇거렸다.

"아, 아니, 괜찮습니다. 제가 오히려 쓸데없는 말을 해서 죄송합니다."

유나기 씨는 잠시 입을 다물고 한 번 숨을 내쉬었다. 거울 너머 난처한 듯한 얼굴로 어깨를 움츠리더니, 단어를 고르듯 말했다.

"오늘은, 음, 뭐랄까……, 여러 가지 일이 있은 후로 30주년이 되는 날이에요."

여러 일이 있었다니, 그런 말을 듣고 신경이 쓰이지 않을 리가 없다. 하지만 유나기 씨가 굳이 그런 식으로 말했다면, 더 이상은 관심 가지지 말아달라는 뜻인 게 틀림없다. 그리 좋은 일은 아닌 것처럼 보였다.

"그러셨군요. 인생사 다양한 30년이네요."

나는 다소 밝은 목소리로 그렇게 말하며, 유나기 씨의 몸을 감쌌던 망토를 부드럽게 벗겨냈다.

유나기 씨는 의자에서 천천히 일어나 나를 돌아보았다. 이제 보니 하얀 티셔츠에 청바지 차림으로, 지금의 나와 똑같은 차림새다.

내가 그 사실을 말하려고 했을 때, 한 박자 빨리 유나기 씨의 말이 흘러나왔다.

"정말, 가벼워진 것 같고, 기분이 좋아요."

까만 눈동자가 도드라진 눈을 가늘게 뜨고, 유나기 씨는 부드럽게 미소 지었다.

"저도 그렇게 생각합니다. 오늘부터 머리 감는 것도 말리는 것도 훨씬 편해지시겠어요."

"그렇겠네요. 이렇게 짧은 머리는 고등학생 때 이후로 처음인 것 같아요."

우리는 어느 미용실에서나 오갈 법한 평범한 대화를 나누며 계산을 마쳤다.

유나기 씨는 콜맨의 토트백을 어깨에 메고 "수고하셨습니다"라고 가볍게 목례했다. 나는 출구 문을 밀면서 "감사합니다"라고 답했다.

유나기 씨가 내 앞을 지나 가게를 나갔다. 가게 앞에 세워둔 노란색 경차 문에 손을 얹는다.

근처에서 매미가 울고, 바다 쪽에서는 파도 소리가 들려온다.

여름 햇살은 어느덧 약해져서, 유나기 씨의 가녀린 등을 노랗게 물들이고 있었다. 낮과 변함없는 오프쇼어가 불고, 갓 자른 검은 머리가 가볍게 흔들린다.

오늘은 바람 때문에 유나기는 안 되겠구나…….

그렇게 생각했을 때, 문득 유나기 씨가 "저기." 하면서 돌아보았다.

"네?"

"토요일에는 홈센터가 일찍 끝나죠?"

"어? 어떻더라."

예상치 못한 질문에 나는 고개를 갸웃거렸지만, 이내 다시 생각이 났다.

"아직 6시니까 하고 있을 겁니다. 요일이랑 영업시간은 상관없었던 것 같아요."

"그런가? 그랬죠?"

유나기 씨는 조금 쑥스러운 듯 어깨를 움츠렸다.

이제 유나기 씨는 반려견을 위한 사료를 사고 집으로 돌아갈 것이다. 아까 드라이를 할 때 그렇게 말했던 것을 나는 기억했다.

"괜찮으시다면 다음에는 강아지도 데리고 오세요."

내가 말하자, 유나기 씨는 작은 소리로 '후후후' 하고 웃고는 "자, 그럼." 하고 가볍게 고개를 숙였다.

"네. 조심히 가세요."

경차에 올라탄 유나기 씨가 시동을 걸고 차창 너머로 인사하면서 천천히 주차장을 빠져나갔다.

나는 가볍게 손을 흔들어 배웅한 후, 가게 안으로 돌아왔다. 그러고는 매직미러를 통해 점점 작아지는 노란색 경차를 바라보았다.

완전히 보이지 않게 되자, 나는 빗자루를 들고 바닥에 흩어진 유나기 씨의 머리카락을 모으기 시작했다.

머리카락의 양을 보고 새삼 생각한다.

정말 '여러 가지' 일이 있었겠구나, 하고.

그리고 그때, 문득 떠올랐다. 작년에 유나기 씨가 처음 이 가게에 왔던 날에도, 우리는 "살다 보면, 참 여러 가지 일이 생겨요"라는 이야기를 나눴다는 것을. 그때 그녀의 입에서 나온 '여러 가지'는 오늘의 '여러 가지'에 비하면 훨씬 가벼웠다. 가벼웠어도 나는 그녀에게 있었던 '여러 가지'가 궁금했다. 이유는 단순하다. 내 과거에도 '여러 가지'가 있었기에, 혹시 서로 공감할 수 있지 않을까 하는 옅은 기대감을 품었기 때문이다. 하지만 그때도 우리는 '여러 가지'의 구체적인 내용에 대해 이야기하지 않았다. 애초에 유나기 씨는 자기 이야기를 잘 하지 않는 사람이니까.

처음 내점한 이후로 유나기 씨는 대략 1~2개월에 한 번씩은 꼭 방문했다. 그동안 커트나 염색을 하면서 이런저런 대화를 나눴는데도, 나는 여전히 그녀에 대해 잘 알지 못한다. 대화가 유나기 씨라는 인물의 '핵심'에 닿을 것 같으면, 늘 미끄럽게 빠져나가 화제를 바꿔버리곤 했다. 말을 돌릴 때 거울에 비치는, 약간 지친 듯한, 쓸쓸한 듯한, 어딘가 체념과도 비슷한, 그런 애매모호한 표정이 어쩐지 내 마음을 끄는 것이었다.

다음에 유나기 씨가 가게에 오는 건 한 달 후일까? 두 달 후일까? 아니면 오늘 많이 잘랐으니, 훨씬 더 먼 훗날일까?

"후우……."

바닥에 흩어진 유나기 씨의 머리카락을 모으면서, 나는 이유 모를 한숨을 내뱉었다.

그때, 계산대 안쪽에서 충전 중이던 스마트폰이 울리기 시작했다.

아마 예약 전화겠지. 그렇게 생각한 나는 빗자루를 의자에 기대어놓고 스마트폰을 집어들었다. 그리고 화면을 봤을 때, 나도 모르게 '엇' 하는 소리가 새어나왔다.

"여보세요."

나는 태연한 척 전화를 받았다.

"저예요. 목소리가 건강하게 들리네."

그렇게 말하는 아들 목소리도 여느 때와 다름없어 안심이 된다.

"건강하지. 장마도 끝났고."

"응. 올해는 비가 꽤 많이 왔잖아."

"그러게 말이야. 그건 그렇고, 네가 메시지 말고 전화를 다 하다니, 웬일이냐?"

"내가 전화를 잘 안 했나?"

"안 했잖아."

아들이 나에게 연락할 때 거의 90퍼센트는 SNS 메시지를 이용한다.

"뭐, 그랬나 보네. 그건 그렇고, 내일 그쪽에 가도 돼?"

"당연히 와도 되지. 네 집인데 허락 같은 거 받을 필요 없잖아."

"아하하. 그러네. 그럼, 내일 갈게요."

이례적으로 갑작스러운 귀성이네, 라는 생각이 들었지만, 굳이 이유는 묻지 않았다. 내일 만나서 물어봐도 되니까.

"그래. 조심해서 와."

"네. 그럼 내일 봐요."

통화는 간단히 끝났다.

뭐, 아버지와 아들의 통화는 대개 이런 식이겠지.

나는 손에 들고 있던 스마트폰을 충전기 위에 다시 올려놓았다. 그리고 매직미러 너머로 시선을 보냈다.

드넓은 바다가 여름의 저녁 햇살을 반짝반짝 반사하며 출렁이고 있었다.

"여름은 모험의 계절."

인생, 참 여러 가지야.

스마트폰 옆에 놓인 문고본을 보며 중얼거리다가, 나는 훗 하고 웃고 말았다.

또 혼잣말을 내뱉는 나를 발견했기 때문이다.

다음날은 장마가 끝나고 첫 일요일이라 그런지, 당일 예약 손님이 많아서 아침부터 정신없이 바빴다.

저녁이 되어 마침내 마지막 손님을 배웅한 나는, 부은 다리와 굳은 허리를 스트레칭으로 풀면서 천천히 가게를 정리하고 있었다.

어느 정도 정리가 끝나고 한숨 돌리려는 순간.

땡그랑, 땡그랑.

조용한 가게 안에 귀에 익은 도어벨 소리가 울렸다.

돌아보니, "저, 왔어요." 하고 아들 겐타로가 약간 쑥스러운 듯 웃으며 서 있다.

"하아, 에어컨 바람, 시원하다아."

그렇게 말하면서 가게 안으로 들어온 겐타로는 티셔츠에 반바지, 샌들을 걸친 여름방학을 맞은 초등학생 같은 차림이었지만, 한동안 안 본 사이에 한 뼘 더 자란 것 같다. 이제 스물두 살이니 키가 클 리는 없는데……, 한마디로 '존재감'이 어른스러워진 것일까?

"오, 어서 와."

감개무량한 마음으로 내가 말하자, 겐타로는 "아, 참." 하고 말하며 성큼성큼 내게 다가왔다. 그리고 다시 한번 "다녀왔습니다"라고 인사했을 때, 우리는 서로의 심장 부근을 각자 오른손 주먹으로 가볍게 툭 쳤다.

이 제스처는 우리 부자만의 오래된 의식이다.

"너, 키가 좀 컸나……."

"설마. 이 나이에 클 리 없잖아요."

"그렇지? 근데 뭔가, 큰 것 같은 느낌이 드네."

"아버지도 좀 커진 것 같아요."

"뭐?"

"옆으로."

"이 녀석, 아니거든."

겐타로와 나는 둘이서 푸훗 하고 웃음을 터뜨렸다.

"배고프지?"

내가 묻자, 겐타로는 명치 부근을 문지르며 고개를 끄덕였다.

"네. 많이 고파요."

"그래? 나도 오늘은 점심도 건너뛰고 일했더니 허기가 지네."

"오오, 번창하는 중이시군요. 대단하잖아."

"실력이 좋으니까. 아시겠지만."

농담처럼 말하면서, 나는 내 오른팔을 툭툭 치며 보여줬다.

"어머니는 창문 밖으로 보이는 전망이 좋아서라고 했는데."

"그것도 뭐, 아예 없지는 않지."

우리는 소리 내어 웃으며 함께 가게 정리를 했다.

나의 거주지, 즉 겐타로에게 본가가 되는 곳은 'Blue Horizon'에서 도보로 10초 거리에 있다. 요컨대 같은 부지 내에 나란히 붙어 있다는 거다. 수십 년 동안 바닷바람에 시달린 목조 건물이지만, 어딘가 망가질 때마다 손재주 좋은 내가 조금씩 보수해왔기 때문에 당분간은 문제없이 살 수 있을 것 같은 단층집이다.

겐타로와 나는 바람이 잘 통하는 다다미방 거실에서 탁자를 사이에 두고 앉아 서로에게 맥주를 따라주고 있다.

안주는 넘치도록 많다. 어젯밤에 차를 몰고 슈퍼에 가서 미리 구입해뒀다. 모둠회, 닭튀김, 냉동 파스타, 두부, 김치, 닭꼬치, 마른안주에서 수박까지……, 아무튼 맛있어 보이는 게 눈에 띌 때마다 닥치는 대로 바구니에 담았다.

"다 먹지도 못하는데 왜 이렇게 많이 사왔어?"

탁자 위에 늘어놓은 음식들을 보고 겐타로는 웃었지만, 냉동실 안에는 이보다 두 배는 더 있다.

"오랜만에 왔으니까, 실컷 먹어."

"아하하. 그럼 비축해둘 생각으로 열심히 먹을게요."

"회는 남으면 곤란하니까 먼저 먹어. 시원한 사케도 샀으니."

"좋지. 나, 사케도 이제 제법 마신다고요. 대학 친구들이랑 마시면서 맛을 알게 됐지."

"그렇구나. 잘했네."

내가 말하기는 뭐하지만, 나와 겐타로는 아주 좋은 부자 관계를 유지하는 것 같다. 겐타로가 초등학교 6학년일 때 레미가 세상을 떠났으니, 남겨진 우리 사이에는 서로 도우며 살아가는 '동지'로서의 유대감이 생긴 것이다.

어떤 특별한 순간에 서로의 가슴을 가볍게 치는 '가슴 펀치'

는 그때부터 이어져온 남자들끼리의 암호 같은 것이다.

동지로서, 서로 도우며, 강하게, 즐겁게 살아가자.

그런 의미를 담고 있다.

오랜만에 만나도 이렇게 소소한 대화를 편하게 즐길 수 있는 것은 어찌 보면 레미가 남겨준 가장 큰 유산인지도 모른다.

"역시 고향의 여름은 좋네. 방충망 너머로 파도 소리가 들리면 왠지 모르게 마음이 편안해져요."

"뭐, 아무래도 그렇지."

"또, 저거."

겐타로가 창가를 가리키며 말했을 때, 마침 밤바람이 살랑살랑 불어와 맑은 금속음이 울려퍼졌다.

딸랑.

항구 근처에 사는 할아버지가 하나하나 손수 만든 풍경 소리다. 이 풍경은 조금 재미있는 모양인데, 테두리에 다섯 개의 산이 있다. 들에 피는 초롱꽃을 조금 통통하게 부풀린 듯한 모양이다.

"풍경이구나. 필요하면 갈 때 가져가도 돼."

"그건 사양할게요."

"왜?"

"도시의 밤은 너무 더워서 창문 열고 잠을 잘 수가 없거든. 저 풍경은 역시 바닷바람이랑 어울리지."

"그렇군."

"게다가 저 소리를 들으면 고향에 온 실감이 나면서 감회가 깊어진다고 할까, 그러니까 여기 있는 게 정서적으로도 더 좋을 것 같아요."

"맞는 말이야."

역시 예술을 하는 사람은 정서를 중요시하는구나, 라고 감탄하면서 맥주를 마시는데, 갑자기 겐타로가 뭔가 생각났다는 듯이 손뼉을 쳤다.

"아, 맞다. 잊어버리기 전에."

"응?"

"어머니가 취미로 만들던 열쇠고리, 아직 남아 있죠?"

"어떤 거?"

"그거 있잖아요, 전복 껍데기를 깎아서 만든 거."

"아, 그거라면 있지."

나도 그 열쇠고리는 늘 들고 다니는 가방에 달아놓았다.

"어디?"

"저기 서랍에 있을걸."

말하면서 나는 무릎을 세우고 옆을 돌아보며, 오래전부터 같은 자리에 놓여 있는 잡동사니용 서랍 안을 뒤졌다. 서랍은 세로로 여덟 단이 있는데, 그걸 발견한 곳은 위에서 네 번째 서랍이었다.

"아, 있다. 근데 마지막 하나네."

내가 그것을 집어들고 "여기." 하면서 겐타로에게 건넸다.

"이게 마지막 하나라고요?"

겐타로는 손바닥 위에 놓인 열쇠고리를 내려다보며 고개를 갸웃거렸다.

"그런 것 같네."

"다섯 개 정도는 더 있었던 것 같은데."

"으음, 아마 레미 장례식 때 친척이랑 친구들이 '유품'이라면서 가져갔던 것 같은데."

"그렇군."

"응, 아마도."

"이 마지막 하나, 내가 가져가도 될까?"

"상관없지만, 원래 네가 가지고 있던 건……."

잃어버렸어? 라고 물어볼까 하다가 그만두었다.

"그거, 줘버렸거든."

말하면서 겐타로는 도시에서 짊어지고 온 배낭에 마지막 열쇠고리를 달았다.

"줘버렸다고?"

"응."

그건 조금 의외의 이야기였기에 나는 흥미가 생겼다.

"누구한테?"

"으음, 처음에는, 마음이 무너질 것 같아 보이던 어린 소녀에게."

"어……."

"그 후에는, 마음이 무너질 것 같아 보이던, 동갑내기한테."

겐타로가 무슨 말을 하는 건지 도통 알 수 없다.

"너, 두 개 가지고 있었나?"

"아니. 하나뿐이었어."

"그렇지."

"그 하나가 돌고 돌았던 거예요. 여러 가지 일로."

여러 가지…….

나는 아무 말도 하지 않고 겐타로의 얼굴을 바라보았다. 만날 때마다 훌쩍 어른스러워지는 아들은 술잔을 기울이며 꼴깍꼴깍 목청을 크게 울리고 있다.

그렇게 작았던 아들이 어느새 맥주를 맛있게 마실 수 있게 되었다는 것이 왠지 묘하게 기쁘기도 하고…….

"뭐, 그래. 인생 살다 보면 참 여러 가지 일이 생기지."

나는 정말로 여러 가지 감정을 담아 그렇게 말했다.

"맞아요. 여러 가지 생기죠, 정말로."

겐타로가 작게 웃었을 때, 왠지 나는 그 미소에서 위화감을 느꼈다. 가늘게 뜬 눈동자 뒤에서 아주 잠깐, 부정적인 감정이 희미하게 스쳐지나간 것 같았다.

딸랑.

밤바람이 불고, 레미가 좋아하던 풍경이 울린다.

나는 맥주를 한 모금 마시고 화제를 바꿨다.

"그건 그렇고, 며칠 정도 여기 있을 거냐?"

"2박 3일."

"여름휴가치고는 짧네."

"아르바이트 때문에요."

"그래? 그럼 뭐, 어쩔 수 없지."

"왜? 나랑 같이 있는 게 그렇게 좋아요?"

"바보냐?"

"아하하하."

겐타로는 괜찮다. 정말 고민 상담이 필요하다면 스스로 말할 테니까. 우리는 시간을 들여 차곡차곡 정성스럽게 그런 관계를 쌓아왔다.

"아, 맞다."

뭔가 생각난 듯 무릎을 친 겐타로가 열쇠고리를 달아놓은 배낭 안에서 책 한 권을 꺼냈다.

"이 책 말인데, 사연이 있어서, 나한테 두 권이 있거든."

"그래?"

"아버지한테 선물하려고 한 권 가져왔어요."

겐타로가 탁자 너머로 소프트커버 책을 내밀었다.

나는 책을 받아들고 제목을 읽었다.

"사요나라, 도그마……."

어디선가 들어본 듯한 제목이다.

"아직 안 읽었죠?"

"응, 읽지는 않았지만……."

"않았지만?"

고개를 갸웃거리는 겐타로를 보았을 때, 생각이 났다.

"아, 그래. 이 책, 왠지 눈에 익다 했는데, 응, 기억났어."

"뭐가?"

"최근에 입소문 타고 서서히 인기가 오르는 책이지?"

"그런 것 같던데, 어떻게 알았어요?"

"언제였더라, 저자가 TV에 나온 걸 봤어."

"오호, 그렇구나. 볼만했어요?"

"응, 뭐, 좀 특이한 느낌의 작가였지만, 그 사람 이야기 자체는 좋았어. 인간미가 묻어나는 느낌이랄까."

"그렇구나. 집에 가서 인터넷으로 볼 수 있는지 찾아봐야지."

겐타로는 다시 맥주로 목을 축이고는, 내가 들고 있는《사요나라, 도그마》를 보며 말을 이어갔다.

"그 책, 내용도 좋지만 표지 그림도 좋고, 외관 디자인도 독특한 멋이 있지 않아요?"

"그러게. 확실히 요즘에 보기 드문 느낌, 뭐랄까……."

"독특한 아우라가 있어."

"응, 그거야. 아우라. 역시 미대생이네."

"뭐, 그렇죠."

겐타로가 그렇게 말하며 웃었을 때, 또 아주 조금이지만 부정적인 감정이 보였다가 사라졌다.

"읽고 나서 감상평 전해줄게."

"응. 중반부터 속도감이 붙다가, 마지막에는 소름이 돋을 만큼 감동적일 거예요."

"그거 기대되는데."

나는 그렇게 말하고, 《사요나라, 도그마》를 탁자 구석에 살며시 놓았다.

"아, 그나저나, 좀 미안한데……."

상담을 하려나 보다, 라고 생각했던 나를, 겐타로는 허무하게 배신했다.

"머리가 많이 길어서."

"아, 그러네."

눈을 가릴 정도로 자란 앞머리도 불편해 보이지만, 전체적으로 마구 자라서 부스스한 인상을 주었다.

"잘라줄 수 있어요?"

겐타로는 손가락으로 가위 모양을 만들어 머리 자르는 시늉을 했다.

"오늘은 이미 술을 마셔버려서, 내일 하자."

"좋아요. 당연하지. 지금 술 취한 사람한테 머리 잘릴까봐 무섭거든."

"아직 전혀 안 취했는데."

"얼굴, 빨개요."

"거짓말쟁이."

쓸데없는 대화로 우리는 함께 웃었다.

딸랑.

레미도 웃고 있을까…….

내일은 월요일이다. 관동 지역의 미용실은 화요일을 휴무일로 정한 곳이 많은데, 우리 미용실은 일부러 월요일을 쉬는 날로 정했다. 생전에 레미가 "우리 같은 영세 자영업자가 살아남으려면, 그런 작은 묘책도 필요하니까"라고 말해서 월요일이 된 것이다. 즉, 다른 가게가 문을 닫는 날에 열어둔다는 것. 단지 그뿐인 사소한 차별화 정책이지만, 결과적으로는 레미의 의도대로 매주 화요일은 주말만큼 손님이 찾아온다.

겐타로와 시시한 잡담을 나누며 레미 생각을 하고 있는데, 내 뒤에서 부웅 하고 과장된 날갯짓 소리가 들렸다.

"어, 풍뎅이다."

겐타로가 방충망을 가리키며 소리쳤다. 돌아보니 조금 작은 크기의 풍뎅이가 방충망에 붙어서 분주히 걸어다니고 있었다.

"예전에는 장수풍뎅이나 사슴벌레가 자주 날아왔었는데."

나는 겐타로가 어렸을 때를 떠올리며 말했다.

"요즘은 안 와요?"

"거의 안 보이네."

"아버지, 기억나요? 기쿠모토 강변에 있던 비밀의 나무."

"아, 네가 어렸을 때 자주 같이 갔던 '장수풍뎅이 나무' 말이지?"

"맞아 맞아, 거기서 많이 잡았죠."

"손전등 들고 밤마다 갔었지."

"넓적사슴벌레를 발견했을 때는 엄청 흥분했어요."

"너, 잘 기억하고 있구나."

"당연하죠. 얼마나 감동적이었는데."

방충망 너머로 부드러운 파도 소리가 스며든다.

딸랑, 하고 레미가 좋아했던 풍경이 울린다.

성인이 된 아들과 옛날이야기를 나누며 술을 마신다.

어쩌면 이것이 꽤나 순도 높은 행복이 아닐까…….

그렇게 생각했을 때, 왜일까, 문득 내 머릿속에 겐타로와 단둘만 있게 된 후의 '여러 가지'가 되살아나기 시작했다.

레미가 세상을 떠나고 얼마 되지 않았을 때 있었던 중학교 입학식. 매일 아침 일찍 일어나서 정성껏 만들었던 도시락. 다양한 학교 행사. 고등학교 입시. 체육 시간에 겐타로가 발목이 골절됐다는 소식을 듣고 급히 데리러 갔던 일. 내가 과로로 쓰러져서 겐타로가 구급차를 불러준 일. 그리고 병실 침대에 누워 있는 나에게 "제발 부탁이니, 나 때문에 무리하지 마세요"라며 겐타로가 울었던 일…….

딸랑.

겐타로는 '장수풍뎅이 나무'를 그리워하며 이야기하지만, 나는 슬그머니 자리에서 일어났다.

"잠깐, 화장실."

"어? 아까도 갔잖아."

"그래도."

겐타로 쪽을 보지 않으려 하며, 나는 서둘러 거실을 나왔다.

"나이 들어서 화장실이 자주 가고 싶은 거 아니야?"

복도를 걷는 내 등뒤로 겐타로의 조롱이 날아왔다.

"시끄러. 냅둬."

나도 맞받아쳤다. 그리고 마음속으로 중얼거렸다.

나이 들어서 화장실이 자주 가고 싶은 게 아니야.

나이 들어서 그저 조금, 눈물샘이 느슨해졌을 뿐이야.

딸랑.

뒤에서 풍경이 울린다.

아르바이트 따위 쉬면 될 텐데…….

만약 레미가 있었다면, 분명 내 마음을 대변해줬을 것이다.

그런 생각을 하면서, 나는 볼일도 없는 화장실 문을 열었다.

"바다 보면서 머리 자르는 거, 역시 특별한 느낌이 있네."

겐타로가 감회 깊은 목소리로 말했다.

이렇게 아들의 머리카락을 자르는 게 몇 달 만일까. 아마 지난번에 겐타로가 다녀갔던 건 봄방학 때였을 텐데, 그때는 자른 기억이 없다.

"오늘처럼 날씨가 좋으면 더욱 그렇지."

"응. 정말 그래요. 거울에 비친 내 모습은 안 보고, 나도 모르게 멍하니 바다를 바라보고 있다니까요."

"그런 손님들 많아."

이렇게 말하면서 나는 젖은 겐타로의 머리카락을 빗질했다. 곧게 뻗은 흑발이 가늘고 윤기가 있어서 가위 날이 쉽게 들어가는 머릿결인데, 이건 레미 쪽 유전이다. 내 머리카락은 좀 더 뻣뻣하고 곱슬기도 약간 있다.

"보는 사람을 지루하게 하지 않는 바다는 역시 대단한 것 같아요."

"보고 있으면 또 그리고 싶어지니?"

나로서는 '물론이지'라든가 '그렇지'와 같은 긍정적인 대답이 돌아올 줄 알고 물었는데, 뜻밖에도 겐타로는 "글쎄, 어떨까?"라며 한숨 같은 소리를 내뱉었다.

나는 슬쩍 거울을 보았다.

거울 속 겐타로는 창밖 바다에 조용한 시선을 보낸 채 무언가를 생각하는 듯했다.

나는 선뜻 말을 걸지 못하고 계속 손을 움직였다.

아무도 없는 가게 안에 에어컨과 가위 소리만 울려퍼진다.

잠시 후 겐타로가 "있잖아요"라고 불렀다.

"응?"

거울을 보자 시선이 마주쳤다.

"아버지는 왜 미용사가 되셨어요?"

"뭐야, 갑자기?"

"아니, 그냥."

거울을 통해서라도 눈을 맞추고 대답하는 건 쑥스럽다. 그래서 나는 다시 손을 움직이면서 대답하기로 했다.

"솔직히 말해서, 대단한 이유는 아니야."

"……."

"단순히 미용사 말고는 나한테 맞을 것 같은 직업이 떠오르지 않았어. 그게 다야."

"그렇구나. 이해했어요"라고 일단 납득한 겐타로는 문득 뭔가를 깨달았다는 듯이 말을 이어갔다. "아. 그렇다는 건, 거꾸로 말하면, 미용사 일은 적성에 맞는다고 생각한 거죠?"

"아니, 그것도 좀 다르네. 특별히 맞는다고 생각한 건 아니고, 자신이 있었던 것도 아니고. 그저, 뭐, 내 입으로 말하기는 좀 그렇지만, 어릴 때부터 손재주는 있었으니까, 다른 일을 하는 것보다는 낫겠다, 정도였어. 이른바 '소거법'인 셈이지."

"소거법이라……."

힘없는 목소리의 겐타로에게, 나는 손을 움직이면서 최대한 편안한 말투로 물었다.

"너도 어느새 3학년이잖아. 장래를 생각할 시기인가?"

미대생이라고는 해도, 일반적으로 말하자면 주변에서는 모두 취업 활동에 돌입할 시기일 것이다.

"뭐, 응."

"화가가 되는 건?"

겐타로가 어릴 적부터 바라온 꿈이다.

"그게 바로 문제예요."

겐타로는 바다를 향해 중얼거리듯 말했다. 나는 아들이 갑자기 고향에 내려온 이유를 이제야 알 것 같았다.

"문제라니, 어떤?"

이 물음에 겐타로는 바로 대답하지 않았다. 머리를 다듬고 있는 내가 알아차릴 정도로 깊은 숨을 두 번 연속으로 쉬었다. 그리고 마침내 입을 열었다.

"글쎄요, 재능이라고 할까?"

"재능?"

"응……."

가만히 가위질만 해서는 대화가 더 이상 진전되지 않을 것 같아서, 내가 가볍게 리드하기로 했다.

"너한테 재능이 없다고, 그렇게 생각하는 건가?"

"뭐, 그렇죠."

"저렇게 그림을 잘 그리는데."

나는 진심으로 그렇게 생각하고 있다.

"으음……말하자면, 현실이 보였다고 해야 하나?"

"현실."

"응. 뭔가, 미대에 들어가면 싫어도 깨닫게 되거든. 주변에 천재 같은 녀석들이, 정말 넘쳐날 정도로 많으니까."

"……."

나는 침묵함으로써 다음 말을 재촉했다.

싹둑, 싹둑, 싹둑, 싹둑……가느다란 머리카락을 자를 때 나는 기분 좋은 소리가 가게 안을 가득 채운다.

"그림으로만 먹고산다는 거, 정말 힘들거든요."

"그건, 그렇겠지."

"힘들어요, 진짜로."

겐타로는 같은 말을 반복했다. 도시에서 무슨 일이 있었는지는 모르지만, 아들이 그 사실을 뼈저리게 느낀다는 것만은 알 수 있었다.

"예술 분야로 먹고산다는 거, 힘들어 보이긴 해."

"응."

싹둑, 싹둑, 싹둑, 싹둑…….

경쾌한 소리와 가벼운 리듬. 내가 오랫동안, 그러니까 수십 년에 걸쳐 진지하게 갈고닦아온 '손기술'이 연주하는 소리.

"애초에, 재능이란 게, 뭘까?"

이번에는 내가 물어보았다.

"뭘까요."

"미용사는 잘 모르겠는데."

"나도 점점 알 수 없어졌어요."

그 말투가 어딘지 모르게 어설펐기에, 내가 싱긋이 웃자 그 웃음이 겐타로에게도 전염되어 볼이 살짝 풀린 듯했다.

"아버지."

"응?"

"만약에, 말이에요."

"응."

"내가, 화가가 되는 걸 포기하고, 보통 직장에 취직하면……."

겐타로는 말을 끝맺지 않았다. 끝맺지 못한 걸지도 모른다.

하지만 나는 안다. 예전에 겐타로는 나에게 꿈을 이야기하며 미대에 입학했다. 그래서 학비를 마련해준 것에 대한 미안함 같은 것을 느끼고 있을 것이다.

힘들게 미대에 보내주셨는데…….

그런 마음을 품고 있는 게 틀림없다. 이 녀석은 그런 녀석이다. 옛날부터, 줄곧. 항상 상대방 기분만 생각하다가 결국 마지막에는 지쳐버린다. 그런 녀석이기 때문에…….

나는 가위를 내려놓고 거울 속 겐타로를 바라보았다.

"네 인생은 네가 하고 싶은 대로 해야지."

최대한 담담하게 말하려 했다.

"어…….''

눈을 동그랗게 뜬 겐타로가 거울 속에 있었다.

왠지 어린 시절 얼굴을 보는 것 같은 기분이 들었다.

"나는 그냥 미용사라서, 예술이나 그림 그리는 재능이나 그런 건 잘 모르지만, 그래도 좋아하고 싫어하는 것 정도는 있잖아."

"……"

"그래, 맞아. 네가 유치원 다닐 때, 아빠가 일하는 걸 자주 구경하곤 했었지. 손님 모습이 점점 변해가는 걸 보는 게 좋았던 것 같더라."

"응."

"그러다가 가끔, 네가 손님한테 이렇게 말하곤 했어. 와아,

정말 예뻐졌다! 하고 말이야."

"아하하……."

"아이가 하는 말이니까, 거기엔 거짓이 없었겠지? 그 말을 들은 손님은 무척 기뻐하시면서 거의 대부분 단골이 되어주셨어."

"그런 일이 있었던가?"

"있었어. 그것도 여러 번이나."

"그랬구나."

"그러니까, 좋아하는 거야, 넌."

"뭘?"

"아름다운 것들, 점점 아름다워지는 것들을. 이렇게 작았을 때부터, 눈이 반짝반짝 빛날 정도로 좋아했어."

"……."

젠타로는 조용히 나를 바라보았다.

나는 지금 내가 생각하는 것을 있는 그대로 솔직하게 말하기로 했다.

"화가가 된다 안 된다, 재능이 있다 없다, 그런 건 어쩌면 부차적인 게 아닐까?"

"응……."

"인생은 한 번뿐이잖아. 가급적 좋아하는 일을 많이 하고, 설레는 마음을 많이 느끼고……, 그걸로 충분하지 않을까? 자신감이 없으면 일단 취직해서 직장인으로 생활하다가, 그러다 그림을 그리고 싶어지면 마음대로 그리면 되고, 화랑에 팔아서 돈이 된다면 직장을 그만두고 화가가 되면 되는 거잖아?"

겐타로는 아무 말도 하지 않고 그저 거울 속에서 나를 바라보았다.

그래서 나는 더 말을 이어갔다.

"혹시나 해서 하는 말인데, 학비라든지, 그런 건 신경쓰지 마. 내가 원해서 지불한 거니까. 만약 싫었다면 처음부터 내지도 않았을 거고."

"……"

"또, 엄마가 자주 했던 말인데."

"어떤 말?"

"인생의 선택에 정답은 없지만, 그래도 언젠가 그 선택이 정답이었다고 뿌듯해할 수 있도록 살아야 한다고. 그런 삶의 방식이야말로 분명 정답일 거라고 했어."

잠시 동안 겐타로는 말이 없었다. 레미가 한 말을 자기 나름대로 곱씹고 있는 듯했다.

그리고 나지막하게 중얼거렸다.

"뭔가, 깊이가 있는 말이네요."

"그렇지?"

"정답은 단순한 거였어요."

"그렇지?"

"아버지가 한 말도 아니면서."

"그러게. 실수한 것 같아."

"응?"

"내가 한 말인 척할 걸 그랬지."

잠시 멍하니 있던 겐타로가 푸훗 하고 웃음을 터뜨렸다.

나도 싱긋 웃으며 레미를 닮은 가느다란 머리카락을 다시 자르기 시작했다.

싹둑, 싹둑, 싹둑, 싹둑…….

가위 소리가 아까보다 조금 더 경쾌하게 울린다.

겐타로가 다시 여름 바다를 바라보기 시작했다.

아니, 아까보다 시선이 조금 높아졌으니 수평선 위의 여름 하늘을 보고 있는지도 모른다.

해가 저문 후의 바닷가 마을은 투명한 파인애플 빛 하늘에 둘러싸여 있었다.

바다도, 바람도, 해변도, 거리도, 모든 것이 과즙 같은 색채로 물들어 있다.

문득 생각이 난 나는 옛날처럼 겐타로를 불러서 함께 방파제 낚시를 나갔다.

낚싯대와 양동이, 간단한 낚시도구를 들고 바닷가 도로를 느릿느릿 걸으면 몇 분 만에 다쓰우라 항구의 방파제에 도착한다.

가장 잘 낚이는 끝자락 포인트에 먼저 온 사람이 있었다.

파란 아이스박스에 걸터앉아 홀로 낚싯줄을 드리우고 있는 사람은 노지 뎃페이라는 문필가로, 이 시골 마을에서는 꽤 유명한 사람이다. 국내외 이곳저곳을 여행하면서 여행 에세이를 쓰기도 하고 때로는 TV에도 출연한다. 나이는 아마 60대 중반쯤 되었을 것이다.

"뎃페이 씨, 안녕하세요."

내가 말을 걸자 작가가 돌아보았다.

"오, 당신이 낚시를 하다니, 보기 드문 일이네요."

"오랜만에 아들이 와서, 옛날처럼 같이 낚시라도 할까 해서요."

나는 이 사람이 쓰는 소탈한 에세이를 좋아해서 출간된 작품은 다 읽었다. 아마 겐타로도 네다섯 권 정도는 읽었을 것이다.

"잘했네. 아들 이름이 뭐였더라?"

"겐타로입니다. 안녕하셨어요?"

겐타로가 꾸벅 고개를 숙였다.

"오오, 그래. 겐타로였지. 정말 멋지게 자랐구나. 듣기로는 화가가 될 거라던데."

"지금 그 부분을 고민하는 중입니다."

겐타로는 오히려 고민이 없어 보이는 말투로 대답했다.

"호오, 고민 중인가?"

"네."

그러자 뎃페이 씨는 "그게 좋은 거야"라고 말하며 싱긋 웃었다.

"예?"

"예?"

우리 부자는 나란히 고개를 갸우뚱했다.

"젊을 때는 말이야, 헤매고 망설이는 게 정답이야. 이것도 아니었고, 저것도 아니었네, 다음엔 이렇게 해볼까 하면서 가급적 많은 실패와 수정을 반복하는 거지. 그렇게 해온 사람만이 언젠가는 경험이 풍부하고 믿음직한 어른이 될 수 있는 거니까."

삐이이이, 효로로로오오.

뎃페이 씨의 말에 가장 먼저 대답한 건 머리 위를 선회하는 솔개였다.

겐타로는 몇 초 뒤늦게 입을 열었다.

"네. 감사합니다."

뎃페이 씨 말을 되새기고 있다는 것이 목소리에서 느껴졌다.

그러자 뎃페이 씨는 "자네, 인상이 좋구나"라고 말하며 아이스박스에서 일어나더니, 서둘러 릴을 감고 낚싯대를 정리하기 시작했다.

"오늘도 전혀 안 잡히니 폐점이다. 말해두지만, 이 바다엔 물고기가 한 마리도 없어. 어차피 자네들도 시간 낭비일 텐데, 그래도 낚시를 할 텐가?"

나는 뎃페이 씨가 무슨 뜻으로 하는 말인지 알기에, "일단 해보겠습니다"라고 말했다.

"유별나구먼, 미용사란 사람은."

"작가님만 못하죠."

뎃페이 씨는 '아하하' 하고 호탕하게 웃더니, "그럼, 물고기 없는 거대한 낚시터에서 열심히 해보게나"라는 농담을 던지고 돌아갔다.

그는 티셔츠에 반바지, 비치샌들이라는, 현지인다운 차림새로 석양 속으로 멀어져갔다.

"저분, 재미있네요."

겐타로가 미소 지으며 말했다.

"옛날부터 재미있는 분이었어."

재미있다는 말 속에 멋있다는 의미가 포함된다는 것을 기억하며, 나는 말을 이어갔다.

"뎃페이 씨가 왜 갑자기 갔다고 생각해?"

"어? 물고기가 안 잡혀서잖아?"

"역시 넌 아직 어려."

"뭐야, 그럼 왜 가신 거예요?"

"양보한 거야. 가장 잘 낚이는 포인트를."

"진짜로?"

"응. 봐봐, 저 걸음걸이. 아이스박스가 무거워 보이지?"

우리는 멀어지는 뎃페이 씨 뒷모습을 가만히 바라보았다.

불쑥 겐타로가 말했다.

"나, 최근에 뎃페이 씨 책을 읽었는데, '세상에서 가장 무거운 것은 낚시 후의 텅 빈 아이스박스다'라고 적혀 있었어요."

우리는 서로 얼굴을 마주보았다.

그리고 키득키득 웃으면서 일단 뎃페이 씨가 있던 자리에 낚싯대를 드리웠다.

그러자 곧바로 겐타로가 '앗' 하고 소리를 질렀다.

"뭐야, 걸렸어?"

"아니, 저기 봐요, 저기."

겐타로는 비스듬히 뒤쪽을 가리켰다.

바다 위에 무지개가 걸려 있었다.

"오오, 이거 좋은 징조인 것 같은데."

"완벽한 아치다."

겐타로 말대로 무지개는 멋진 반원을 그리고 있었다. 자세히 보니 이중 무지개다.

문득 '하늘에 있는 사람'이 떠올랐다.

레미도 이 무지개를 내려다보고 있을까, 하고.

그와 동시에 유나기 씨도 같은 무지개를 보고 있을까, 하는 생각도 들었다.

무지개 끝자락에 펼쳐진 바다는 그야말로 고요한 유나기였다.

두 사람을 한꺼번에 떠올리는 나는 바람둥이일까. 아니면 애통한 10년을 보냈으니 이제는 그런 것도 용서받을 수 있을까. 만약 용서해도 좋다고 생각한다면, 뭐라도 사인을 보내줘, 레미…….

"아버지."

갑작스러운 겐타로의 부름으로, 제방에 주저앉았던 내 엉덩이가 들썩일 뻔했다.

"뭐, 뭐야?"

"미안하지만, 잠깐 낚싯대 좀 들어줄래요?"

말하면서 겐타로는 자기 낚싯대를 내게 떠맡겼다. 그리고 스마트폰으로 무지개 사진을 찍어 곧바로 SNS에 올렸다.

"아버지도 가게 SNS에 올리면 어때요?"

"그럴까? 그럼 그 사진 나한테도 보내줘."

"오케이."

그리고 우리는 같은 무지개 사진을 각자의 SNS에 올렸다.

〈행복을 나눠드려요.〉

나도 겐타로도 사진 설명에 이렇게 적었다.

그 후 한동안 우리는 낚싯대를 손에 든 채 여유로운 시간을 보냈다.

뎃페이 씨와 겐타로 말대로 두 개의 낚싯대에는 아직 물고기 한 마리 잡히지 않았다. 그래도 아들과 둘이서 이런저런 이야기를 나누며 잔잔한 바다를 바라보는 시간은 나쁘지 않았다.

너무나 아쉽게도 좋은 시간일수록 빠르게 흐르는 법이라, 어느새 남색으로 변해버린 동쪽 하늘에는 벌써 별이 반짝반짝 빛나기 시작했다. 하지만 서쪽 하늘은 아직 부드러운 노을빛을 간직하고 있었다.

항구의 상야등에 불이 켜지고, 방파제 아래에서는 철썩철썩하고 달콤한 물소리가 들려온다.

저녁노을이 조금씩 별빛으로 채워져간다…….

내가 그렇게 생각했을 때, 겐타로가 뜻밖의 말을 꺼냈다.

"좀 이상한 말인지도 모르지만."

"응?"

"예전부터 좀 신경이 쓰였는데."

"……."

"아버지, 이 시골 마을에서 혼자 살면서 심심하지 않으세요?"

"심심하다니…….."

"낮에는 손님들을 상대하시지만, 밤부터 아침까지는 계속 혼자잖아."

"아하하. 뭐야, 갑자기."

나는 당황한 속마음을 들키지 않으려고 일부러 웃으며 그렇게 말했다.

"갑자기는 아니에요."

"응?"

"벌써 10년이 지났으니까."

구체적인 숫자가 나오자 겐타로가 무슨 말을 하려는 것인지 짐작할 수 있었다.

바람 한 점 없이 고요하던 바다에서 불현듯 미지근한 바람이 살랑살랑 불어온다.

아들에게 어떻게 대답하는 것이 옳은지 알 수 없어서 입을 다물고 있으니, 겐타로가 계속 말을 이어갔다.

"솔직히, 생각해본 적 없어요? 재혼 같은 거."

"재혼이라니……너, 쉽게 말하네."

나는 전혀 말이 안 되는 대답을 하고 있는 자신의 모습에 쓴 웃음이 나왔다.

"아버지는 말이에요, 내 아버지답게 아직 꽤 괜찮다고 생각해요."

"뭐라는 거냐?"

"마음에 두고 있는 분이라든가, 없어요?"

"보통 그런 질문은 자식을 걱정하는 부모가 하는 거지."

나는 또 이야기를 얼버무렸다. 겐타로가 진심으로 나를 걱정해준다는 걸 알면서도.

"괜찮잖아요? 아들이 아버지한테 물어봐도."

"그야 뭐, 그렇긴 한데."

"그래서, 있어요?"

궁지에 몰렸다.

"……."

"느낌으로는, 있으시네. 확정이다."

"아직 있다고 말 안 했어."

이 상황에서도 도망칠 구멍을 찾는 나를 보며 겐타로가 푸홋 하고 웃음을 터뜨렸다.

"'아직'이래. 거짓말이 너무 서툴잖아."

"뭐? 미래의 일이니 '아직'이라고 해야지, 그럼 뭐라고 해."

"알았어요, 이제. 이해했으니까."

"야, 전혀 이해 못하고 있잖아."

"자, 자, 그렇게 흥분하지 마시고." 겐타로가 내 말을 덮어씌우듯 말했다. "재혼하신다면 나는 반대하지 않을 테고, 오히려 아버지가 누군가와 함께 살게 되면 더 안심이 될 거예요. 그런 날이 온다면 진심으로 축하드릴 거라는 걸 기억해주세요."

"……."

"그리고 앞으로 그런 일이 생기면 언제든지 나한테 상담해 주시고요."

"상담이라기보다는 보고겠지?"

"보고는 당연하고, 고민이 있으면 상담도 가능하니까요. 뭐, 뎃페이 씨가 보기에는 오십의 아버지는 아직 젊은이니까 망설이는 게 맞을 수도 있겠네."

"이 녀석, 아버지를 놀리고 있어."

"일부러 놀리면서 말씀드리는 건데요."

"뭐?"

"아니, 진지하게 이런 얘기를 하면 아버지가 너무 부끄러워서 바다에 뛰어들 거 아냐?"

아, 역시 내 아들이라 잘 알고 있구나.

하지만 놀림당하는 상태라도 이미 충분히 부끄러운걸.

나는 속으로 그렇게 중얼거리면서 입으로는 다른 말을 내뱉었다.

"알았어. 그런 때가 오면 제대로 말할게."

"오케이. 아들로서는 그런 때가 빨리 오기를 기도하고 있으니까요."

"네네."

1초라도 빨리 이 이야기를 끝내고 싶어서 나는 한숨 섞인 목소리로 대답했다.

"아, 그리고 어머니는." 젠타로가 하늘을 가리키며 말했다. "아마 나보다 아버지를 더 걱정하고 계실 거야. 재혼에 반대할 분도 아니고요."

"……."

"어머니는요, 당신 때문에 아버지가 남은 인생을 외롭게 사신다는 걸 알면 오히려 화내실 타입이잖아요?"

화낼까?

상상해보니 금방 결론이 나왔다.

응, 화낼 거야. 그 사람은.

"알았어. 알았으니까. 네가 하는 말이 다 맞아. 일단 나는 나대로 여러 가지 생각하면서 살아갈 거고, 해야 할 때가 되면 너랑 제대로 상의할게. 그러니까 이제 이 얘기는 이쯤에서 끝내줘."

완전 항복.

"아하하. 알겠습니다."

젠타로는 히힛, 하고 장난스럽게 웃으며 그렇게 말했다.

마침내 안도한 나는 한숨을 내쉬었다.

"한숨 쉬지 마요."

"괜찮잖아, 한숨 쉬어도. 인간은 피곤하면 한숨 정도는 쉬는 거지."

내가 그렇게 말하자 젠타로는 입가에 미소의 여운을 남긴 채 말했다.

"피곤한 김에 하나만 더 물어봐도 돼요?"

"어, 뭔데, 또."

"긴장하지 마세요. 이번엔 우리집 이야기가 아니니까."

"다른 집 이야기야?"

"응."

겐타로는 아직 내가 좋다고 하지도 않았는데 냉큼 이야기하기 시작했다.

"만약에 말이에요."

"응."

"나 때문에 어머니가 돌아가셨다면."

"헐, 결국 우리집 얘기잖아."

무심코 목소리를 높인 나에게 겐타로는 고개를 저으며 말을 이어갔다.

"아, 아니야. 이건 서론이랄까, 본론에 들어가기 전에 만일을 가정해보는 거야."

"그럼, 뭐, 알았어."

"상상하면서 끝까지 들어주세요."

"응."

"만약에, 내 행동이 원인이 되어서 어머니가 돌아가셨다면, 아버지는 나를 마치 폭탄 다루듯이 조심스럽게 대할까?"

도대체 뭐지, 이 엉뚱한 질문은…….

나는 미간을 찌푸리며 그렇게 생각했지만, 어쨌든 가상의 이야기라니 상상력을 동원해보기로 했다.

"글쎄……뭐, 네가 사리분별할 수 있는 나이이고, 스스로 자책하고 있다면 조심스러울 수밖에 없지."

"혹여나 폭탄이 터질까봐?"

"아마 그럴 거야, 아니, 어쩔 수 없이 그렇게 되지 않을까?"

"그래……. 역시 그렇겠지."

겐타로는 혼자서 납득한 듯한 표정을 지으며 자신의 턱을 쓰다듬었다.

"왜 갑자기 그런 뜬금없는 질문을 하는 거야."

"음……사실은 말이야."

겐타로는 본론으로 들어갔다.

어느 서점 여직원의 옛날이야기다.

오랜 옛날, 강에 빠진 그녀를 구하려다가 오빠가 익사했다. 살아남은 소녀를 부모는 물론이고 그 외 주변 사람들도 폭탄 다루듯 조심스럽게 대했다. 결국 그녀는 본가에도 고향에도 있을 수 없게 되어 도시로 도망쳐왔고, 성인이 된 후에도 부모와의 관계가 어색한 채로 계속되고 있다. 그런 이야기였다.

"인생이 무겁겠구나, 그 아가씨."

나는 눈가에 주름을 잡으며 말했다.

"응. 그런 것 같아요. 하지만 말이야, 요즘은 스스로 조금씩 변하려고 노력하고 있대요. 부모님께 전화하는 건 어려워서, 우선은 짧은 메시지를 자주 보내보려고 한다든지."

"그래. 그렇게 하다 보면 마음의 매듭이 조금씩 풀릴지도 모르지."

"응. 나도 그렇게 생각해요. 아버지도 그런 입장이라면 나를 조심스러워할 거라고 말씀하신 것, 그 아이한테 전해줘도 될까?"

"그야, 뭐, 상관없지."

"다행이다. 그럼, 그럴게요."

그렇게 말했을 때 겐타로는 조금 먼 곳을 바라보는 것처럼 보였다. 물론 서점 직원을 생각하는 것이었겠지만.

"음, 혹시."

나는 왠지 모르게 깨달았다.

"뭐?"

겐타로가 고개를 살짝 기울였다.

"그 서점 직원한테 준 거 아니야?"

겐타로가 어렸을 때부터 줄곧 '부적'처럼 달고 다녔던 그 열쇠고리를.

"맞아."

겐타로는 담담하게 고개를 끄덕였다.

"그렇다면, 그 아가씨가 네 여자친구니?"

직설적으로 물었더니, 역시나 잠깐의 공백이 생겼다.

"아직, 아니야."

"아직……이라고 했어, 너."

"아하하. 미래는 아직 모르는 거니까. 하지만."

"하지만?"

이제 더 이상 묻지 않아도 알 수 있다. 그래도 역시 아들 입을 통해 직접 듣고 싶은 것이 부모의 마음이다.

그러나 그 부모의 마음을 외면하는 이가 있었다.

뎃페이 씨가 '없다'라고 단정지었던 물고기다.

"앗, 왔다!"

"응?"

"물고기, 걸렸어."

"오오, 드디어 왔나." 내가 말한 순간, 낚싯대를 쥐고 있던 내 손에도 생명의 약동이 쑥쑥쑥 전해져왔다. "아, 내 낚싯대에도 왔어."

"더블 히트다."

"드디어 물때가 왔구나."

우리는 나란히 20센티 정도의 전갱이를 낚아올렸다.

바닷물을 채운 양동이에 그 물고기를 던져 넣고, 다시 낚싯대를 잡는다.

"아버지, 물때가 뭐예요?"

겐타로가 내 쪽을 보며 물었다.

"아, 물때란 최적의 타이밍, 즉, 물고기가 잘 잡히는 시간대를 말하는 거야."

"흐음. 어, 또 물었다."

젊은 겐타로의 얼굴에 순수한 미소가 터졌다.

때를 만난다는 것…….

인생에도 분명 때는 있을 것이다.

"마구마구 낚아서, 오늘밤엔 전갱이 회랑 튀김으로 건배하자."

"좋아요. 나도 같이 만들게요."

"그래."

아버지와 아들이 부엌에 나란히 서서 함께 요리를 한다.

순수한 행복이 아닌가.

생각해보면 어제 겐타로가 내려온 것도 우리 부자에게는 최고의 타이밍이 아니었을까.

나는 적절한 크기의 전갱이를 낚아올려서 겐타로에게 "어떠냐." 하고 자랑했다.

겐타로도 지지 않고 더 큰 놈을 낚아올렸다.

여름밤의 바닷바람이 불어와 수면이 살랑살랑 흔들린다.

유나기의 시간은 완전히 끝나고, 별이 쏟아지는 밤이 되었다.

어슴푸레하게 비치는 은하수 아래에서, 우리는 아마도 평생의 추억 중 하나가 될 낚시를 즐겼다.

다음날인 화요일은 평소처럼 아침부터 가게를 열었다.

어제가 휴일이어서 그런지, 오전에만 세 명의 예약이 있었다.

젠타로는 실컷 늦잠을 자고 혼자서 바닷가 주변을 산책했던 모양인데, 점심시간 전에는 집에 돌아와 있었다. 나는 가게 안에서 매직미러를 통해 젠타로가 집을 드나드는 모습을 지켜보았다.

오전 일을 모두 마친 것이 12시 반.

나는 가게 문을 잠그고 일단 집으로 돌아왔다.

주방에서 맛있는 소스 냄새가 풍겨왔다. 냄새에 이끌려 부엌을 들여다보니 젠타로가 프라이팬을 휘저으며 야키소바를 만들고 있었다.

"오옷, 점심밥 만들어주는 거야?"

"응. 갑자기 야키소바가 먹고 싶어서, 산책 겸 역 앞 상가에 가서 재료를 사왔지."

"소스 냄새에 내 배가 아우성을 치는군."

"아하하. 이제 다 됐어요."

겐타로가 요리하는 동안, 나는 두 사람 분의 접시를 꺼내고 유리잔에 얼음을 넣고 보리차를 따랐다. 그러자 겐타로가 "좋았어, 다됐다"라고 말하며 접시에 야키소바를 듬뿍 담았다. 둘이서 그것을 거실에 있는 탁자까지 옮겨와서 곧바로 먹기 시작했다.

"양배추랑 소시지도 제대로 넣었네."

"뭐, 나도 혼자 산 지 3년째니까."

"그러면, 나도 3년째가 되네?"

"그렇겠죠."

탁자 구석에 겐타로가 준 《사요나라, 도그마》가 놓여 있다. 그걸 힐끗 본 나는 그다지 내키지 않는 질문을 던졌다.

"그럼, 너, 오늘 올라가는 건가?"

"응."

겐타로는 야키소바를 게걸스럽게 먹으며 대답했다.

"시간은?"

"열차 시간 알아보고 적당히 정할게요."

"그래? 오후에는 예약이 없는 시간대가 좀 있으니까, 역까지 차로 데려다줄까?"

내가 그렇게 말하자 겐타로는 웃었다.

"아하하. 괜찮아요. 짐도 배낭 하나뿐이고, 역까지 걸어서 10분 정도밖에 안 걸리니까."

"글쎄, 그렇긴 한데."

"이승의 이별도 아니고."

이승의 이별이란 단어에, 그만 레미가 떠오르고 말았다.

"너, 요즘 아이들은 잘 안 쓸 것 같은 단어를 쓰네."

"이래뵈도 비교적 독서를 좋아하거든요."

"서점 직원이랑 친해질 정도로?"

가끔은 선수를 치고 싶어서 내가 놀려주자, 겐타로는 입안에 야키소바를 가득 넣은 채로 히죽 웃었다.

이 녀석, 행복한 표정을 짓는구나, 하고 생각했을 때 방충망 너머로 기분 좋은 바닷바람이 불어왔다.

딸랑.

창가의 풍경이 또 한 번 울었다.

오후 영업을 시작한 지 두 시간 정도 지났다.

나는 신규 고객의 머리를 자르고 있었다. 30대 중반쯤 되어 보이는 여성 손님이다. 젊은 손님이 적기 때문에 되도록 재방문으로 이어지길 바라며, 나는 고객의 요구사항을 꼼꼼히 확인하면서 길이와 이미지를 미세하게 조정했다.

댕그랑.

그때 가게 현관문의 도어벨이 울렸다.

예약 없이 찾아온 손님인가 싶어서 돌아보니, 배낭을 멘 겐타로가 서 있다.

"이제 가려고요."

겐타로는 손님이 신경 쓰였는지 조금 낮춘 목소리로 말했다.

"오. 그럴래?" 나는 손님에게 "잠시 실례합니다"라고 말하고 자리를 벗어났다. 그리고 문 앞까지 걸어가 겐타로와 마주섰다.

"조심해서 가."

"네."

고개를 끄덕인 겐타로의 오른손이 살짝 주먹 모양이 되었다.

나도 주먹을 쥐었다.

서로의 가슴을 주먹으로 가볍게 펀치.

겐타로가 "그럼." 하고 발길을 돌린다.

나는 "응." 하고 고개를 끄덕인다.

겐타로는 싱긋 웃으며 가게에서 나갔다.

문이 닫히자, 나는 "죄송합니다. 바로 다시 시작하겠습니다"라고 말하며 손님 뒤로 돌아왔다.

"방금, 아드님이신가요?"

"네. 엊그제 왔다가 지금 돌아가는 길입니다."

"깔끔한 인상에 미남형이네요."

"그런가요?"

손님과 대화를 나누면서도, 내 시선은 매직미러인 커다란 창밖으로 향했다.

겐타로는 여름의 눈부신 햇살을 받으며 해안을 따라 이어지는 길을 성큼성큼 걸어갔다.

"아드님, 인기 많죠?"

"글쎄요, 어떨까요."

나는 시선을 다시 거울로 돌렸다. 손님과 눈이 마주쳤다.

"대학생인가요?"

"네. 미대에 다니고 있어요."

"어머, 대단하네요. 그럼 혹시 저 그림도?"

손님이 벽에 걸린 유화를 보며 말했다.

"맞습니다."

하얀색 나무틀 액자에 담긴 작품의 제목은 〈푸른 수평선〉이다. 이 가게 창문을 통해 보이는 풍경을 모티프로 그린 이 그림은 겐타로 본인이 가장 좋아하는 작품이다.

나는 다시 가위를 움직였다.

싹둑, 싹둑, 싹둑, 싹둑······.

겐타로보다 훨씬 굵고 손상된 머리카락이지만, 정성스럽게, 그리고 자신에게 맞는 리듬으로 다듬어갔다.

"기분 좋은 그림이네요. 계속 봐도 질리지 않을 것 같아요."

"감사합니다. 아들이 들으면 기뻐할 거예요."

"장래에는 화가가 되겠네요?"

나는 그 질문에 망설임 없이 대답했다.

"그건, 저 녀석 마음이 이끄는 대로 하겠지요."

창밖으로 슬쩍 시선을 보냈다.

이제 겐타로의 뒷모습은 보이지 않았다.

오늘은 해질녘에 가게 문을 닫았다.

집으로 돌아온 나는 현관에서 냉장고로 직행하여 캔맥주를 꺼냈다. 거실까지 걸으면서 뚜껑을 따고 캔에 직접 입을 댄 채로 꿀꺽꿀꺽 목을 울렸다.

"크으."

선 채로 소리를 낸다.

공기가 탁하고 후덥지근해서 창문을 활짝 열었다.

땅거미가 진 바다에서는 찰랑찰랑 조용한 파도 소리가 들려온다.

그 파도 소리와 함께 바닷바람이 불어왔다.

딸랑.

멀리서 들리는 파도 소리와 풍경 소리.

두 개의 소리가 오히려 이 방의 고요함을 더욱 두드러지게 한다.

겐타로가 여기 있었던 건 고작 이틀 밤이었다. 그런데도 혼자가 되자마자 이 집 안은 마치 심해의 밑바닥처럼 적막해져버렸다.

"뭐, 일상으로 돌아온 것뿐이잖아……."

혼잣말을 내뱉으며 탁자 앞에 앉았다.

캔맥주를 한 모금 마신다. 시야 구석에 《사요나라, 도그마》가 들어왔다. 그 책에 손을 뻗으려는 순간, 마 소재의 여름용 바지 뒷주머니에서 스마트폰이 진동했다.

나는 맥주 캔을 탁자에 놓고, 대신 주머니에서 스마트폰을 꺼내 화면을 확인했다.

겐타로가 보낸 메시지다.

바로 열어서 본문을 확인했다.

〈지금 무사히 집에 도착했어요. 이틀 밤이었지만 내려가길 잘한 것 같아요. 여러모로 감사합니다. 덕분에 기분이 좀 개운해졌어요. 첨부한 이 미완성 작품, 계속 마음에 안 차서 고민하고 있었는데, 이번 귀성 덕분에 좋은 이미지가 떠올랐어요. 완성되면 사진 보내드릴게요.〉

어디 보자, 하고 나는 첨부된 이미지를 열어보았다.

해질녘 바다를 모티프로 한 유화였다.

하늘은 루비처럼 깊은 붉은색인데, 잔잔한 바다에도 그 붉은색이 녹아 있다. 화면 중앙에서 바다를 향해 곧게 뻗은 하얀 방파제는 어제 함께 낚시했던 다쓰우라 항구를 형상화한 것일까. 자세히 보니 젊은 남녀가 그 방파제 위를 나란히 걷고 있다.

"이미 좋은 그림인 것 같은데."

혼잣말을 중얼거리며 나는 답장을 입력하기 시작했다.

〈이 그림이 어떤 완성작이 될지 기대하고 있을게. 그리고 겐타로한테 받은 책, 이제부터 읽어보려 해. 아르바이트도 좋지만, 건강이 우선이야.〉

여기까지 입력하고 한번 읽어보았다.

여름방학 때 또 내려오라는 한 문장을 추가하는 건, 뭐, 그만두기로 했다.

나는 전송 버튼을 눌렀다.

스마트폰을 탁자 위에 올려놓고 남은 캔맥주를 비웠다.

딸랑, 딸랑.

풍경 소리에 이끌려《사요나라, 도그마》를 집어들었다.

첫 페이지를 펴고 활자 위로 시선을 미끄러뜨린다.

페이지를 넘겨 2페이지, 3페이지를 읽고, 다시 페이지를 넘겼을 때, 나는 예감했다.

이건 뭔가 크게 흔들릴지도 모르겠구나.

그리고 그 예감은 적중했다. 내 의식은 점점 이야기 속으로 빨려들어가 저녁을 먹는 것도 잊은 채 절반 이상을 읽어버렸다.

정신을 차려보니 한밤중이다. 나는 서둘러 냉장고를 뒤져 적당히 배를 채우고, 목욕을 하고, 잠자리에 들었다.

다음 날.

하루 일과를 마치고 집으로 돌아온 나는 어젯밤을 반성하며 우선 맥주를 마시고, 제대로 저녁을 먹고, 목욕을 하고, 양치질을 하고, 이불 속으로 들어가《사요나라, 도그마》를 읽기 시작했다. 시각은 아직 8시가 조금 넘었다.

눈물샘이 약한 나는 어젯밤에도 읽으면서 울었는데, 오늘은 그 두 배의 눈물을 흘렸다. 주인공의 행동과 대사, 행간에서 향기가 피어오르는 듯한 분위기와 감정이 생생하게 전달되어 가슴속 깊은 곳까지 파고든다.

막바지에 이르러서는 작가가 이야기에 담은 수많은 메시지의 총알이 기관총처럼 연사되었다. 그 모든 것이 내 가슴에 명중했다. 처음에는 통증을 동반한 그 총알이 시간이 지날수록 '온기'로 변해가면서 서서히 내 마음속에 녹아내렸다.

아, 큰일이네, 이러면…….

나는 참을 수 없는 기분이 들어 일단 책을 덮었다.

그리고 이불 속에 누운 채로 중얼거렸다.

"그 녀석, 참……."

나는 내 뺨이 느슨해져 있다는 걸 알아차렸다.

눈가에서 물방울이 흘러내려 귀에 닿아 간지러웠다.

겐타로가 준 이 책의 본질은 너무나 거대해서 단순한 말로는 표현할 수 없는 것이었다. 하지만 그 핵심을 관통하는 관념은 분명 이런 것이라 생각한다.

떨어져 있어도, 마음은 함께 있어.

적어도 지금 나의 내면은 그런 생각으로 가득 차 있다.

문득 저자인 스즈모토 마사미가 TV에서 인터뷰하던 모습이 떠올랐다. 겉모습은 소설가라기보다는 약간 멋쟁이 술집 주인 같은 느낌의 중년 남자였다. 말투도 퉁명스러운 데가 있어서, 어딘지 모르게 세상과 담을 쌓은 듯한 분위기를 풍겼던 것 같기도 하다.

여러 가지가 있었겠지, 저 소설가에게도…….

그렇지 않다면 이런 소설을 쓸 수 없었을 것이다.

마음대로 그렇게 확신하며, 나는 다시 한번 페이지를 펼쳤다.

그 이후의 이야기는 마치 롤러코스터 같았다. 기세가 너무 강해서 도중에 멈출 수 있을 리도 없었다. 나는 마지막 한 줄까지 숨 쉬는 것도 잊은 듯 몰입해서 읽었다.

다 읽고 살며시 책장을 덮었을 때, 나는 깊은 만족감의 바다에 떠 있는 듯한 신비로운 부유감을 맛보았다.

그 감각을 더욱 실감나게 느끼고 싶어서 눈을 감고 후우, 하고 한숨을 내쉬었다. 그러자 어찌된 일인지 겐타로의 목소리가 내 가슴 얕은 곳에서 울렸다.

그런 날이 온다면 진심으로 축하드릴 거라는 걸 기억해주세요.

아들에게 축복받는 날…….
감고 있던 눈을 떴다.
익숙한 천장이 눈에 들어온다.
"올까? 나에게도, 그런 날이."
나는 또 혼잣말을 하고 있었다.
겐타로가 돌아간 후, 확실히 그 횟수가 늘었다.
그리고 지금, 혼잣말을 단번에 줄일 수 있는 단 하나의 방법이 떠올랐다.
안 되더라도, 한번 해볼까…….
나는《사요나라, 도그마》에 등을 떠밀려 스마트폰을 집어들었다.
주소록 앱을 열었다.
그리고 바람 없는 해질 무렵의 잔잔한 바다 같은 사람의 얼굴을 떠올리고……, 그 사람의 '이름'을 찾았다.

이 마을의 구석진 곳에 작은 명소가 한 군데 있다.

작은 곶이 통째로 전망대가 된, 마을에서 운영하는 전망녹지공원이다.

나와 유나기 씨는 지금 그녀의 반려견인 골든리트리버 '카린짱'을 가운데 두고 그 공원의 벤치에 앉아 있다.

아래로는 남색 셀로판지 같은 여름 바다가 파노라마처럼 펼쳐져 있고, 뒤쪽 잔디 광장에서는 바닷바람이 불어오고 있다. 울창한 활엽수들이 파라솔처럼 가지와 잎을 뻗어주어서, 우리는 시원한 나무 그늘 속에 있다.

오늘은 월요일이라 미용실은 쉬는 날이다. 유나기 씨는 일부러 파트타임 휴무일을 조정하여 내 초대에 응해주었다.

사실은 《사요나라, 도그마》를 다 읽은 그날 밤, 나는 용기를 내어 유나기 씨에게 메시지를 보냈다. 예전에 커트하러 방문했을 때 '추천할 만한 책이 있으면 빌려드리겠다'고 약속했던 것이다. 《사요나라, 도그마》를 읽은 지금이야말로 그 약속을 지킬 때라고 나는 생각했다. 아니, 뭐, 그걸 핑계로 데이트 신청을 한 것이지만. 유나기 씨는 흔쾌히 승낙해주었다. 게다가 반려견을 데리고 가기 위해 강아지용 케이지가 달린 그녀의 차로 나를 픽업하러 오겠다고 했다. 물론 나는 그 제안을 고맙게 받아들였다.

오늘 점심 후 가게 앞에서 만났고, 유나기 씨가 좋아하는 전망녹지공원에 도착했다.

솔직히 말하면, 이것이 과연 '데이트'인지 아닌지는 잘 모르겠다. 하지만 설령 그렇지 않다 해도 '이야기의 시작'으로는 나쁘지 않은 것 같기도 하다.

오늘은 아침부터 바람이 조금 불었다. 그 때문에 바다가 거칠어서 지금도 절벽 아래에서 쏴아아 쏴아아 하고 파도가 바위에 부딪혀 부서지는 소리가 울린다.

유나기 씨는 하얀 리본이 달린 밀짚모자가 바람에 날아가지 않도록 때때로 챙을 잡으며, 빈 손으로 카린짱을 쓰다듬고 있다.

"카린이라는 이름은 어떻게 짓게 되셨나요?"

나는 행복한 듯 개를 쓰다듬는 유나기 씨의 옆얼굴을 보며 물었다.

그때 유나기 씨는 먼 수평선 부근을 바라보며 이야기를 시작했다.

"이 아이가 암컷이라서 꽃 이름을 지어주고 싶었어요. 이것저것 생각하다가, '풍요롭고 아름답다'든가 '가능성이 있다'라는 꽃말을 가진 '카린(花梨)'이 좋을 것 같다고 생각했죠."

유나기 씨는 행복해 보이는 표정으로 눈을 가늘게 뜨고 웃으며, 이름을 지은 이유를 들려주었다.

"그렇구나. 너는 좋은 이름을 선물받았네."

나도 카린의 머리를 쓰다듬었다. 그러자 카린은 엎드린 자세 그대로 꼬리를 살랑살랑 흔들며, 입꼬리를 올리고 웃어주었다.

"여기는 카린쨩이랑 자주 오시나요?"

"한동안은 안 왔어요."

"아, 그렇군요."

"자주 왔던 건, 이 아이를 만나기 몇 년 전이었나······."

유나기 씨의 목소리가 살짝 무거워진 것 같다.

"그럼, 혼자서요?"

"네."

도대체 혼자서 무엇을 하러······?

라고 묻고 싶은 걸 억누르는데, 유나기 씨가 먼저 이야기를 시작해주었다.

"사실은 9년 전에 남편이 교통사고로 뇌를 다쳐서 병상에 누워만 있게 됐어요."

"······."

뜻밖의 이야기에 나는 아무 말도 할 수 없었지만, 유나기 씨는 달랐다. 오히려 후련한 듯한 표정으로 담담히 이야기를 시작했다.

"그때부터 소위 말하는 간병 생활이 시작됐죠······. 처음에는 저 나름대로 열심히 하려고 했어요. 하지만 남편은 감정을 완전히 잃어버린 상태였기 때문에 뭘 해줘도 전혀 반응이 없고······."

"정말······."

힘드시겠어요, 라고 말하려다가 입을 다물었다. 경솔한 말은 어울리지 않는다고 생각했기 때문이다.

"그러던 어느 날, 문득 이런 생각이 들었어요. 뭔가, 이 사람, 따뜻한 인형 같다고······."

"······."

"한번 그렇게 생각하니까, 다음 날도, 그다음 날도, 같은 생각이 들더라고요. 점점 간병하기가 힘들어지기 시작했죠. 정신을 차렸을 때는 이미, 나의 이쪽까지 망가지고 있었어요."

이쪽이라고 말하면서, 유나기 씨는 자신의 가슴을 움켜쥐었다.

나는 그저 작게 고개를 끄덕이며, 이야기를 계속하도록 했다.

"그래서 가끔, 전망 좋은 이 공원의 이 벤치에 혼자 앉아서······. 그렇지, 카린짱?"

유나기 씨는 카린의 등을 부드럽게 쓰다듬었다. 그 옆얼굴에 희미한 미소가 떠올랐다. 하지만 그 미소가 오히려 아프게도 보였다.

"뭔가, 죄송합니다. 무거운 이야기를 하시게 해서."

"어? 아니에요. 전혀 그렇지 않아요."

"가게에 오셨을 때도 그런 이야기는 안 하셨는데."

"아, 그건 제가 그렇게 하고 싶었어요."

"네?"

"모처럼 머리를 예쁘게 해주시는 날인데, 어두운 이야기는 하고 싶지 않잖아요."

아, 그런 거였구나.

납득한 나를 향해 유나기 씨는 계속 말을 이었다.

"게다가 이제는 자유니까요."

"자유?"

"남편은 작년에 뇌졸중으로 세상을 떠났습니다."

"아, 그건, 뭐라고 말씀을 드려야······."

내가 위로의 말을 전하기도 전에 유나기 씨는 애매한 미소를 지으며 고개를 저었다.

"저는 말이죠."

"네."

"그때를 기점으로 새로 시작해야겠다고 생각했어요."

"새로 시작이요?"

"네. 떨어져 살고 있는 딸이 말해줬어요. 엄마도 이제 자신의 인생을 살라고."

내 머릿속에 겐타로의 얼굴이 스쳐지나갔다.

유나기 씨는 더 이어갔다.

"그래서 심기일전으로 뭘 할까 생각하다가, 우선 머리를 자르고 기분전환을 해보자고 생각했어요. 어차피 새출발하자고 마음먹었으니 항상 다니던 미용실이 아니라 어딘가 새로운 곳, 멋진 곳에서 머리를 자르자고 생각한 것이 작년이었어요."

"어……그러면?"

"네."

유나기 씨가 카린의 등에서 시선을 떼고 나를 바라보았다. 포근하고 투명한 '유나기'다운 미소가 눈앞에서 피어나고 있었다.

"그게 우리 가게였다는……."

"맞아요. 사실은 그랬어요."

나는 나도 모르게 '후우' 하고 긴 숨을 내쉬었다.

유나기 씨에게도 여러 가지가 있었던 것이다. 여러 가지 일을 겪었기에 지금의 유나기 씨가 되어 내 가게에 왔고…….

"아, 참. 저한테 빌려주신다는 책은요?"

갑자기 유나기 씨가 화제를 바꾸는 바람에 나는 한순간 멍한 얼굴로 유나기 씨를 바라보고 말았다.

"어, 책 빌려주시는 거죠?"

유나기 씨가 의아한 표정으로 되물었다.

"아아, 맞아요. 죄송합니다." 애초에 오늘은 그 때문에 나를 만나준 거였다. 나는 당황하며 대답했다. "으음, 지금 드리면 무거우니까 책은 마지막에 드리도록 하겠습니다."

"……."

"참고로 제목은《사요나라, 도그마》라고 하는데요."

내가 말하는 도중에 유나기 씨가 끼어든 건 처음이었다.

"어? 사요나라, 도그마?"

나도 무심코 "어?" 하고 똑같은 말을 내뱉었다.

"그 책, 저……."

"아, 이미 가지고 계신다든가?"

"네. 사실은."

살짝 어깨를 으쓱하는 유나기 씨는 왠지 모르게 흐뭇한 미소를 짓고 있는 것처럼도 보였다.

"우와아……, 그럼 당연히 읽으셨겠네요?"

어깨를 축 늘어뜨리며 내가 말하자, 유나기 씨는 "네." 하면서 오히려 가볍게 고개를 끄덕였다.

"저는 출간됐을 때 한번 읽고, 그 책 덕분에 외로움이 한결 가벼워진 것 같아서, 그 후에도 다시 꺼내서 조금씩 읽다 보니 벌써 세 번인가 네 번 정도……."

"그렇게나? 아, 미리 전화로 제목을 알려드렸어야 했는데. 이미 읽으셨을 가능성이 있다는 건 전혀 생각도 못했네요."

나는 내 어리석음에 살짝 부끄러워하며 무의식중에 뒤통수를 긁적였다. 그리고 깨달아버렸다. 오늘은 더 이상 유나기 씨가 나와 함께 있을 이유가 없어졌다는 것을.

하지만 유나기 씨는 달랐다.

오히려 표정에 생기가 돌기 시작했다.

"아뇨 아뇨. 저는 좋아요. 그 책을 선택해주셔서 오히려 기쁘거든요."

"네?"

기쁘다니, 무슨 뜻일까?

나는 유나기 씨의 얼굴을 보았다. 유나기 씨는 눈을 가늘게 뜨고 웃고 있었다. 그건 손님들이 거울로 뒷모습을 확인하고 진심으로 만족했을 때 보여주는 그 순간의 미소를 닮아 있었다.

"사실은 저와 제 딸이 스즈모토 마사미 선생님의 팬이에요."

그 말을 들었을 때, 퍼뜩 떠오르는 생각이 있었다.

"혹시 《사요나라, 도그마》는 따님이 선물해주신 건가요?"

"와, 대단해요. 정답입니다. 그 책은 딸이 선물해줬어요."

유나기 씨의 눈이 더욱 가늘어지고, 그만큼 특유의 부드러운 투명감이 더해지는 것 같았다.

"사실은 저도 마찬가지예요. 떨어져 사는 아들이 선물해줬거든요."

"그랬군요. 멋진 아드님이시네요."

우연히 두 권이 생겨서 남은 한 권을 줬다는 이야기는 지금은 전하지 않기로 했다.

"아닙니다. 얼마 전에 저자이신 스즈모토 마사미 씨가 TV 인터뷰 프로그램에 출연했는데요."

"네. 맞아요. 저도 봤어요."

"아, 역시 팬이시군요."

유나기 씨는 후후, 하고 소녀처럼 웃더니 프로그램 내용을 말했다.

"스즈모토 선생님은 소설가이면서 에디터스쿨의 인기 강사로도 활동하시는데, 지금은 떨어져 사는 어린 딸과 한 달에 한 번 하는 데이트가 가장 즐겁다고……."

"맞아요. 그런 내용이었어요."

"떨어져 사는 자녀라니, 뭔가 우리랑 비슷해서 조금은 공감이 가네요."

"그러게요. 그런데 스즈모토 선생님 따님은 이혼한 전 부인과 같이 살고 있나 보더라고요."

"맞아요. 친권을 받지 못했다고 했어요."

"네."

"하지만 지금도 딸과 사이좋게 데이트를 하고 있다면서 무척 기쁜 듯이 말씀하셨잖아요."

"그러셨죠."

나는 고개를 끄덕였다.

유나기 씨는 상상한 것 이상으로 스즈모토 마사미에게 빠져 있는 것 같았다.

"떨어져 있어도, 역시 부모가 자식을 생각하는 마음은 변하지 않으니까요."

카린을 쓰다듬으며 유나기 씨가 담담하게 말했다.

"맞아요. 오히려 떨어져 있으면 더 신경이 쓰이고……. 성인이 된 아들이라도 걱정되는걸요."

"부모라면 아마도 죽을 때까지 걱정이 끊이지 않을 거예요."

"죽을 때까지라……. 너무 길다……."

나는 유나기 씨의 얼굴을 보면서 나도 모르게 피식 웃고 말았다.

그리고 나와 유나기 씨는 제목이기도 한 '도그마'의 의미와 깊이에 대해 진지하게 이야기를 나눴다. 신기하게도 그 '이야기'는 서로의 삶의 깊은 부분을 공유하는 것으로 연결되었다.

조금씩 유나기 씨의 인품이 윤곽을 드러내면서 퍼즐 조각이 딱딱 맞아들어갈 때와 비슷한 쾌감을 나에게 주었다. 알면 알수록 유나기 씨는 내가 그리던 그대로의 '유나기 씨'였다. 그 사실이 순수하게 기뻤고, 나는 안도감마저 느끼게 되었다.

이따금 약간 강한 바닷바람이 불어와 머리 위의 나뭇잎이 소리를 냈다.

저 멀리에는 하늘과 바다를 선명하게 가르는 파란 수평선이 뻗어 있다.

나와 유나기 씨 사이에는 평온하게 웃는 강아지가 있고, 우리는 그 개를 쓰다듬으며 좋아하는 소설과 인생에 대해 깊이 파고들어갔다.

어쩌면 겐타로가 선물해준 것은 책이라기보다는 오히려 이 시간이 아닐까…….

멍하니 그런 생각을 하면서 바다 위에 펼쳐진 여름다운 푸른 하늘을 바라보았다.

안녕, 레미. 만약 싫다면 그런 신호를 보내도 괜찮아. 하지만 반대로 등을 떠밀어주고 싶다면 사인을 보내줄래?

내가 그런 생각을 하는 동안에도 유나기 씨는 차분하고 기쁜 듯한 말투로 《사요나라, 도그마》에 대해 이야기했다. 그리고 나도 그 이야기에 귀를 기울였다.

"참, 이 소설, 내용도 물론 좋지만 표지 디자인도 좋다고 아들이 말하더라고요."

"아, 맞아요. 강렬한 터치의 그림인데도 보면 볼수록 부드러운 인상이 느껴졌어요."

유나기 씨의 말이 정확하다고 생각하며 나는 깊이 고개를 끄덕였다.

어쩌면 겐타로는 질투할지도 모르지만, 그 표지 그림은 훌륭하다고밖에 말할 수 없었다. 화면 가득 파란 바다와 하얀 모래사장이 펼쳐지고, 역광 속에서 손을 잡은 남녀가 실루엣으로 그려져 있다. 그러나 해변을 비추는 것은 태양이 아니라, 자세히 보면 반짝반짝 노랗게 빛나는 아날로그 시계였다. 그림 속의 남녀는 어딘가 쓸쓸해 보이면서도 당당하고 아름다운 모습으로 그 시계를 올려다보고 있다.

"표지 속의 남녀는 아마도 눈부신 미래를 필사적으로 살아가려 하는 주인공들이 아닐까요?"

내가 의견을 말하자 유나기 씨는 약간 놀란 듯한 얼굴을 했다. 그리고 "거의 정답이에요"라고 단언했다.

나는 그 말투가 묘하게 재미있어서 살짝 웃음을 터뜨렸다.

"어, 왜 웃으시는 거예요?"

"유……아니, 도모요 씨, 이렇게 텐션이 높은 분인 줄 몰랐어요."

나는 하마터면 내 마음속의 별명인 '유나기 씨'라고 부를 뻔했다.

"이상한가요?"

"아뇨, 아니에요. 하지만 정말 좋아하신다는 게 전해졌어요."

"후후후."

유나기 씨, 그러니까 도모요 씨가 웃었다.

아아, 원래는 이렇게 웃는 사람이었구나…….

나는 새삼 이 사람이 자아내는 분위기에서 '유나기'를 느끼고 말았다.

그 책 속에서 주인공 마이가 이런 말을 한다.

"과거를 소중히 하는 것도 중요하지만, 현재와 미래를 소중히 여기지 않으면 언젠가 그 과거까지 부정하게 될 거야."

나에게도 도모요 씨에게도 과거가 있다.

인생, 여러 가지, 그런 과거다.

그리고 우리의 자녀들이 그 과거로부터 우리를 해방시키려 하고 있다. 그래서 《사요나라, 도그마》를 선물해준 것이다.

그때, 문득 벤치에 앉아 있는 우리 앞으로 엄마와 어린 아들이 지나갔다. 소년은 아직 유치원에 들어갈까 말까 하는 나이로 보였다.

무심코 눈을 가늘게 뜨고 웃으며 두 사람을 보고 있는데, 소년이 비스듬히 위쪽 하늘을 가리키며 '앗' 하고 귀여운 소리를 냈다.

"응? 왜 그래?"

엄마가 아이의 손가락이 가리키는 방향을 올려다보더니 '아아' 하고 환하게 미소 지었다.

뭐지?

나도 덩달아 소년이 가리키는 푸른 하늘을 보았다.

도모요 씨도 내 옆에서 같은 자세를 취했다.

작은 소년의 작은 손가락 끝에는 희미하게 하얀 대낮의 달이 떠 있었다.

"달이네요."

내가 말했다.

"네. 달이네요."

도모요 씨가 엷은 미소를 지으며 고개를 끄덕였다.

눈앞에 있던 두 사람이 떠나간다.

"우리 아이들도 보고 있을까요?"

그 말이 내 안의 수평선을 크게 넓혀주는 것 같았다.

하늘은 이어져 있으니까.

"보고 있다면 좋겠네요."

"네."

이 사람과 함께라면……, 앞으로도 계속 같은 달을 바라볼 수 있을지도 모른다.

혼자 마음대로 그런 생각을 하면서 마음이 찡했는데, 도모요 씨가 뭔가를 떠올린 듯 말을 꺼냈다.

"지난번에 머리 자를 때, 제가 '여러 가지 일이 있은 후로 30주년'이라고 했던 거 기억하세요?"

"아, 네. 물론 기억합니다."

"실은 결혼한 지 딱 30년이 된 기념일이었어요."

"아아, 그런 거였군요."

"네."

"저기……."

이미 돌아가신 남편과의 기념일에 '축하합니다'는 아니잖아? 그런 생각을 하고 있는데 도모요 씨가 먼저 입을 열었다.

"그날은 제 인생의 큰 전환점이라고 생각했거든요."

"전환점, 이요?"

"네." 도모요 씨는 잔잔한 미소를 띤 채 힘차게 고개를 끄덕였다. "이제 걸어나가야겠다 싶어서요. 이젠 정말, 확실히 앞으로."

"아아, 그래서 그날 머리를."

"단번에 15센티 이상 싹둑 잘라주셨죠."

짧아진 자신의 머리카락을 검지와 중지로 집듯이 하며 도모요 씨가 방긋 웃었다.

그 미소를 보고 있다가 나는 무심코 입을 열었다.

"저기……."

"네?"

카린을 쓰다듬으려던 도모요 씨가 고개를 들어 나를 보았다.

"저도 꼭 10년이 되었어요."

"에?"

"아내를 잃고, 10년이에요."

"……."

"게다가 이제는 걸어나가라는 말을 들었어요."

"으음, 누구한테?"

"책을 준 아들, 에게요."

도모요 씨의 얼굴에 투명한 미소가 번졌다. 그리고 그 미소를 유지한 채 얌전히 엎드려 있는 카린을 내려다보았다.

"뭔가, 신기하네. 우리집이랑 똑같네."

도모요 씨는 카린에게 그렇게 말하고, 한동안 부드럽게 반려견의 등을 쓰다듬어주었다.

―――・‿

우리는 바닷바람을 맞으면서 공원을 느긋하게 가로질러 도모요 씨의 차가 세워져 있는 주차장으로 돌아왔다.

어쩐지 두 시간 가까이나 곶의 공원 벤치에서 이야기를 나눈 모양이다.

도모요 씨는 차 짐칸에 있는 케이지에 카린을 넣고 운전석에 앉았다. 나는 조수석에 앉았다.

정면의 창 너머로 푸른 수평선이 보인다.

이 곳은 어디에 있어도 바다가 보이는 게 좋다.

도모요 씨가 "덥네요"라고 말하며 시동을 걸었다. 에어컨이 '우웅' 하는 바람 소리를 내며 움직이기 시작한다. 일단 그늘에 차를 세웠지만, 그래도 한여름이라 차 안의 온도는 높아져 있었다.

"아, 맞다."

도모요 씨가 나를 보고 말했다.

"네?"

"지금 잠깐 《사요나라, 도그마》 좀 보여주시겠어요?"

"네? 그거야 물론 괜찮지만……."

나는 의아하게 생각하면서도 무릎 위에 들고 있던 숄더백의 지퍼를 열고 안에서 소프트커버 책을 꺼냈다. 그리고 도모요 씨에게 내밀었다.

"감사합니다."

그렇게 말하며 책을 받아든 도모요 씨는 뒤표지부터 책장을 넘기더니 펼친 페이지를 내게 보여주었다.

"자, 여기요."

도모요 씨가 펼친 것은 이른바 '판권면'이라고 불리는 페이지였다. 책의 발행 연월일과 발행인, 출판사, 저자 이름, 참여한 스태프 이름 등이 적혀 있는 페이지다.

나는 가리킨 페이지를 자세히 들여다보았다.

우선 저자인 스즈모토 마사미라는 이름이 눈에 들어왔다.

이어서 '북디자인/아오야마 데쓰야·아오야마 시노부'라는 이름을 읽었다.

"한 권의 책을 두 사람이 함께 디자인하는 경우도 있나 보네요?"

나는 궁금한 점을 물어보았다.

그러자 도모요 씨가 고개를 끄덕였다.

"이 두 분은 부부라고 해요."

"호오. 뭔가, 좋네요, 그런 거."

도모요 씨는 여전히 판권 페이지를 펼친 채 나를 바라보았다. 나는 판권면에 무언가 중요한 사실이 있을 거라 확신하며 다시금 글자를 눈으로 좇아갔다.

그리고…….

"앗, 어?"

짧게 소리를 내고 도모요 씨의 얼굴을 보았다.

"눈치채셨나요?"

"저기, 편집자, 쓰야마 나오 씨라고."

설마 하고 생각했는데 도모요 씨가 환하게 웃으며 고개를 끄덕였다.

"네. 제 딸이에요."

"에에에엣!"

나는 일할 때는 항상 '도모요 씨'라고 불렀고, 그 외에는 마음속으로 '유나기 씨'라고 불렀다. 그래서 '쓰야마'라는 성을 떠올리는 데 시간이 걸렸던 것이다.

"거짓말!"

나도 모르게 말이 편하게 나왔다.

"실은 우리 딸이 스즈모토 마사미 선생님의 담당 편집자예요."

"그런……기적 같은 이야기가……."

그렇게 말한 직후, 나는 퍼뜩 놀랐다.

아니, 기적이 아니야.

이건…….

나는 무심코 정면 유리창 너머의 풍경으로 시선을 보냈다.

"바다에 뭐가 보이시나요?"

갑자기 앞을 바라본 내 행동이 이상했는지 도모요 씨가 의아한 표정으로 물었다.

"아, 아뇨, 그냥."

나는 천천히 한 번 심호흡을 했다.

그리고 마음속으로 중얼거렸다.

레미, 이거, 사인이지?

다음 날 밤.

하루 일과를 마친 나는 혼자 거실에서 캔맥주를 마시고 있었다.

방충망 너머로 방울벌레들의 아름다운 소리가 들려온다.

바람이 없어서인지 약간 후덥지근하다.

"에어컨이라도 틀까……."

나는 또다시 혼잣말을 내뱉는 자신을 발견하고 쓴웃음을 지었다.

탁자 위에는 도모요 씨에게 빌려주지 못한 《사요나라, 도그마》가 덩그러니 놓여 있다.

그것을 바라보며 나는 어제의 데이트(같은 것?)를 떠올려보았다.

전망녹지공원 주차장에서 레미의 사인을 알아차린 후, 우리는 해변도로를 따라 조금 달려 인근 다쓰우라 해수욕장으로 가서 한가로이 맨발로 해변을 거닐었다.

그 후 작은 곶의 절벽 위에 있는 카페까지 차를 몰고 가서 맛있는 아이스커피를 마시고, 주인 할머니가 추천하는 바나나 아이스크림을 먹은 후 더 달려서 하얀 등대까지 올라갔다. 난간에 기대어 푸른 수평선을 바라보던 우리는 강한 바닷바람 속에서 서로의 어깨가 닿을 듯한 거리감을 느끼며 대화를 나누었다.

도모요 씨의 머리카락은 항상 그림 같은 아름다움으로 바닷바람에 흩날렸다.

"왜 그렇게 보세요?"

도모요 씨의 갑작스러운 물음에 나는 화들짝 놀랐다.

아무리 그래도 옆모습에 반했다고, 직설적으로 말할 수 있을 만큼 젊지는 않다. 그래서 나는 약간의 '의미'를 담은 슬로 커브를 던져보았다.

"아뇨, 만약 제가 아들처럼 그림을 잘 그렸다면 단발머리의 도모요 씨 옆모습을 그리고 싶었을 거예요."

그러나 도모요 씨의 반응은 시큰둥했다.

내가 던진 공을 받기는커녕 오히려 휙 피한 것 같다고 할까, 무시한 것 같다고 할까…….

헛된 희망이었을까?

내 착각이었을까?

좀처럼 판단할 수 없었던 나는 등대에서 내려온 뒤에도 은근슬쩍 나만의 어휘를 구사하며 둘 사이의 거리감을 가늠해보았다.

그래도……, 결국은 반응이라고 할 만한 것을 느끼지 못한 채 그날의 데이트(같은 것?)를 마무리했다.

나는 손에 들고 있던 캔맥주를 바라보며,

"하아……."

하고 가슴속의 답답함을 한숨으로 바꾸어 내뱉었다.

탁자 위의 《사요나라, 도그마》가 왠지 작아 보인다.

밀었다가 당기고, 당겼다가 미는.

파도 같은 밀고 당기기.

그런 기술은 이미 오래전에 녹슬어버렸는지도 모른다.

뭐, 인생이란 게 그리 쉽게 풀리지는 않지…….

마음속으로 중얼거리며 맥주를 한 모금 들이켰을 때, 문득 《사요나라, 도그마》의 한 구절을 읊조리던 도모요 씨의 목소리가 머릿속에서 재생되었다.

내 인생은 비를 피하는 곳이 아니야. 폭우 속으로 뛰어들어 흠뻑 젖는 것을 즐기면서 마음껏 노는 곳이야. 너도 사실은 그러고 싶은 거잖아?

"그러고 싶어."
일부러 소리 내어 작게 한숨지었다.
그 순간······.
캔맥주 옆에 놓여 있던 스마트폰이 진동했다.
손에 들고 화면을 보니 겐타로에게 온 메시지였다.
"오, 웬일이냐······."
또 혼잣말을 하면서 본문을 열어보았다.
그러자 거기에는 현재의 나를 탄식하게 만드는 내용이 입력되어 있었다.
〈보고합니다.
오늘 여자친구가 생겼어요.
지난번 낚시할 때 얘기했던 그녀입니다.
조만간 그쪽으로 데려갈지도 몰라요.

여자친구가 드디어 취직이 결정돼서 마음이 편해지니, 바다가 보고 싶대요.

그러니까 그때는 잘 부탁드립니다.〉

메시지에는 사진 한 장이 첨부되어 있었다.

사진 속에는 남자의 손과 여자의 손이 찍혀 있고, 각각의 손바닥에 레미가 만든 열쇠고리가 놓여 있다.

나는 그 사진을 열어둔 채로 스마트폰을 탁자 위에 다시 올려놓았다.

남은 캔맥주를 단숨에 들이켰다.

빈 캔을 탁자 위에 놓았을 때, 방충망 너머로 부드러운 바닷바람이 살랑살랑 불어왔다.

딸랑.

레미가 좋아하던 풍경이 울렸다.

오늘 밤은 바다 소리가 별로 들리지 않는다. 아마 잔잔할 것이다.

나는《사요나라, 도그마》를 보았다.

딸랑.

다시 풍경이 울린다.

탁자에 놓았던 스마트폰을 다시 집어들었다.

화면에 아들의 전화번호를 띄우고 통화 버튼을 누른다.

"여보세요."

겐타로의 목소리에는 웃음이 섞여 있는 것 같았다.
"어. 여자친구 생겼다고?"
"응."
"그렇구나, 좋겠네."
내가 당연한 말을 하자 겐타로가 피식 웃었다.
"왜 그러세요, 갑자기."
"응?"
"뭔가, 이상한데요?"
"그래?"
말하지 않아도 알고 있다.
나는, 지금, 이상하다, 아마도.
딸랑.
"아, 풍경 소리 들렸어."
겐타로가 말했다.
나는 그 풍경을 바라보며 입을 열었다.
"저기, 너한테 물어보고 싶은 게 있는데."
"물어보고 싶은 거요?"
"음, 그게 말이지."
여기서 나는 크게 숨을 들이마시고, 단숨에 말해야 했다.
"여자는 어떻게 꼬셔야 되나?"
1초, 2초, 3초…….

잠시 침묵이 흐른 후, 겐타로가 "좋네"라고 말했다.

"응?"

"아버지, 그 책 읽었죠?"

나는 《사요나라, 도그마》를 보았다.

"읽었지. 그나저나, 너 지금, 히죽히죽 웃고 있지?"

"그야, 당연히 웃고 있죠."

"야야."

나는 지금 진지하게 묻고 있는 거야, 라고 투덜거리기 전에 겐타로가 말했다.

"기뻐서 그래요."

"응?"

"나, 찐으로 응원할게."

"찐이라니, 너……."

딸랑.

"아, 이것 봐, 또 풍경 소리 들렸죠?"

내가 묵묵히 있자 겐타로가 계속 말을 이었다.

"드디어 움직이기 시작하네요."

"응?"

"우리들의 시간이."

우리들의, 시간…….

그리고 나는 잠시 동안 그 말의 의미를 되새겼다.

밤바다의 부드러운 바람이 불어와 풍경이 속삭인다.

딸랑, 딸랑.

나는 천천히 시선을 내려 탁자 위를 보았다.

도모요 씨의 따님이 편집했다는, 무척 아름다운 책과 눈이 마주쳤다.

이유는 모르겠다. 하지만 나는 지금, 아주 자연스럽게 미소 짓고 있다.

"겐타로."

"응?"

나는 눈에 보이지 않는 주먹으로 아들의 가슴을 톡 쳤다.

"응원, 찐으로 부탁한다."

"아하하. 오케이."

가장 의지할 만한 동지의 목소리.

크게 성장해준 주먹이 지금 내 가슴에도 확실히 닿은 것 같다.

역자 후기
다섯 가지 기적이 전하는 위로

　모리사와 아키오의 《책이 이어준 다섯 가지 기적》은 다섯 인물의 삶이 교차하고 변화하는 과정을 정교하게 빚어낸 작품이다. 이야기의 중심에 《사요나라, 도그마》라는 책이 있는데, 이 소설 속 소설은 단순한 이야기 그 이상의 의미를 지닌다. 등장인물들의 닫힌 마음을 열어주는 열쇠이자 아픈 마음을 감싸 안는 포근한 담요가 되어, 다섯 주인공의 삶을 조금씩 엮어나간다.

　첫 번째 주인공은 편집자 쓰야마 나오다. 과거에 스즈모토라는 작가의 데뷔작을 읽고 위로받은 경험이 있는 그녀가 이제는 동일한 저자의 신작을 세상에 내놓으려 분투한다. 작가의 침묵이 길어지고 주변 압박이 심해지는 와중에도, 그녀는 작가를 믿고 기다린다. 후배는 승승장구하는데 자신만 제자리걸음인 것 같은 불안 속에서도 그녀는 작가를, 그리고 자신을 믿기로 한다.

두 번째 주인공은 작가 스즈모토 마사미다. 데뷔작의 성공 이후 작가로서의 자신감을 잃어버린 그가 딸 마이를 위해 새로운 소설을 쓰기 시작한다. 생계는 위태롭고 자존감은 무너져가지만, 사랑하는 딸을 위해, 잃어버린 자신을 찾기 위해 그의 펜이 다시 움직이기 시작한다.

세 번째는 북디자이너 아오야마 데쓰야다. 시한부 선고를 받은 그가 아내와 함께 마지막 작품을 디자인하며 삶의 의미를 되새긴다. 죽음 앞에서도 아름다움을 추구하는 그의 모습, 곁을 지키는 아내의 사랑이 가슴 뭉클한 감동을 전한다. 두 사람이 만들어내는 책의 표지는 단순한 디자인을 넘어 영원한 사랑의 증표가 된다.

네 번째는 서점 직원 시라카와 코코미다. 어린 시절부터 가슴속 오래된 상처를 안고 살아가던 그녀가 한 청년을 만나 조금씩 마음을 열어간다. 책을 매개로 시작된 만남은 서로의 상처를 어루만지며 새로운 희망으로 나아간다.

다섯 번째 주인공은 독자 가라타 가즈나리다. 아내를 잃고 홀로 살아가던 그가 새로운 사랑을 발견하게 되는 여정이 펼쳐진다. 창 너머로 보이는 푸른 바다같이 맑고 깊은 미소를 가진 여인이 그의 차가웠던 세상에 온기를 불어넣는다. 이 마지막 이야기는 앞선 네 사람의 발자취를 자연스럽게 엮어내며 작품의 주제를 완성한다.

《사요나라, 도그마》에는 이런 구절이 나온다. "내 인생은 비를 피하는 곳이 아니야. 폭우 속으로 뛰어들어 흠뻑 젖는 것을 즐기면서 마음껏 노는 곳이야. 너도 사실은 그러고 싶은 거잖아?"

우리는 본능적으로 안전하고 편안한 곳에 머물러 있으려 한다. 비를 피하듯 문제나 어려움을 피하면서 살아가려 하지만, 이 문장은 그런 우리에게 따뜻한 도전장을 건넨다. 인생은 피하고 숨는 곳이 아니라, 온전히 경험하고 받아들이는 곳이라고 말이다. 폭우에 흠뻑 젖어본 사람만이 그 후의 맑은 하늘을 온전히 느낄 수 있는 것처럼, 우리는 인생의 모든 순간을 있는 그대로 받아들일 때 비로소 진정한 기적을 발견할 수 있을지도 모른다.

이처럼 다섯 가지 삶의 이야기를 아름답게 엮어낸 모리사와 아키오는《수요일의 편지》,《맛있어서 눈물이 날 때》등을 통해 평범한 일상 속 깊은 울림을 전해온 작가로 유명하다. 그의 작품은 언제나 인물들의 상처와 결핍을 섬세하게 그려내면서도, 결코 어둡지만은 않은 희망의 메시지를 전한다. 이번 작품에서도 그만의 서정성은 어김없이 빛을 발한다.

아침에 마시는 따뜻한 커피 한 잔, 서점에서 우연히 발견하는 보물 같은 책 한 권, 좋아하는 사람과 나누는 짧은 대화, 책장을 넘기는 손끝에서 전해지는 종이의 질감, 새 책을 열 때 풍기는 잉크 향기, 카페에서 혼자 보내는 고요한 독서 시간까지. 이런 반짝이는 순간들이 모여 우리의 하루가 빛나고, 그 빛나는 하루하루가 모여 우리의 인생이 만들어지는 게 아닐까? 작가는 이렇게 평범한 일상 속에 숨은 작은 기적들을 우리에게 보여준다.

그리고 그 기적들은 서로 맞닿아 있다. 한 챕터의 주인공이 다른 챕터에서는 스쳐지나가는 엑스트라로 등장하기도 하고, 어떤 장면에서는 조연으로 나와 이야기를 이어가기도 한다. 마치 우리의 일상처럼 말이다. 누군가의 드라마틱한 순간에 우리는 무심히 지나치는 행인일 수도 있지만, 때로는 그들의 인생을 바꾸는 결정적인 역할을 하기도 한다. 완벽하지 않기에 더욱 아름다운 우리 모습. 서로가 서로의 이야기에서 작은 빛이 되어주는 것. 그것이 바로 우리 모두가 간직한 기적의 힘일 것이다.

번역을 마무리하며 '도그마(dogma)'라는 단어가 이 작품에서 지니는 의미를 되짚어본다. 교리나 신념으로 번역되는 이 말은, 어떤 진리나 사실이라고 맹목적으로 받아들이는 신념 체계를 의미한다. 즉, '사요나라, 도그마'라는 제목에는 자신을 옭아매던 오래된 신념들과 작별하겠다는 의지가 담겨 있다. 비를 피하지 않고 폭우 속으로 뛰어드는 용기처럼, 우리도 때로는 단단하게 굳어버린 생각들과 이별하는 걸 두려워하지 않았으면 좋겠다.

그리고 이제야 문득 깨닫는다. 실체가 드러나지 않은 《사요나라, 도그마》가 어쩌면 《책이 이어준 다섯 가지 기적》의 또 다른 이름이 아닐까? 각자의 도그마와 작별 인사를 건네는 모리사와 아키오의 이 소설이 곧 《사요나라, 도그마》가 아니었을까? 이렇게 작가의 염원은 한 권의 책이 되어 우리에게로 왔다. 이 책이 마치 오래된 서가에서 발견한 보물처럼 당신의 일상에 스며들어 작은 기적이 되기를. 그리고 그 기적이 다시 누군가의 이야기가 되기를 기대한다.

이수미

책이 이어준 다섯 가지 기적

초판 1쇄 발행 2025년 5월 15일

지 은 이	모리사와 아키오
옮 긴 이	이수미
펴 낸 이	한승수
펴 낸 곳	문예춘추사
편 집	구본영
디 자 인	박소윤
마 케 팅	박건원, 김홍주
등록번호	제300-1994-16
등록일자	1994년 1월 24일
주 소	서울특별시 마포구 동교로 27길 53, 309호
전 화	02 338 0084
팩 스	02 338 0087
메 일	moonchusa@naver.com
I S B N	978-89-7604-723-6 03830

* 이 책에 대한 번역·출판·판매 등의 모든 권한은 문예춘추사에 있습니다.
  간단한 서평을 제외하고는 문예춘추사의 서면 허락 없이 이 책의 내용을
  인용·촬영·녹음·재편집하거나 전자문서 등으로 변환할 수 없습니다.
* 책값은 뒤표지에 있습니다.
* 잘못된 책은 구입처에서 교환해 드립니다.